김상덕의 동화집
김소운의 민화집

근대 일본어
조선동화민담집총서
5

김상덕의 동화집
김소운의 민화집

김광식

보고사
BOGOSA

차례

◇ 김소운의 한국민화집(金素雲の韓國民話集)

해제

김상덕의 반도명작동화집 김소운의 한국민화집

1. 선행연구에 대하여

〈근대 일본어 조선동화·민담집 총서〉는 일본어로 간행된 조선동화·민담집 연구의 발전과 토대 구축을 위해 기획되었다.

1920년대 이후에 본격화된 조선인의 민간설화 연구 성과를 정확히 자리매김하기 위해서는 1910년 전후에 시작된 근대 일본의 연구를 먼저 검토해야 할 것이다. 해방 후에 전개된 민간설화 연구는 이 문제를 외면한 채 진행되었음을 부인하기 어렵다. 다행히 1990년대 이후, 관련 연구가 수행되었지만, 일부 자료를 중심으로 진행되었다. 그에 대해 편자는 식민지기에 널리 읽혀졌고, 오늘에도 큰 영향을 미치고 있는 주요 인물 및 기관의 자료를 총체적으로 분석하고, 그 내용과 성격을 실증적으로 검토해 왔다. 관련 논문이 축적되어 근년에는 한국과 일본에서 아래와 같은 관련 연구서도 출판되었다.

권혁래, 『일제강점기 설화·동화집 연구』, 고려대학교 민족문화연구원, 2013.

김광식, 『식민지기 일본어조선설화집의 연구(植民地期における日本語朝鮮説話集の研究―帝國日本の「學知」と朝鮮民俗學―)』, 勉誠出版, 2014.

김광식 외, 『식민지시기 일본어 조선설화집 기초적 연구』 1·2, J&C, 2014~2016.
김광식, 『식민지 조선과 근대설화』, 민속원, 2015.
김광식, 『근대 일본의 조선 구비문학 연구』, 보고사, 2018.

또한, 다음과 같이 연구 기반을 조성하기 위한 영인본 『식민지시기 일본어 조선설화집 자료총서』 전13권(이시준·장경남·김광식 편, J&C, 해제 수록)도 간행되었다.

1. 薄田斬雲, 『暗黑なる朝鮮(암흑의 조선)』 1908 영인본, 2012.
2. 高橋亨, 『朝鮮の物語集附俚諺(조선 이야기집과 속담)』 1910 영인본, 2012.
3. 青柳綱太郎, 『朝鮮野談集(조선야담집)』 1912 영인본, 2012.
4. 朝鮮總督府學務局調査報告書, 『傳說童話 調査事項(전설 동화 조사사항)』 1913 영인본, 2012.
5. 楢木末實, 『朝鮮の迷信と俗傳(조선의 미신과 속전)』 1913 영인본, 2012.
6. 高木敏雄, 『新日本教育昔噺(신일본 교육 구전설화집)』 1917 영인본, 2014.
7. 三輪環, 『傳說の朝鮮(전설의 조선)』 1919 영인본, 2013.
8. 山崎源太郎, 『朝鮮の奇談と傳說(조선의 기담과 전설)』 1920 영인본, 2014.
9. 田島泰秀, 『溫突夜話(온돌야화)』 1923 영인본, 2014.
10. 崔東州, 『五百年奇譚(오백년 기담)』 1923 영인본, 2013.
11. 朝鮮總督府, 『朝鮮童話集(조선동화집)』 1924 영인본, 2013.
12. 中村亮平, 『朝鮮童話集(조선동화집)』 1926 영인본, 2013.
13. 孫晋泰, 『朝鮮民譚集(조선민담집)』 1930 영인본, 2013.

전술한 연구서 및 영인본과 더불어, 다음과 같은 한국어 번역본도 출간되었다.

우스다 잔운 저, 이시준 역, 『암흑의 조선(暗黑の朝鮮)』, 박문사, 2016(1908年版).

다카하시 도루 저, 편용우 역, 『조선의 모노가타리(朝鮮の物語集)』, 역락, 2016(이시준 외 역, 『완역 조선이야기집과 속담』, 박문사, 2016, 1910年版).

다카하시 도루 저, 박미경 역, 『조선속담집(朝鮮の俚諺集)』, 어문학사, 2006(1914年版).

강재철 편역(조선총독부 학무국 보고서), 『조선 전설동화』상·하, 단국대학교출판부, 2012(1913年版).

나라키 스에자네 저, 김용의 외 역, 『조선의 미신과 풍속(朝鮮の迷信と風俗)』, 민속원, 2010(1913年版).

미와 다마키 저, 조은애 외 역, 『전설의 조선』, 박문사, 2016(1919年版).

다지마 야스히데 저, 신주혜 외 역, 『온돌야화』, 학고방, 2014(1923年版).

이시이 마사미(石井正己) 편, 최인학 역, 『1923년 조선설화집』, 민속원, 2010(1923年版).

조선총독부 저, 권혁래 역, 『조선동화집연구』, 보고사, 2013(1924年版).

나카무라 료헤이 저, 김영주 외 역, 『나카무라 료헤이의 조선동화집』, 박문사, 2016(1926年版).

핫타 미노루 저, 김계자 외 역, 『전설의 평양』, 학고방, 2014(1943年版).

모리카와 기요히토 저, 김효순 외 역, 『조선 야담 전설 수필』, 학고방, 2014(1944年版).

손진태 저, 최인학 역, 『조선설화집』, 민속원, 2009(1930年版).

정인섭 저, 최인학 외 역, 『한국의 설화』, 단국대학교출판부, 2007(1927년 日本語版, 1952년 英語版).

2. 이번 총서에 대하여

앞서 언급했듯이, 우스다 잔운의 『암흑의 조선』(1908), 다카하시 도오루의 『조선의 이야기집과 속담』(1910, 1914개정판), 조선총독부 학무국 조사보고서 『전설동화 조사사항』(1913), 나라키 스에자네의 『조선의 미신과 속전』(1913), 미와 다마키의 『전설의 조선』(1919), 다지마 야스히데의 『온돌야화』(1923), 조선총독부의 『조선동화집』(1924), 나카무라 료헤이의 『조선동화집』(1926), 손진태의 『조선민담집』(1930)이 영인, 번역되었다.

1930년 손진태의 『조선민담집』(1930)에 이르기까지의 주요 일본어 조선 설화집의 일부가 복각되었다. 그러나 아직 영인해야 할 주요 자료가 적지 않다. 이에, 지금까지 그 중요성에도 불구하고, 복각되지 않은 자료를 정리해 〈근대 일본어 조선동화·민담집 총서〉를 간행하기에 이른 것이다.

이번 총서는 편자가 지금까지 애써 컬렉션해 온 방대한 일본어 자료 중에서 구전설화(민담)집 위주로 선별했다. 선별 기준은, 먼저 일본과 한국에서 입수하기 어려운 주요 동화 및 민담집만을 포함시켰다. 두 번째로 가급적 전설집은 제외하고 중요한 민담집과 이를 개작한 동화집을 모았다. 세 번째는 조선민담·동화에 큰 영향을 끼쳤다고 생각되는 자료만을 엄선하였다. 이번에 발행하는 〈근대 일본어 조선동화·민담집 총서〉 목록은 다음과 같다.

1. 김광식, 『근대 일본의 조선 구비문학 연구』(연구서)
2. 『다치카와 쇼조의 조선 실연동화집』
   (立川昇藏, 『신실연 이야기집 연랑(新實演お話集蓮娘)』, 1926)

3. 『마쓰무라 다케오의 조선·대만·아이누 동화집』(松村武雄, 『朝鮮·台灣·アイヌ童話集』, 1929, 조선편의 초판은 1924년 간행)
4. 『1920년 전후 일본어 조선설화 자료집』
5. 『김상덕의 동화집 / 김소운의 민화집』(金海相德, 『半島名作童話集』, 1943 / 金素雲, 『목화씨』 『세 개의 병』, 1957)

위와 같이 제2권 다치카와 쇼조(立川昇藏, ?~1936, 大塚講話會 동인)가 펴낸 실연동화집, 제3권 신화학자로 알려진 마쓰무라 다케오(松村武雄, 1883~1969)의 조선동화집을 배치했다.

다음으로 제4권 『1920년 전후 일본어 조선 설화 자료집』에는 조선동화집을 비롯해, 제국일본 동화·민담집, 세계동화집, 동양동화집, 불교동화집 등에 수록된 조선동화를 한데 모았다. 이시이 겐도(石井研堂) 편 『일본 전국 국민동화』(同文館, 1911), 다나카 우메키치(田中梅吉) 외 편 『일본 민담집(日本昔話集) 하권』 조선편(아르스, 1929) 등의 일본동화집을 비롯해, 에노모토 슈손(榎本秋村) 편 『세계동화집 동양권』(실업지일본사, 1918), 마쓰모토 구미(松本苦味) 편 『세계동화집 보물선(たから舟)』(大倉書店, 1920), 히구치 고요(樋口紅陽) 편 『동화의 세계여행(童話の世界めぐり)』(九段書房, 1922) 등의 세계·동양동화집을 포함시켰다. 더불어, 편자가 새롭게 발굴한 아라이 이노스케(荒井亥之助) 편 『조선동화 제일편 소』(永島充書店, 1924), 야시마 류도 편 『동화의 샘』(경성일보대리부, 1922) 등에서도 선별해 수록했다.

그리고 제5권에는 『김상덕의 반도명작동화집』과 함께, 오늘날 입수하기 어려운 자료가 된 김소운의 민화집(『목화씨(綿の種)』/『세 개의 병(三つの瓶)』)을 묶어서 영인하였다.

3. 『김상덕의 반도명작동화집』에 대하여

金海相德 편, 『반도명작동화집(半島名作童話集)』, 성문당서점(盛文堂書店), 1943년 10월, 경성(京城), 본문 300쪽, 국판(菊版), 정가 2엔 50전. 판형은 세로 185밀리×가로 125밀리.

김상덕(金相德, 1916~?)은 1941년부터 아동문화단체 경성동심원을 설립하고 다수의 동화집을 비롯해 아동 관련서를 발간하였다. 필자의 판본 확인에 따르면, 김상덕은 1936년에 조선아동예술연구협회 발행의 『세계명작아동극집』을 시작으로 독본류 『어린이독본』 上(남창서관, 1942), 『어머니의 힘』(남창서관, 1943), 『가정야담 효부』(경성동심원, 1944), 가정소설 『안해의 결심』(홍문서관, 1943), 『암야의 등불』(盛文堂書店, 1943) 등을 간행했다. 그리고 시국적 색채가 강한 미담집 『어머니의 승리』(경성동심원, 1944) 등을 펴냈다.

또한, 김상덕은 가네우미 소토쿠(金海相德)라는 창씨명으로, 『반도명작동화집(半島名作童話集)』(盛文堂書店, 1943)과 『조선 고전 이야기(朝鮮古典物語)』(盛文堂書店, 1944), 장편동화 『다로의 모험(太郎の冒險)』(同, 1944) 등을 일본어로 간행하였다.

『반도명작동화집』의 머리말에는 다음처럼 적혀 있다.

우리나라는 지금 대동아공영권(大東亞共榮圈) 건설을 위하여 매진하고 있습니다.

이 성업(聖業)을 완수하기 위해서는 우선 內鮮 少國民들이 사이좋게 손을 잡고 대동아공영권 확립을 위해 전진해야 합니다.

「내선일체는 우선 소국민의 융합부터」라는 표어 아래, 우리 반도의 선조님들이 남겨둔 아름다운 이야기를 모아 내지(內地)의 소국민들에게 보내기로 했습니다.

「시타키리스즈메(舌切雀)」「하나사카지이(花咲爺)」라면 내지의 소국민들은 잘 알고 있습니다. 내지의 소국민들은 이러한 옛날 이야기를 들으며 자랐습니다.

옛날부터 우리 반도에도 오랜 옛날부터 좋은 이야기가 많이 전래되어 왔습니다. 이 이야기 중에서 아름다운 이야기를 모아 상재(上梓)했습니다.

거듭 말씀드리지만 반도의 소국민들이 열심히 읽고 손뼉을 치며 즐거워 한 이 이야기가 내지의 친구들에게도 즐겁게 받아들여진다면 내선일체는 이런 부분에서도 자라날 것입니다.

여기에 모아서 내지의 소국민들에게 보내는 이 오래된 이야기가 이 중요한 역할을 조금이라도 수행해 준다면 기쁘겠습니다.

그러나 이런 작은 책에 맡기기에는 너무나 큰 기대이겠지만, 내선 소국민(小國民)들이 서로 손을 맞잡고 융합하는데 조금이나마 도움이 된다면 그 이상의 기쁨은 없겠습니다.

소화 18(1943)년 초가을

경성동심원에서 김상덕 씀

위의 머리말은 시국을 반영해 '내선일체'를 강조하며 시국을 긍정적으로 서술하였다. 김상덕은 조선의 "이야기가 내지의 친구들에게도 즐겁게 받아들여진다면 내선일체는 이런 부분에서도 자라날 것"이라고 주장하였다. 1943년에 경성에서 발간된 이 책이 내지에서 어느 정도 읽혔을지는 자못 의심스럽다. 머리말에서 소망한 김상덕의 주장과는 달리, 실제로 김상덕은 이 책을 조선어 사용을 억압받던 식민지 조선 아동에게 읽히기 위해 쓴 것으로 상정된다. 김상덕은 해방 후에 『한국동화집』(숭문사, 1959, 100편 수록)을 간행했으니, 그 관련 양상을 포함한 검토가 요청된다.

金海相德의 『다로의 모험(식민지 조선판 이상한 나라의 앨리스)』(학고방, 2014, 1944 일본어판)을 번역한 유재진은 이 책을 번역하고 다음처럼 지적하였다. 첫 번째로 선행연구에서 '친일'문학이라고 단정하는 근거가 작품의 내용 분석에 의거하지 않고, 피상적으로 비판되었음을 지적하였다. 두 번째로 일제강점기와 해방기에는 단절이 아닌 연속성이 있다는 점을 지적하였다[유재진, 2014].

『반도명작동화집』에 수록된 총 25편은 다음과 같이 한국을 대표하는 동화로 이루어졌다.

1. 은혜를 갚은 까치(恩を返した鵲)
2. 해님과 달님(해와 달이 된 오누이, お日様とお月様)
3. 청년과 뱀의 원한(蛇の怨み)
4. 스님을 돕고 세 개의 보물을 얻은 막내(三つの寶)
5. 형제와 씨를 뿌리는 개(兄弟と犬)
6. 은혜 모르는 호랑이와 나그네(虎と旅人)
7. 호랑이와 곶감(虎と干柿)
8. 점쟁이 명소년(돌이와 두꺼비, 占ひの名少年)
9. 강원도와 함경도 호랑이의 힘겨루기(力くらべ)
10. 게으름뱅이 사내와 사각으로 깍은 쌀(四角なお米)
11. 뱀신랑님(蛇の花婿様)
12. 우렁이와 젊음이(우렁각시, 田螺と若者)
13. 귀신과 호두(도깨비 방망이, 鬼と胡桃)
14. 똑똑한 아이(賢い子供)
15. 황금 수소(黃金の仔牛)
16. 거북이 사신(かめのお使ひ)
17. 하인에게 속은 지혜 없는 주인(智慧のない殿樣)
18. 금방울(金の鈴)
19. 여우와 게(狐と蟹)
20. 호랑이의 잔치와 여우(虎の宴會と狐)
21. 무식한 나그네의 가르침과 도둑 잡기(お稽古と泥棒)

22. 혹부리 영감(瘤取り爺さん)
23. 호랑이와 대도둑(호랑이 등에 올라탄 도둑, 虎と大泥棒)
24. 나그네와 큰뱀(旅人と大蛇)
25. 흥부와 놀부

이번 영인본을 계기로, 해방 전후에 간행된 김상덕의 설화집에 대한 분석이 요청된다. 이를 통한 해방 전후의 한국 동화의 형성 과정을 새롭게 고찰해야 하겠다.

이 책의 영인을 위해 국립중앙도서관본을 이용했다. 학술 연구의 필요성을 위해, 흔쾌히 자료를 제공해 주신 국립중앙도서관 윤명희 선생님을 비롯한 관계자 여러분께 거듭 감사드린다.

4. 『김소운의 한국민화집』에 대하여

『김소운의 한국민화집』에는 시와 민요의 번역, 수필가로서 유명한 김소운(金素雲, 1907~1981)의 일본어 민화집 『목화씨』(1957)와 『세 개의 병』(1957)을 한 권으로 묶었다.

상세한 서지 사항은 다음과 같다.

『목화씨(綿の種)』 목근소년문고 1, 코리안 라이브러리, 1957년 4월, 오사카, 본문 96쪽, 60엔, 판형 세로 167밀리×가로 90밀리.

『세 개의 병(三つの瓶)』 목근소년문고 2, 코리안 라이브러리, 1957년 7월, 오사카, 본문 80쪽, 68엔, 판형 세로 168밀리×가로 94밀리.

김소운에 대해서는 시·민요, 수필 관련 연구가 주를 이루며, 동화·민화에 대해서는 거의 연구되지 않았다.

김소운이 『삼한 옛이야기(三韓昔がたり)』(1942)와 함께, 데쓰 진페이(鐵甚平)라는 이름으로 발표한 『동화집 돌의 종(石の鐘)』(1942), 『파란 잎(青い葉つぱ)』(1942), 『누렁소와 검정소(黃ろい牛と黑い牛)』(1943)에 관해서는, 노영희 「김소운의 아동문학 세계 – 鐵甚平이란 필명으로 발표된 네 권의 작품을 중심으로」(『동대논총』 23집, 동덕여자대학교, 1993)가 존재할 뿐, 한국과 일본에서 관련 연구가 매우 적다. 그러나 김소운은 민요수집과 함께, 조선 민간설화의 수집에도 계속 관심을 지녔다.

김소운은 잡지 『문장』(1940) 등의 광고란에 「조선 전설자료」라는 제목으로 다음처럼 자료제공을 요청했다.

> (전략)口傳童民謠·民譚·설화류와 한가지로 전설은 향토문학의 긴요한 초석(礎石)입니다. 지금껏 이렇다할 集成이 없었고 이方面에 留意하는 몇몇분의 蒐集이 있다고하나 이도 숨은 자료라 求得하기가 쉽지 않습니다. 이러한 성과는 대다수의 協同아니고는 바랄 수 없는 바이오니 향토의 기름진 보배를 아끼시는 마음으로 한두편식이라도 채집에 조력해 주기시를 바랍니다. (중략) 어려서부터 들어오신 傳說, 여행하신 곳곳에서 귀에 담은 전설을 추려뫃아 주십시오. (중략) 문장에 置重치 않고 되도록이면 忠實 정확한 기술을 爲主하기로 합니다.(국어, 조선어, 어느 편이라도 좋습니다)
>
> □ 자료를 찾으신 地名, 채집하신 분의 주소 성명을 每篇마다 附記하실 일, 책으로 될때 출처를 一々히 밝히겠습니다.(中央公論社版·朝鮮鄉土叢話 全四卷·傳說篇 採録) (후략)
>
> (金素雲 「광고 조선전설자료」, 『문장』 2-10, 1940.12, 89면. 또한, 김소운은 『삼천리』 1941년 3월호에도 같은 제목으로 광고를 게재했다.)

위와 같이 김소운은 1940년에 중앙공론사에서 「조선향토총화」 간행을 계획하고, 본격적으로 향토전설을 채집하였다. 실제로 김소운은 같은 출판사 잡지에 「조선향토총화」(『중앙공론』 55-3, 1940년 3월)를 게재하였다. 그 후에 중앙공론사판은 간행되지 않았지만, 김소운은 해방 전에 5개의 설화 관련서를 도쿄에서 간행했고, 그 일부는 증쇄되었다.

1. 鐵甚平, 『삼한 옛이야기(三韓昔がたり)』, 學習社, 1942.4(講談社學術文庫1985.5, 1988.1, 5刷).
2. 鐵甚平, 『童話集 돌의 종(石の鐘)』, 東亞書院, 1942.6, 1943.10삼판.
3. 鐵甚平, 『파란 잎(青い葉つぱ)』, 三學書房, 1942.11.
4. 金素雲, 『朝鮮史譚』, 天佑書房, 1943.1, 1943.8재판(1986.7).
5. 鐵甚平, 『누렁소와 검정소(黃ろい牛と黑い牛)』, 天佑書房, 1943.5.

『조선사담』을 제외한 4권의 책은 테쓰 진페이라는 이름으로 간행되었다. 김소운은 이 총서에 수록한 『목화씨』(일화逸話)와 『세 개의 병』(전승 민화) 이외에도 해방 후에 다음과 같이 많은 설화집을 간행하였다. 필자의 판권지 확인에 의하면, 그 대부분이 증쇄를 거듭해 널리 읽혔다.

1. 『韓國昔話 당나귀 귀 임금님(ろばの耳の王さま)』 세계명작동화전집 34, 大日本雄辯會講談社, 1953, 1956년 5쇄.
2. 『朝鮮民話選 파를 심은 사람(ネギをうえた人)』 이와나미소년문고 71, 岩波書店, 1953.12(1979년 26刷, 2001년 新版1刷, 2011년 新版8刷).
3. Kim So-Un, "The story Bag : a collction of Korean folk tales by Kim So-Un, tr. by Setsu Higashi", Charles E. Tuttle, 1955(『파를 심은 사람』의 英譯).
4. 『世界民話集』 일본아동문고 41, 아르스, 1955년.
5. 金素雲 「조선의 민화에 대하여(朝鮮の民話について)」, 孫晉泰 『朝鮮

の民話』岩崎書店, 1956년(岩崎美術社, 1966년판, 1972년 4刷, 손진태의 『조선민담집』 간략판)

6. 金素雲「朝鮮編」, 浜田廣介他編『세계의 민화와 전설(世界の民話と傳說)』6トルコ·蒙古·朝鮮編, さ·え·ら書房, 東京, 1961년(世界民話여행 6, 1970년 1刷, 1982년 10刷, 12화 수록).

김소운이 목근소년문고 1, 2로 기획 간행된 『목화씨』와 『세 개의 병』은, 오사카의 코리안 라이브러리에서 1957년에 간행되었다. 김소운은 '초등생 4학년 이상의 아동용'=목근소년문고와 함께, '고교생 이상, 일반 성인용'=목근문고를 계획했지만, 각각 두 권을 출간하고 중단되고 말았다(편집부, 「연보」, 김소운 저, 上垣外憲一·崔博光 역, 『天の涯に生くるとも』, 講談社, 1989, 334쪽).

『한국민담 당나귀 귀 임금님』이나 『조선 민화선 파를 심은 사람』은 널리 알려져 있지만, 이번 총서에 수록한 『목화씨』와 『세 개의 병』은 잘 알려지지 않은 귀중본이다. 제7권에는 해방 이전부터 지속돼온 김소운 민화집의 궤적을 보여주는 주요 책자 2권을 복각했다. 제7권을 통해 앞으로 김소운의 동화, 민담 연구를 해명하는 연구의 기초자료가 되었으면 한다.

참고문헌

金廣植, 『植民地期における日本語朝鮮說話集の研究—帝國日本の「學知」と朝鮮民俗學』, 勉誠出版, 2014.

김광식, 『식민지 조선과 근대 설화』, 민속원, 2015.

김광식, 『근대 일본의 조선 구비문학 연구』, 보고사, 2018.

노영희, 「김소운의 아동문학 세계 - 鐵甚平이란 필명으로 발표된 네 권의 작품을 중심으로」, 『동대논총』 23집, 동덕여자대학교, 1993.

유재진, 『다로의 모험(식민지 조선판 이상한 나라의 앨리스)』, 학고방, 2014.

유재진, 「金相德의 일본어 동화 「다로의 모험(太郎の冒險)」 연구 1」, 『일본언어문화』 28, 2014.

解題

金海相徳『半島名作童話集』『金素雲の韓国民話集』

1. これまでの研究

〈近代における日本語朝鮮童話・民譚(昔話)集叢書〉は、日本語で刊行された朝鮮童話・民譚集の研究を発展させるために企画されたものである。

筆者は、1920年代以降本格化した朝鮮人における民間説話の研究成果を的確に位置づけるためには、1910年前後に成立した近代日本の研究を実証的に検討しなければならないと考える。既存の民間説話の研究は、この問題を直視せずに進められてきたと言わざるを得ない。幸いに1990年代以降、関連研究がなされてきたが、一部の資料に限られていた。それに対して筆者は、植民地期に広く読まれ、今日にも大きな影響を及ぼしていると思われる重要な人物及び機関の資料を網羅的に分析し、その内容と性格を実証的に検討してきた。近年、韓国と日本では以下のような関連の研究書が出ている。

権赫来『日帝強占期説話・童話集研究』高麗大学校民族文化研究院、ソウル、2013年。

金廣植 『植民地期における日本語朝鮮説話集の研究—帝国日本の「学知」と朝鮮民俗学—』勉誠出版、2014年。

金廣植他『植民地時期日本語朝鮮説話集 基礎的研究』1·2、J&C、ソウル、2014~2016年。

金廣植『植民地朝鮮と近代説話』民俗苑、ソウル、2015年。

金廣植『近代日本における朝鮮口碑文学の研究』寶庫社、ソウル、2018年。


また、次のように研究を広めるための復刻本『植民地時期日本語朝鮮説話集資料叢書』全13巻(李市埈·張庚男·金廣植編、J&C、ソウル、解題付き)も出ている。

1. 薄田斬雲『暗黒なる朝鮮』1908年復刻版、2012年。
2. 高橋亨『朝鮮の物語集附俚諺』1910年復刻版、2012年。
3. 青柳綱太郎『朝鮮野談集』1912年復刻版、2012年。
4. 朝鮮総督府学務局調査報告書『伝説童話 調査事項』1913年復刻版、2012年。
5. 楢木末実『朝鮮の迷信と俗伝』1913年復刻版、2012年。
6. 高木敏雄『新日本教育昔噺』1917年復刻版、2014年。
7. 三輪環『伝説の朝鮮』1919年復刻版、2013年。
8. 山崎源太郎『朝鮮の奇談と伝説』1920年復刻版、2014年。
9. 田島泰秀『温突夜話』1923年復刻版、2014年。
10. 崔東州『五百年奇譚』1923年復刻版、2013年。
11. 朝鮮総督府『朝鮮童話集』1924年復刻版、2013年。
12. 中村亮平『朝鮮童話集』1926年復刻版、2013年。
13. 孫晋泰『朝鮮民譚集』1930年復刻版、2013年。

それから、研究書及び復刻本とともに、次のような韓国語訳も出ている。

薄田斬雲、李市埈訳『暗黒の朝鮮』博文社、2016年(1908年版)。

高橋亨、片龍雨訳『朝鮮の物語集』亦楽、2016年(高橋亨、李市埈他訳『朝鮮の物語集』博文社、2016年、1910年版)。

高橋亨、朴美京訳『朝鮮の俚諺集』語文学社、2006年(1914年版)。

姜在哲編訳(朝鮮総督府学務局報告書)『朝鮮伝説童話』上·下、檀国大学校出版部、2012年(1913年版)。

楢木末実、金容儀他訳『朝鮮の迷信と風俗』民俗苑、2010年(1913年版)。

三輪環、趙恩馤他訳『伝説の朝鮮』博文社、2016年(1919年版)。

田島泰秀、辛株慧他訳『温突夜話』学古房、2014年(1923年版)。

石井正己編編、崔仁鶴訳『1923年朝鮮説話集』民俗苑、2010年(1923年版)。

朝鮮総督府、権赫来訳『朝鮮童話集研究』寶庫社、2013年(1924年版)。

中村亮平、金英珠他訳『朝鮮童話集』博文社、2016年(1926年版)。

八田実、金季杍他訳『伝説の平壌』学古房、2014年(1943年版)。

森川清人、金孝順他訳『朝鮮野談·随筆·伝説』学古房、2014年(1944年版)。

孫晋泰、崔仁鶴訳『朝鮮説話集』民俗苑、2009年(1930年版)。

鄭寅燮、崔仁鶴訳『韓国の説話』檀国大学校出版部、2007年(1927年日本語版、1952年英語版)。

2. この叢書について

先述したように、薄田斬雲『暗黒の朝鮮』(1908年)、高橋亨『朝鮮の物語集附俚諺』(1910年、改訂版1914年)、朝鮮総督府学務局調査報告書『伝説童話 調査事項』(1913年)、楢木末実『朝鮮の迷信と俗伝』(1913年)、三輪環『伝説の朝鮮』(1919年)、田島泰秀『温突夜話』(1923年)、朝鮮総督府『朝鮮童話集』(1924年)、中村亮平『朝鮮童話集』(1926年)、孫晋泰『朝鮮民譚集』(1930年)が復刻されるとともに韓国語訳されている。

また、1930年までの重要な日本語朝鮮説話集の一部が復刻されている。しかし、まだ復刻すべき資料が少なくない。そこで、その重要性にも関わらず、まだ復刻されていない資料を集めて〈近代における日本語朝鮮童話・民譚(昔話)集叢書〉を刊行したのである。

この叢書は、編者がこれまで集めてきた膨大な日本語資料の中から朝鮮の民譚集(日本語での昔話集)を中心に編んでいる。編集の基準は、まず日本はいうまでもなく、韓国でも入手しにくい重要な童話・民譚集のみを選んだ。二つ目に伝説集は除き、重要な民譚集と、それを改作した童話集を集めた。三つ目は朝鮮民譚・童話に大きな影響を及ぼしたと思われる資料のみを厳選した。今回発行する〈近代における日本語朝鮮童話・民譚(昔話)集叢書〉は、次の通りである。

1. 金廣植『近代日本における朝鮮口碑文学の研究』(研究書)
2. 立川昇蔵『新実演お話集 蓮娘』1926年
3. 松村武雄『朝鮮・台湾・アイヌ童話集』1929年(朝鮮篇の初版1924年)
4. 『1920年前後における日本語朝鮮説話の資料集』
5. 金海相徳(金相徳)『半島名作童話集』1943年/『金素雲の韓国民話集』(『綿の種』/『三つの瓶』1957年)

上記のように復刻本としてはまず、第2巻 立川昇蔵(?~1936年、大塚講話会同人)による実演童話集、第3巻 神話学者として知られる松村武雄(1883~1969年)の朝鮮童話集を選んだ。

また、第4巻『1920年前後における日本語朝鮮説話の資料集』では、朝鮮童話集をはじめ、「日本」童話・昔話集、世界童話集、東洋童話集、仏教童話集などに収録された朝鮮童話を集めた。石井研堂編『日本全国国民童話』(同文館、1911年)、田中梅吉他編『日本昔話集 下』朝鮮篇(アルス、1929年)などの日本童話集をはじめ、榎本秋村編『世界童話集 東洋の巻』(実業之日本社、1918年)、松本苦味編『世界童話集 たから舟』(大倉書店、1920年)、樋口紅陽編『童話の世界めぐり』(九段書房、1922年)などの世界·東洋童話集を対象にした。また、編者が新たに発掘した荒井亥之助編『朝鮮童話第一篇 牛』(永島充書店、1924年)、八島柳堂編 『童話の泉』(京城日報代理部、1922年)などからも選び出した。

また第5巻では、金海相徳(金相徳)の『半島名作童話集』(1943年)とともに、今日では入手しにくい『金素雲の韓国民話集』(『綿の種』/『三つの瓶』)を復刻した。

3. 金海相徳(金相徳)『半島名作童話集』について

金海相徳編『半島名作童話集』盛文堂書店、1943年10月、京城、本文300頁、菊版、2円50銭。判型はタテ185ミリ × ヨコ125ミリ。

金相徳(1916~?)は、1941年から児童文化団体の京城童心園を設立し、童話集をはじめ数多くの児童関連書を刊行している。筆者の確認によると、金相徳は1936年に朝鮮児童芸術研究協会発行の『世界名作児童劇集』に続いて、読本『オリニ読本(어린이독본)』上(南昌書館、1942年)、『母の力(어머니의힘)』(同、1943年)、『家庭野談 孝婦』(京城童心園、1944年)、家庭小説『家内の決心(안해의 결심)』(弘文書館、1943年)、『暗夜の灯(暗夜의 등불)』(盛文堂書店、1943年)などを刊行した。また、時局的色彩の強い美談集『母の勝利(어머니의 승리)』(京城童心園、1944)などを刊行した。

また、金海相徳という創氏名で『半島名作童話集』(盛文堂書店、1943

年)と『朝鮮古典物語』(同、1944年6月、1945年3月再版、筆者所蔵)、長編童話『太郎の冒険』(同、1944年)を日本語で刊行している。

金海相徳の『半島名作童話集』の「はじめに」には次のように書かれている。

我が国は いま、大東亜共栄圏建設のために邁進してをります。

この聖業を完遂するには先づ内鮮少国民達が仲よく手を取つて大東亜共栄圏確立のために進まなければなりません。

「内鮮一体は先づ少国民の融和から」と言ふ標語の下に 私達半島の御先祖様が残して おいた 美しいお話を集めて 内地の少国民達に送ることに致しました。

「舌切雀」「花咲爺」なら 内地の少国民達はよくわかつてゐます 内地の少国民達は かういふ 昔ばなしに そだてられて来たのです。

昔から 私達の半島にも 古い昔から よいお話がたくさん伝来して来たのであります このお話の中から 美しいお話を集めて上梓致しました。

繰り返して申しますが 半島の少国民達が熱心に読んで手を拍つて喜んで来たこのお話が、内地のお友達にも喜んで頂くならば内鮮一体はかういふところにも育まれるでせう。

こゝに 集めて内地の少国民達に送る、この古いお話が、この大切な役目を少しでも果してくれたら、うれしいと思ひます。

しかし この小さい本に托するには余りにも大きな期待ですが、内鮮少国民達が、相携へ、手を取合つて 融合の上に少しでも役立つてくれるとしたら、この上 喜ばしいことはないのであります。

昭和十八年 初秋

京城童心園にて　金相徳 識

上記の「はじめに」は、時勢を反映して「内鮮一体」を強調し、時局を肯定している。ただし、金相徳は、朝鮮の「お話が、内地のお友達にも喜んで頂くならば内鮮一体はかういふところにも育まれるでせう」と述べている。1943年に「外地」京城で刊行されたこの本が内地でどれほど読まれたかは疑わしい。「はじめに」での主張とは違って、実は金相徳はこの本を朝鮮語禁止下の朝鮮の児童に読ませたかったのではないだろうか。金相徳は、解放後に『韓国童話集』(崇文社、1959年、100話収録)を刊行しており、その関わりを含めた研究が求められる。

金海相徳の『太郎の冒険』(1944年)を韓国語訳した兪在眞は、金相徳の『太郎の冒険』を分析して二つの点を指摘している。一つは「親日」文学という規定を乗り越えて、作品の内容を分析する必要性を指摘した。もう一つは植民地期と解放後の断絶ではなく、連続性という側面での研究の必要性を指摘している[兪在眞、2014]。

『半島名作童話集』に収録された25話は、次のようにいずれも韓国を代表する童話である。

1. 恩を返した鵲
2. お日様とお月様
3. 蛇の怨み
4. 三つの宝
5. 兄弟と犬
6. 虎と旅人
7. 虎と干柿
8. 占ひの名少年
9. 力くらべ
10. 四角なお米
11. 蛇の花婿様

12. 田螺と若者
13. 鬼と胡桃
14. 賢い子供
15. 黄金の仔牛
16. かめのお使ひ
17. 智慧のない殿様
18. 金の鈴
19. 狐と蟹
20. 虎の宴会と狐
21. お稽古と泥棒
22. 瘤取り爺さん
23. 虎と大泥棒
24. 旅人と大蛇
25. 興夫と乭夫

この復刻を機に、解放前後に刊行された金相徳の説話集に対する検証が求められる。その中で、解放前後における韓国童話の形成過程を改めて考察しなければならない。なお、この本の復刻においては、韓国国立中央図書館本を利用した。資料を提供してくださった同図書館の関係の方々にお礼申し上げる。

4.『金素雲の韓国民話集』について

『金素雲の韓国民話集』は、金素雲が1957年に刊行した『綿の種』と『三つの瓶』を一冊にした。詳細な書誌は次の通りである。

『綿の種』木槿少年文庫1、コリアンライブラリー、1957年4月、大阪、本文96頁、60円、判型タテ167ミリ×ヨコ90ミリ。
『三つの瓶』木槿少年文庫2、コリアンライブラリー、1957年7月、大阪、本文80頁、68円、判型タテ168ミリ×ヨコ94ミリ。

詩と民謡の翻訳、随筆家として名高い金素雲(1907~1981年)については、詩·民謡·随筆に関する研究が多くなされているが、童話·民話についてはほとんど研究されていない。

金素雲が『三韓昔がたり』(1942年)とともに、鐵甚平という名で発表した『童話集 石の鐘』(同年)、『青い葉つぱ』(同年)、『黄ろい牛と黒い牛』(1943年)については、盧英姫「金素雲の児童文学世界一鉄甚平という筆名で発表された四冊の作品を中心に」(『同大論叢』23輯、同徳女子大学校、ソウル、1993年)があるのみで、日本でも韓国でも関連研究が非常に少ない。しかし、金素雲は民謡収集とともに、朝鮮民間説話の収集にも関心を示した。

金素雲は朝鮮語雑誌『文章』(1940年)などの広告欄に「朝鮮伝説資料」と題して、次のように資料提供を呼び掛けている。

(前略)口伝童民謡·民譚·説話類と同じく伝説は、郷土文学の緊要な礎石であります。これまで集成されておらず、この方面に留意する数人の蒐集がありましたが、それも求めにくい資料となっており、手にすることは容易ではありません。このような成果は大多数の協同なくしては望めないものであり、郷土の重要な宝を愛する心を以て一、二編ずつでも採集に助力してくださるよう、お願いします。(中略)幼い時から聞いてきた伝説、旅先で聞いた伝説をお送りください。(中略)文章力にこだわらず、なるべく忠実正確な記録でお願いします(国語、朝鮮語のどちらでもかまいません)。

□ 資料を聞いた地名、採集された方のご住所、姓名を毎篇に附記なさること、本を刊行する際、出処を一々明かします(中央公論社版・朝鮮郷土叢話全四巻・伝説篇採録)(後略)

(金素雲「広告 朝鮮伝説資料」『文章』2－10、1940年12月、89頁。なお、『三千里』1941年3月号にも同じ題で広告を出している。)。

上記のように金素雲は、1940年に中央公論社から「朝鮮郷土叢話」を計画し、本格的に郷土伝説を採集している。実際に金素雲は、同出版社の雑誌に「朝鮮郷土叢話」(『中央公論』55－3、1940年3月)を掲載している。その後、金素雲は、盧英姫の研究のように戦前に5つの説話関連書を東京で出している。

1. 鐵甚平『三韓昔がたり』学習社、1942年4月。
2. 鐵甚平『童話集 石の鐘』東亞書院、1942年6月、1943年10月三版。
3. 鐵甚平『青い葉つぱ』三学書房、1942年11月。
4. 金素雲『朝鮮史譚』天佑書房、1943年1月、8月再版。
5. 鐵甚平『黄ろい牛と黒い牛』天佑書房、1943年5月。

『朝鮮史譚』を除いた全ての本は鐵甚平という名で刊行されている。金素雲はこの叢書に復刻した『綿の種』(逸話と伝記)と『三つの瓶』(伝承民話)の他にも解放後に、次のように多くの説話集を刊行し、その多くが再版を重ねて広く読まれた。

1. 『韓国昔話 ろばの耳の王さま』世界名作童話全集34、大日本雄弁会講談社、1953年、1954年3刷。

2. 『朝鮮民話選　ネギをうえた人』岩波少年文庫71、岩波書店、1953年(1979年26刷、2001年新版1刷、2011年新版8刷)。
3. Kim So-Un、"The story Bag : a collction of Korean folk tales by Kim So-Un、tr. by Setsu Higashi"、Charles E. Tuttle、1955(『朝鮮民話選　ネギをうえた人』の英訳).
4. 『世界民話集』日本児童文庫41、アルス、1955年。
5. 金素雲「朝鮮の民話について」、孫晋泰『朝鮮の民話』岩崎書店、1956年(岩崎美術社、1966年版、1972年4刷)
6. 金素雲「朝鮮編」、浜田広介他編『世界の民話と伝説』6トルコ·蒙古·朝鮮編、さ·え·ら書房、東京、1961年(世界民話の旅6、1970年1刷、1982年10刷、12話収録)。

金素雲が木槿少年文庫1、2として刊行された『綿の種』と『三つの瓶』は、大阪のコリアンライブラリーから1957年に刊行されている。金素雲は「小学四年以上の児童向」＝木槿少年文庫とともに、「高等以上、一般成人向」＝木槿文庫を企画したが、各2冊を送り出したのみで中断している(編集部「年譜」、金素雲著、上垣外憲一·崔博光訳『天の涯に生くるとも』講談社、1989年、334頁)。

『韓国昔話　ろばの耳の王さま』や『朝鮮民話選　ネギをうえた人』は広く知られているが、『綿の種』と『三つの瓶』はほとんど知られていない貴重本である。第5巻では、解放前を経て、解放後でも民話集が刊行される過程を示してくれるこの二つの冊子を復刻した。

この二つの冊子を提供することで、金素雲の再話の全貌に迫る解明を期待したい。

▍参考文献

金廣植『植民地期における日本語朝鮮説話集の研究ー帝国日本の「学知」と朝鮮民俗学ー』勉誠出版、2014年。

盧英姫「金素雲の児童文学世界ー鉄甚平という筆名で発表された四冊の作品を中心に」『同大論叢』23輯、同徳女子大学校、ソウル、1993年。

金素雲著、上垣外憲一·崔博光訳『天の涯に生くるとも』講談社、1989年。

金廣植『식민지 조선과 근대 설화(植民地朝鮮と近代説話)』民俗苑、ソウル、2015年。

金廣植『근대 일본의 조선 구비문학 연구(近代日本における 朝鮮口碑文学の研究)』寶庫社、ソウル、2018年。

兪在眞『다로의 모험(식민지 조선판 이상한 나라의 앨리스)』학고방, 2014年。

兪在眞「金相徳의 일본어 동화「다로의 모험(太郎の冒険)」연구 1」『일본언어문화』28, 2014年。

영인자료

김상덕의 반도명작동화집
김소운의 한국민화집

여기서부터는 影印本을 인쇄한 부분으로 맨 뒤 페이지부터 보십시오.

¥ 68

読者カード

木馬少年文庫② 〈三つの瓶〉

このカードは、コリアン・ライブラリーとあなたをつなぐ窓口です。今後の通信連絡に、編集や企画の上に、大切な資料となりますから、お手数でもぜひお送りください。

★この本についての感想、意見、希望など。

★この文庫をすすめたい御友人の住所氏名。

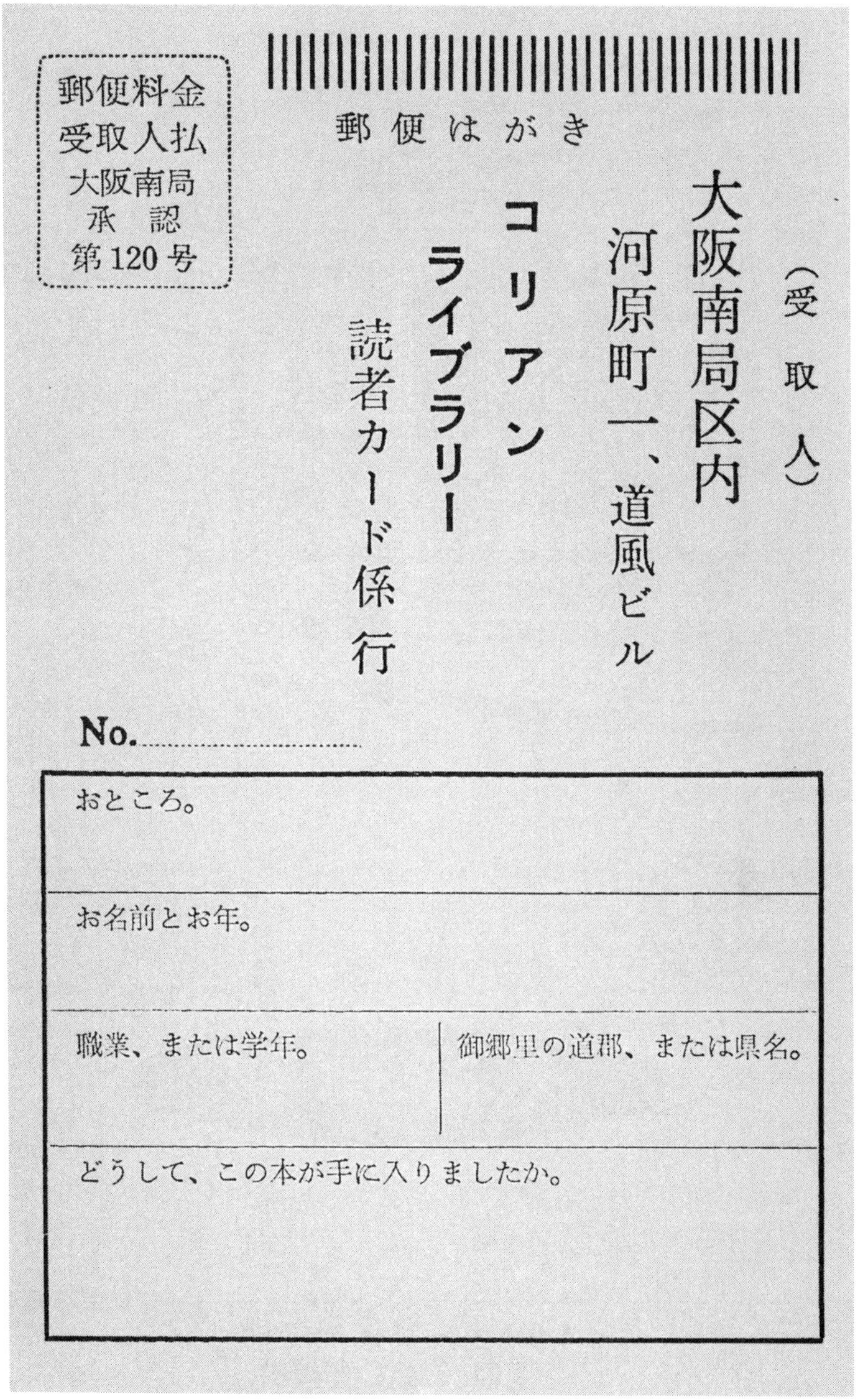

郵便料金
受取人払
大阪南局
承　認
第120号

郵便はがき

（受取人）
大阪南局区内
河原町一、道風ビル
コリアン
ライブラリー
読者カード係　行

No.……………………

おところ。

お名前とお年。

職業、または学年。

御郷里の道郡、または県名。

どうして、この本が手に入りましたか。

大阪興銀
大阪興銀

昭和三十二年七月五日　印刷
昭和三十二年七月十日　発行

＜三つの瓶＞・**定価六八円**

著作者
発行者　金　素　雲

印刷人　鷲　谷　武　市
大阪市天王寺区東平野町六ノ二〇
寿精版印刷株式会社

発行所
コリアン・ライブラリー
大阪市南区河原町一、道風ビル
電話 ㉄ 六〇七一—四番

ページが抜けていたり、前後の順序が間違っていたりする製本がありましたら発行所へお送りください。すぐお取りかえいたします。

▼ここにあるような韓国の民話を、もっとたくさん読みたい人のために、つぎの本を紹介しておきます。書店に注文するか、または、**コリアン・ライブラリー**に代金を添えて申込んでください。

☆**ネギをうえた人**（金素雲編　全図学校図書館推薦）　岩波少年文庫71　**定価一六〇円**

☆**ろばの耳の王さま**（金素雲編　講談社発行）　世界名作童話全集34　**定価一八〇円**

▼〈木槿少年文庫〉の**第1集**は「**綿**《わた》**の種**《たね》」です。じつさいにあつた話――、人の心を美しくする昔の逸話を十三篇だけあつめてあります。「三つの瓶」を読んだ方は、この「**綿の種**」も、ぜひ読んでください。

▼お父さんや兄さん方のためには、ほかに〈**木槿文庫**〉が出ています。（高校程度以上）

第1集・端宗六臣（李朝史話）　第2集・**民族の日蔭と日向**（随想）

どちらも**定価は六八円**（送料共）です

▼〈木槿文庫〉や〈木槿少年文庫〉の代金を送るときは、**切手**（八円以上）または**現金**をそのまま封入してください。「現金かわせ」や書留便にしないでも、間違いなくとどきます。

▼本の間《あいだ》に挿《はさ》んである「**読者カード**」は、なるべく送り返してくださるよう希望します。（切手はいりません）

一人でも多く読者をつくるために、みんなで力を合わせてください。

砂糖を、やりかえします。おたがいが相手をよく知らないからですが、この「知らない」ということ、あるいは「間違って知っている」ということのために、私たちは、どれだけ損をしているか知れません。

コリアン・ライブラリーの仕事

韓国の文化を日本の人々に、もっとよく知らせたい——、日本に住む同胞たちにも、もっと、ふるさとを知ってもらいたい——。その目的でコリアン・ライブラリーが生れました。会館を建てたり、会誌（ダイジェスト・コリア）を出したり、講演会や座談会を催《もよお》したり、ほかにも仕事はたくさんありますが、〈木槿《もくきん》文庫〉と〈木槿少年文庫〉が、その足がかりとなる最初の仕事です。小さなせせらぎが、やがて大河《たいが》となるように、一すくいの砂が集って防《ぼう》波堤《はてい》が築《きず》かれるように、私たちは、この小さな文庫に、気永な、大きな希望《のぞみ》をかけております。

—77— コリアン・ライブラリーの仕事

界の偉人として尊敬されるのも、みな、この心の繋りがあればこそです。決して、言葉や習慣が同じだからではありません。

正しく知るために

アジアに隣あっている韓国と日本——この二つの国は二千年の昔から文化を分ちあった間柄《あいだがら》でした。言葉や文字や、宗教、芸術が、韓半島を通って日本へ流れ入ったことは誰もが知っています。そうした古い昔はさておき、現にこの日本には、六十万もの、韓民族が住んでいるのですが、調和し生かし合うかわりに、憎《にく》み合い、傷《きず》つけ合う場合が多いのは、まことに残念なことです。

「塩クン、きみは色が白いばかりで、少しも甘くないね。」——そういって砂糖が塩をケナします。

「なんだ、きみこそ鹹くないじゃないか。漬物が腐るだろ。」——そういって塩が

—76—

塩と砂糖

おいしい料理をつくるためには塩《しお》も砂糖も必要です。どちらも白いが、役目や働きが違います。一つは鹹《から》く、一つは甘い——この違った働きが、たがいに調和《ちょうわ》し、生かし合って、料理の味をつくり出すのです。

甘い塩では困るし、鹹《から》い砂糖も役に立ちません。塩は塩であることが貴《とうと》く、砂糖は砂糖であることに値打《ねうち》があります。

一つの繋り

地球の上にはたくさんの国があり、それぞれの民族は、異った言葉や風習《ふうしゅう》のもとに各自の生活を営《いとな》んでおります。けれども人類が担《にな》う共同の任務から全く切り離《はな》された民族というものはありません。塩も砂糖も、料理をおいしくするという一つの目的で繋《つなが》るように、人間も、どこかに、必ず心の繋りを持っています。デンマークのアンデルセンが世界じゅうの子供に親《した》しまれるのも、ガンジーやリンカーンが世

—75—　三つの瓶

「ヒヒ兄さん、ホホ兄さん
おお苦しい、どこへ行くの——」
と、しゅうねん深く呼び立てました。けれども、さすがの鬼娘も、こんどばかりは泳ぎつくことができません。とうとう、波に呑まれてそのまま姿が見えなくなりました。

☆

三つの瓶のおかげで危い命を助かった、お百姓さんの息子は、山奥の道士のところへ無事に帰り着きました。その日から道士のお弟子になって、不思議な術《じゅつ》を習いながら、一生を山で暮しました。

——おわり——

—74—

も少しで、馬のしっぽがまたつかまりそうになりました。馬の上から息子が、こんどは赤い瓶を後へ投げつけました。

そこらじゅう一めんが、まっ赤な火の海になりました。メラメラと燃《も》え上る火の中をくぐりながら、

「おお熱《あつ》いこと、ヒヒ兄さん
どこへ行くの、ホホ兄さん——」

と、鬼娘はどこまでも、どこまでも、追いかけて来ました。

いくらも走らないで、またまた馬のしっぽがつかまりそうになりました。三度目に息子は残《のこ》る一本の白い瓶を、鬼娘めがけて投げつけました。

そこら一めんが、大きな海になって鬼娘を呑《の》んでしまいました。体じゅうトゲに刺され、おまけに体じゅう大やけどをした鬼娘は、こんども海の中を浮き沈みしながら、

—73— 三つの瓶

籠をほうり出したまま、

「ヒヒ兄さん、ホホ兄さん——」

と、呼《よ》び立てながら、死物《しにもの》ぐるいで馬のあとを追いかけました。

どんなに馬を駈けらしても、鬼娘の足にはかないません。いくらも走らないうちに、もう馬は追《お》いつかれそうになりました。

息子は道士からわたされた三つの瓶の中から、青い瓶を取り出すと、それを馬の上から後《うしろ》の方へ投げました。瓶が投げられると一しょに、そこら一めんが青いトゲでぎっしりになりました。そのトゲの海をかきわけ、かきわけ、それでも鬼娘は、

「おお痛いこと、ヒヒ兄さん——

どこへ行くの、ホホ兄さん——」

と、呼び立てながら、シヤニムニ、馬のあとを追いかけました。

—72—

「ところで妹や、わたしはとてもおなかがすいたよ。前の野菜《やさい》ばたけに、まだにらがあるだろうか。」

「ええ、ありますとも、それを取って来て兄さんに、御飯《ごはん》を上げましょう。でもわたしのいない間に、どこかへ行ってしまうのじゃないの――。」

妹は疑《うたぐ》りぶかそうに、そう言ったかと思うと、

「いいことがあるわ、兄さんがどこへも行かないように、こうして置きましょう。」

と、言いながら、長い長い糸《いと》をもって来て、息子の体《からだ》に結《むす》ぶと、そのはしを自分の腰《こし》にまきつけました。そして糸をたぐりながら、籠《かご》を下《さ》げて、野菜《やさい》ばたけに出てゆきました。

逃《に》げるのは、いまのうちだ――息子は、腰の糸をほどいて柱に結びつけると、馬にまたがって一目散《いちもくさん》に駈《か》け出しました。

間もなく鬼娘は、にらを取ってもどって来ました。そして息子の逃げたのがわかると、

来たのは、両親《ふたおや》が亡《な》くなって、ちょうど七日目《なぬかめ》の日でした。

七日間も肝を食べないので、鬼娘《おにむすめ》はすっかりおなかをすかせておりました。そこへ兄さんが帰って来たものですから大よろこびです。

「お父さんやお母さんは、どこにいるの。」

息子は家の中に入って来ながら、そうたづねました。

「お父さんも、お母さんも、ついこのあいだ亡くなったのよ。わたし一人でこの先どうしようかと思っていたのに、いいとき兄さんが帰ってくれて、ほんとうにうれしいわ。」

ふりみだした髪《かみ》や長くのびた爪《つめ》――、もうどこから見ても当りまえの人間の姿《すがた》ではありません。両親がこの鬼娘の手にかかって死んだのは、わかりきったことです。

ぐずぐずしていては自分の命も危い――そう思ったので、息子はさりげないようすで申しました。

―71―　三つの瓶

としていて、厩につながれていた何百頭という牛や馬はかげもありません。

あまりにも変りはてたわが家の前で、息子はただぼんやりと、立ちつくしていました。そのときです。くずれかけた家の中から若い女が一人出て来るなり、

「おや、おや、誰かと思ったら兄さんじゃないの、まあ、なんだってそんな所に立っているんですね。さあさ、早くお入りなさい。」

と、さもなつかしそうに声をかけました。姿《すがた》こそ変っていても、それはたしかにあの妹です。何年も見ないうちに、小さかった妹は、もう一人前の女になっていました。

妹は、兄が家を出てからこのかた、牛や馬の生肝を毎日一つづつ抜《ぬ》き取っては食べていました。そのうちに、何百頭の牛馬《うしうま》が残らず死んでしまうと、こんどは、めしつかいや村の人たちが、つぎつぎに生肝を抜かれて食べられました。村の人たちが死にたえたあとは、一ばんおしまいに、年とったお父さんやお母さんまで手にかけました。息子が帰って

—69— 三つの瓶

あてのない旅を何年もつづけているうちに、息子は山奥で一人の道士《どうし》にあいました。家を出るまでの悲《かな》しい物語を聞いて、道士は申しました。

「やれやれ、お気の毒な。いまとなってはもう手おくれかも知れぬが、親御《おやご》さんたちが無事かどうか、あんたはいま一度、立ち帰って見届《みとど》けなさるがよい。ここに瓶《びん》が三つある。危《あぶな》いと思ったときは、この瓶を一つづつ投《な》げて命《いのち》を助《たす》かるのじゃ。」

そう言って道士は、赤、青、白の三通《みとお》りの瓶を息子にわたしました。

お百姓の息子は、道士からもらった三つの瓶を、大切にふくろにしまって馬に乗りました。何日《なんにち》かたって、なつかしいふるさとにたどり着きました。

山や川は昔のまゝですが、住《す》みなれた村は一めんに、ぼうぼうと草が生《は》えて、人っ子《こ》一人見《み》当《あた》りません。わが家の前に立ちましたが、軒《のき》はかたむき、門はくちはてて、見るかげもない変りかたです。市場《いちば》のようににぎわっていた家じゅうは火が消《き》えたようにヒッソリ

—68—

なにもかも、下男たちが見たとおりです。あくる朝、お百姓さんに呼ばれると、息子は、つつみかくさずに見たままを話しました。

「お父さん、やっぱりほんとうでした。妹は人間ではありません。鬼か狐《きつね》の生れかわりに違いないのです。」

お百姓さんは、ハラハラ涙を流しながら息子に申しました。

「ああ、なんてことだ、お前までそんなことを言うのか。わしがあんまり娘をかわいがるもんで、きっとお前たちは、ねたんでいるのだろう。もう、もう、お前なぞせがれとは思はぬ。どこへなりと好きなように出てゆくがよい。」

どんなに言いわけをしても、お百姓さんは聞きません。とうとう息子もあきらめて、家を出ることになりました。

☆

また一人べつな下男が、三番目の寝ず番に立ちました。その下男も、追い出されてしまいました。

なんべんも同じことがくりかえされたあとで、お百姓さんは、こんどは、息子《むすこ》に寝ず番を言いつけました。

「せがれや、お前ならきっと、ほんとうのことをわしに話してくれるに違いない。どんなわけで牛や馬が死ぬのか、よく見ていておくれ。」

そこで、こんどは息子が厩を見張《みは》ることになりました。真夜中すぎに、小さな妹が部屋からしのんで出て来ました。

お台所の油つぼに手を入れて、その手を牛の尻につっ込んで、引き抜いた生き肝をムシャムシャ食べて、妹は口をふくと、そっと足音をしのばせて、また自分の寝間《ねま》へ帰って行きました。

—67— 三つの瓶

鬼《おに》あつかいにするとはなんておそろしいやつだ。そんなふらちなやつを家に置くことはできない。とっとと出てゆくがいい。」

お百姓さんは下男を追《お》い出してしまうと、つぎの晩は、べつな下男に寝ずの番を言いつけました。

この下男の見たのも、そっくり前の晩のとおりです。真夜中に、娘が出て来て、油つぼに片手をつっ込んで、牛の尻から生肝を抜き取ってムシャムシャ食べると、牛が死んでしまう——。

あくる朝、下男は、お百姓さんの前に出て、自分の見たとおりのことを話しました。

「どいつもこいつも、なんと言うふらちな奴らだ。わしのかわいい娘を生き肝食いだなんて、恩知らずにもほどがある。さあ、きようかぎり出てゆくがいい。」

こんどもお百姓さんは、腹を立てて、その下男を追い出してしまいました。

—65— 三つの瓶

たが、見るとそれは七つになった主人の娘でした。

「いまごろ、なんで起き出したのだろう。」

そう思って下男は、なおもようすを見ておりました。それとも知らない娘の子は、お台所の油《あぶら》つぼに手をつっこんで片腕《かたうで》をすっかり油でぬらすと、そのまま足音をしのばせて厩に近づきました。そして一頭の牛の尻《しり》に油でぬめった手をさしこんだかと思うと、生き肝《ぎも》を引きぬいて、その場でムシャムシャ食べてしまいました。

牛は鳴き声一つ立てられずに、そのまま死んでしまいました。娘の子は血のついたまっ赤な口をふくと、また足音をしのばせて、部屋へ帰ってゆきました。

驚いたのは下男です。夜が明けるのを待ちかねて、さっそく主人のお百姓さんに見たとおりのことを話しました。ところがお百姓さんはほんとうにしません。

「そんなばかな——。おおかた寝ぼけてお前は夢《ゆめ》でも見たのだろう。かわいいわしの娘を

「ゆうべまで、元気でピンピンしていたのに、おかしなこともあるものだ。」

厩をあずかっている下男たちは、そう言いながら首《くび》をかしげましたが、その不思議はつぎの日も、またつぎの日もつづきました。夜《よ》が明けると、きまったように、牛か馬のどっちかが、一頭づつきっと死んでいるのです。

「これは、きっと何かわけがあるにちがいない。」

お百姓さんは、そう考えて下男にそっと言いつけました。

「お前は、夜どおし起きていて、寝ずの番をするのだ。そして、どんなわけで、牛や馬が死ぬのか、よく見とどけるがよい。」

言いつけられた下男は、その通りにしました。家じゅうが寝しずまった夜中に、下男だけは物かげにかくれて、厩を見張っておりました。

すると、真夜中《まよなか》も過ぎたじぶんです。奥の部屋の戸があいて誰かがそっと出て来まし

—63— 三つの瓶

三つの瓶《びん》

牛や馬を何百頭《とう》も飼《か》っている物持《ものもち》のお百姓さんがありました。

このお百姓さんには男の子が一人いるだけで女の子がありません。どうかして娘を一人ほしいと思っていましたが、ある年のこと、願いがかなって、かわいい女の子が生れました。家じゅうのよろこびは、たとえることばもありません。お百姓さんはこの娘を、天からさずかった宝《たから》もののように大切にして育てました。

娘が七つになった時です。

ある朝、家の人たちが起《お》き出してみると、厩《うまや》につながれていた牛が一頭死んでいました。

―62―

☆

だから、物語を聞《き》いて、しまっておいたりなぞしないものです。聞いた話《はなし》は、つぎからつぎへと、人に聞かせなければなりません。

—61— 物語のふくろ

は、はなむこ、はなよめです。「だれだっ」と、声《こえ》をたてながら、ふたりは、ね床から、はねおきました。

「若《わか》だんなさま、わけは、あとで話《はな》します。ちょっと、そこをどいてください。」

めしつかいは、そういいざま、へやにしいてある、ね床をはねのけました。床の下には、なん百という糸蛇《いとへび》が、一つにからみあっていました。めしつかいは、ものをもいわずに、手にしたつるぎをふりまわして、糸蛇に切りつけました。切られた糸蛇は、赤い口をあけて、黒い二叉《ふたまた》の舌《した》をうごかしながら、四方八方《しほうはっぽう》へ逃《に》げまわりました。めしつかいは、きちがいのようになって、糸蛇を、みんな切り殺《ころ》しました。

そして、大きく息《いき》をつきながら、

「若《わか》だんなさま、じつはこういうわけなのです。」

そういって、ふくろの中から聞こえてきた物語《ものがたり》を、のこらず話《はな》しました。

—60—

りましたが、その場《ば》で、めしつかいをしかるわけにもいかず、そのまま、はなよめと結婚《けっこん》式《しき》をあげました。結婚式のお祝《いわ》いもすんで、みんなは帰《かえ》っていきました。

やがて、夜もふけていきました。めしつかいはつるぎを持って、はなむこ、はなよめがはいっているへやの、えんがわの下にかくれていました。はなむこ、はなよめが、あかりをけして、ね床につこうというときです。めしつかいは、へやの戸をガラリと開けて、へやに飛《と》びこんでいきました。おどろいたの

「あの井戸《いど》水《みず》を、一ぱい汲んできて、のましておくれ。さっきから、のどがかわいて、たまらないんだ。」

と、はなむこは、めしつかいにいいました。こんどもめしつかいは、馬をいそがせながら、

「あの木《こ》かげにはいれば、いっぺんに、のどのかわきなんか、とまりますよ。」

と、いって、まえよりも、いっそう強《つよ》く、馬に、むちをあてました。はなむこは馬の上で、ぶつぶつ不平《ふへい》を鳴《な》らしましたが、めしつかいは、かまわず、ずんずん走《はし》って、はなよめの家へ着《つ》きました。はなよめの家には、大ぜいの人たちが待っておりました。

めしつかいは、馬を庭《にわ》にいれて、もみだわらのすぐそばにいきました。

はなむこが、いざ足をおろそうとしたとき、めしつかいは、ドンと、はなむこをおし倒《たお》して、すぐに、むしろの上へ落《おと》しました。はなむこは、はずかしさのあまり、まっ赤にな

しばらくいくと、行列《ぎょうれつ》は、野道《のみち》にさしかかりました。みちばたに、まっ赤な野《の》イチゴが、たくさんみのっていました。

「ちょっと、馬をとめて、あのイチゴを取っておくれ。」

はなむこが、馬の上から声《こえ》をかけました。めしつかいは、ここぞとばかり、馬をいそがせながら、

「まあ、まあ、がまんしてください。イチゴなんかは、どこにだってありますから。」

そういって、馬にピシリとむちをあてました。

また、しばらくいくと、こんどは道ばたに、すずしそうにわいている、きれいな井戸《いど》がありました。そこには、小さな水汲《みずく》みのふくべまでついていていました。

—57— 物語のふくろ

かまどのそばで、それを聞いためしつかいは、びっくりしました。これはたいへん、一《いち》大事《だいじ》、あしたは、どんなことがあっても、若《わか》だんなの馬のたずなは、じぶんがとろうと、心にきめました。

あくる朝はやく、結婚《けっこん》の行列《ぎょうれつ》のしたくができて、はなよめさんの里へ、むかうことになりました。めしつかいは、とんで出て、はなむこの馬子《まご》にしてくれと、いいだしました。

「おまえは、うちにいるがいい、ほかの用事《ようじ》もあることだから。」

と、あるじがとめましたけれども、

「なにがなんでも、きょうだけは、馬子《まご》にならしてください。」

と、ききません。とうとう、あるじも、こん負《ま》けして、はなむこの馬のたずなを、めしつかいに、とらせることになりました。

—56—

「それでも死《し》ななかったら、こんどは、おれが、道ばたの井《い》戸《ど》水《みず》になって、かわいいバカチ（水を汲むふくべ）をうかべて待っている。すると、あいつは、のどがかわいて、水をのむだろう。もしものんだら、あいつは、それっきりさ。」

と、つぎの声がいいました。すると、四ばんめが、

「じゃあ、おまえがしくじったら、こんどは、おれが、まっ赤にやけた鉄《かな》ぐしになって、もみだわら（はなむこが、馬からおりるとき、地べたに足がふれないように、馬のわきにおくたわら）の中にかくれていよう。そして、馬からおりたときに、あいつの足をやきこがしてやるんだ。」

と、いいました。すると、また、べつの声《こえ》がいうことには、

「もし、それでもだめだったら、さいごにおれは、細長《ほそなが》い糸蛇《いとへび》になって、はなむこ、はなよめの床《とこ》の下にかくれていよう。そして、寝入ったところを、かみついてやるんだ。」

—55— 物語のふくろ

しつかいは、火をたいていました。すると、どこからともなく、ささやき声《ごえ》がもれてきました。じっと耳をすますと、それは、かべにかけてある、ふくろからきこえてくるのでした。

「おいみんな、あしたは、あの子どもの結婚式《けっこんしき》だね。おれたちを、こんなにぎゅうぎゅうおしこんで、長いあいだ苦《くる》しめたんだから、あすは、かたきを取ってやろうよ。」

と、一つの声がいうと、

「うん、おれも、そう思っていたのさ。あしたは、あいつが馬に乗《の》っていくだろう。だから、おれは、とちゅうで、きれいなイチゴに化《ば》けて、みちばたで待っていてやる。そしたら、あいつは、きっと、たべたくなるだろう。もしもたべたら、その場かぎりで、あいつの命《いのち》はないのさ。」

と、も一つの声がいいました。

—54—

物語《ものがたり》の ふくろ

むかし、ある金《かね》もちの家《いえ》に、ひとりの男の子がありました。物語を聞《き》くのが大すきで、物語を聞くたびに、「物語をためておくんだ」といって、腰《こし》にぶらさげている ふくろの口をあけて、その中へ、物語をつめこみました。そして、物語が逃《に》げださないように、しっかりと、ふくろの口をむすんでおきました。

男の子が、りっぱな若者《わかもの》になって、いよいよ、およめさんを、むかえることになりました。この家には、古くからいる、ひとりのめしつかいがありました。

およめさんを、むかえるしたくで、家の中は、大さわぎをしているとき、かまどで、め

—53— カボチャの種

は、それでもまだあきらめられず、おそるおそる、三ばんめのカボチャにほうちょうを入れました。

するとこんどは、カボチャの中から、黄《き》ろいどろ水が、どんどんあふれて、出てきました。見る見るうちに、家じゅうが、どこもかしこも、どろだらけです。にいさんは、とうとうひめいをあげて、弟の家に逃《に》げこみました。

気のどくなにいさんを、弟はしんせつにいたわりました。欲《よく》ふかのにいさんも、じぶんのわるかったことに気がついて、それからは、へりくだった、つつましい人になりました。弟は、田畑《たはた》から、めしつかいから、なんでも、にいさんと半分《はんぶん》にわけて、のちのちまで、仲《なか》むつまじく暮《く》らしたということです。

—52—


「不人情《ふにんじょう》の欲《よく》ばりめ、痛《いた》い思いをさせてやる。」

オニたちは、かわるがわる、にいさんを打《う》ちのめしました。打ちながら、口々《くちぐち》にこうとなえました。

そのうちにオニたちは、どっかへ見えなくなりました。こんなひどいめにあって、それでもにいさんはこりません。こんどこそ、宝《たから》をだそうと、二ばんめのカボチャをわりました。

すると、こんどは借金取《しゃっきんとり》りが、あとからあとから出てきました。

「金《かね》をかえせ、金をかえせ、かえさにゃ、なんでも、さらっていくぞ。」

口々にそういって、ほんとうに手あたりしだい、なんでも持っていきました。

たちまちのうちに、にいさんの家《いえ》は、あき家《や》もおなじになりました。

カボチャなど、わるんじゃなかったと、いまさらくやんでも追《お》いつきません。にいさん

—51— カボチャの種

早く夏《なつ》がくればいいと、それぱっかりを待ち暮《く》らしました。そのうちに、春《はる》がすぎて、待ちに待った夏になりました。

足を折られた去年《きょねん》のツバメが、にいさんの家《いえ》に、またきました。おまけにちゃんと、カボチャの種も、口にくわえておりました。その種を庭《にわ》に植《う》えると、欲《よく》ふかのにいさんは、毎日水をかけました。「早くなれ、早くなれ」とこやしもたくさんやりました。

カボチャのつるが、だんだんのびて、屋根《やね》の上に、大きなカボチャが、やっぱり、三つなりました。弟の家でできたよりも、もっと大きなカボチャです。

「ありがたい、もうしめた。弟なんかに負《ま》けるものか。」

にいさんは、こおどりして、さっそくカボチャをわりました。中から出てきたのは、大《だい》工《く》さんではありません。大《おお》ぜいのオニどもが手に手にせめ道具《どうぐ》をさげて、にいさんの前にあらわれました。

—50—

弟は、ありのままを答えました。

「ツバメが足を折《お》りました。それを助《たす》けてやりました。そのツバメがカボチャの種《たね》を持ってきて、それでこんなになったのです。」

それを聞《き》くと、にいさんは、もうじっとしていられません。あくる年の初夏《はつなつ》に、ツバメのくるのを待《ま》ちかねて、さっそく、ツバメの子を一羽《いちわ》、巣《す》から取りだしました。そして、ぽきりと足を折《お》ると、こんどはくすりをつけて、白い布《ぬの》でぐるぐるまいて、もとの巣の中に入れておきました。

秋《あき》になると、ツバメの子は、南《みなみ》へ帰《かえ》っていきました。さあ、にいさんは、うれしくてなりません。

「もう、あと、ちょっとのしんぼうだ。いまにツバメが、やってくる。種《たね》をくわえてやってくる。」

金《きん》や銀《ぎん》が出てきました。びんぼうな弟は、その金銀で、土地《とち》をかいいれて、村《むら》一ばんの長者《ちょうじゃ》になりました。

☆

欲《よく》のふかいにいさんは、うらやましくてなりません。どうかして、じぶんも、あんな身分《みぶん》になりたいと、弟のところへやってきて、それとなくたずねました。

「なあ、弟や、おまえはどうして、こんないい身分《みぶん》になれたのだい。」

―49― カボチャの種

—48—

いました。

あまりのふしぎさに、弟は、ただただ、あきれておりました。「あとのカボチャには、いったい、なにがはいっているのだろう。」そう思って、こんどは二ばんめのをわりました。

二ばんめのカボチャからは、めしつかいがぞろぞろ出てきました。すきや、くわや、かまを持った、お百姓《ひゃくしょう》さんもありました。水がめや、お針《はり》を持った女のめしつかいもありました。みんなは出てしまうと、うやうやしく礼《れい》をして、

「さあさ、だんなさま、なんでもご用《よう》をいいつけてください」と、声《こえ》をそろえて申しました。

三ばんめのカボチャからは、目もくらむほど、たくさんの

—47— カボチャの種

足を折《お》った去年《きょねん》のツバメは、助《たす》けられたお礼《れい》に、カボチャの種《たね》をくわえてきて、お庭《にわ》のすみに落《お》としました。その種から、つるがのびて、屋根《やね》にはいあがったかと思うと、もう秋《あき》には、一《ひと》かかえもある、大きなカボチャが、三つもならんでなりました。

弟は、よろこんで、カボチャを一つ取りました。

「めずらしい大きなカボチャだ。一つだけでも、ずいぶんたくさんあるだろう。村の人たちにも、わけてあげよう。」

そう思いながら、弟はカボチャを二つにわりました。すると、どうでしょう。中からは、ぞろぞろと大工《だいく》さんが出てきました。まさかり、かんな、のこぎりを、手に手に持っておりました。

大工さんが、すっかり出てしまうと、つづいてこんどは、材木《ざいもく》が、どんどん出てきました。大工さんたちはその材木で、見るまにりっぱなおうちをたてて、どこかへいってしま

—46—

十日《とおか》、二十日《はつか》とたつうちに、足を折ったツバメの子は、すっかり元気《げんき》になりました。ヘネに力もつきました。もう、おかあさんのえさを、待《ま》っておりません。じぶんひとりで、大空《おおぞら》を、自由《じゆう》に飛《と》びながら、虫をさがすほどになりました。

☆

夏《なつ》がすぎて、秋《あき》がきて、ツバメたちは南の国へ帰《かえ》りました。足を折った子ツバメも、もう、ちゃんとおとなになって、なごりおしそうに、村をはなれてゆきました。

あくる年の初夏《はつなつ》です。

古巣《ふるす》をたずねて、去年《きょねん》のツバメが、またこの家にやってきました。海をこえ、山をこえて、はるばる遠《とお》い道のりです。それでもツバメは、むかしの古巣を忘《わす》れません。

ピイチク、ピイチク鳴《な》きたてて、ツバメが軒《のき》をかすめます。弟のまずしいお家は、またにぎやかになりました。

—45— カボチャの種

れはごちそうだ」とばかり、ニュッとかま首《くび》を持ちあげて、巣の中をのぞきこみました。

ツバメの子は、こんなおそろしいめにあうのが、はじめてです。小さなハネを、ばたばたさせて、一生《いっしょう》けんめいに飛《と》ぼうとしました。けれども、ヘネには、まだまだ力《ちから》がついておりません。飛べないハネで、むりに飛びたとうとして、一羽《いちわ》の子ツバメは、まっさかさまに巣から落《お》ちてしまいました。

そのさわぎを聞きつけて、弟が出てきました。そしてシッ、シッと、青大将を追《お》いました。青大将は、ざんねんそうに巣をあきらめて、逃《に》げていきました。

巣《す》から落《お》ちた子ツバメは、足が折《お》れていました。

「かわいそうに、どんなに痛《いた》いだろう。」

弟は、ツバメの子が、あわれでなりません。折れた足にくすりをつけて、白い布《きれ》で、ていねいに、傷《きず》をしばってやりました。

—44—

わらぶき家《や》の軒下《のきした》が、ピイチク、ピイチクと、にぎやかです。巣が落《お》ちないように、板《いた》ぎれを、下へあててやりました。親《おや》ツバメは、せっせとえさを見つけてきては、子どもたちをそだてました。ツバメの子は、毎日大きくなっていきました。

ある日のことです。おかあさんツバメが、えさをさがしに出たあとへ、大きな青大将《あおだいしょう》が一匹《いっぴき》、するすると屋根《やね》をおりてきました。青《あお》大将《だいしょう》はツバメの巣《す》に近《ちか》よると、「こ

—43— カボチャの種

カボチャの種《たね》

欲《よく》のふかいにいさんと、心のやさしい弟《おとうと》が、おなじ村《むら》にすんでいました。にいさんは、大きな家《いえ》で、なに不自由《ふじゆう》なく暮《く》らしていました。それでも、口ぐせのように、「たりない、たりない、」と、ぐちをこぼしておりました。それにひきかえて、弟は暮らしこそまずしいけれど、不平《ふへい》をいわない人でした。

そのまずしい弟の家に、南の国からツバメがきて、軒《のき》の下に巣《す》をかけました。苗代《なわしろ》に、そよそよと風のわたる初夏《はつなつ》です。まもなく、ツバメは、かわいい子どもを、なん羽《ば》となくかえしました。

—42—

かねの音《ね》が、ひびきわたりました。

そのかねの音をきくと、女は、歯《は》ぎしりをしながら、くやしがって、

「しかたがない。おまえさんは、やっぱり、神《かみ》さまにまもられている。」

と、いったかと思うと、すがたが、きゅうに見えなくなりました。いまのいままで、すわっていた広い屋《や》しきも、けむりのようにかききえてしまいました。

思いがけなく、いのちの助《たす》かった木こりは、あまりのふしぎさに、夜があけるのをまちかねて、山おくの寺を、たずねていきました。

なるほど、荒寺《あれでら》には、大きなつりがねが、さがっているばかりで、人のけはいはありません。かねには、まっ赤な血《ち》がにじんでいました。そして、かねの下には、頭《あたま》をくだき、ヘネのおれたキジの死がいが、血まみれになって、よこたわっていました。

で、どうか、わたしを帰《かえ》してください。」

すると、女は、きっぱり、いいきりました。

「だめだよ。まちにまったかたきに、いま、めぐりあって、どうしておまえさんを、みのがすことができよう。もしもそれができないなら、かくごをするがいい。おまえさんを、食いころしてやるから。」

木こりは、あきらめました。もはや、いのちはないものと、かくごをきめました。

そのときです。夜のしじまをやぶって、はるか遠《とお》い山寺《やまでら》から、ゴーンと、かすかに、

—40—

で、いのちを助《たす》けてください。」

女は、せせら笑《わら》いながら、はじめは、とりあいませんでしたが、木こりが一生《いっしょう》けんめい涙《なみだ》をながしながらたのむと、

「そんなら、ただ一どだけ、おまえさんとかけをしよう。」

と、申しました。

「この山のおくには荒寺《あれでら》がある。人はだれもすんでいないが、その寺には、大きなつりがねが一つさがっている。もしも夜があけるまえに、おまえさんが、ここにすわったままで、そのかねを、ならすことができたら、いかにもいのちは助けてやろう。」

木こりは、それをきくと、かなしくなりました。

「このへやにいたままで、かねをならすなんて、どうして、そんなことができましょう。それでは、いまのいま、いのちをとられるのもおなじです。そんなひどいこといわない

—39— キジのかね

と、いいながら、赤い大きな口をあけて、「イヒヒ」と、笑《わら》いました。

木こりは、おどろいて、どうして自分《じぶん》が、かたきなのか、そのわけを、はなしてくれといいました。すると、女は、いつか木こりが助《たす》けた、キジの巣《す》のことを、いいだしました。

「あのとき、ころされたヘビが、わたしなんだよ。わたしは、長いこと、おまえさんに、めぐりあうのをまっていた。きょうこそ、おまえさんのいのちをとって、長いあいだのうらみをはらすのさ。」

それをきいて、木こりは、生きた心地《ここち》もしませんでしたが、ふるえる声《こえ》で、女にいいました。

「あなたに、うらみがあったわけではない。よわい大ぜいのいのちが、つよいひとりのために、おびやかされるのをみかねて、助《たす》けたまでです。どうか、かたきだなどといわない

—38—

ごちそうも、たくさんでました。

おばけの家ではないかと、木こりは、うすきみわるく思いましたが、なにしろ、おなかがすいていたので、だされたごちそうを、腹《はら》いっぱいたべました。食事《しょくじ》がすんでから、木こりがたずねました。

こんな広いおうちに、どうして若いかたが、ひとりですんでいるのですか。」

すると、女は、

「かたきを、まっているのですよ。」

と、答えました。

「かたきって、それはどこにいるのです。」

かさねて、木こりがきくと、

「ここにいる。それ、おまえさんが、わたしのかたきだよ。」

—37— キジのかね

ッシッと、ヘビをおいましたが、ヘビはにげようともしません。それで、そのヘビを、棒のさきで、たたきのめして、ころしてしまいました。

☆

それから何年かたって、木こりは遠《とお》い旅《たび》にでました。

山道を、ずんずん歩《ある》いていくうちに、日がくれて、あたりは、まっくらになりました。おなかはすいたし、足はつかれたし、どこか家はないかと、見まわしたら、はるかむこうの松林《まつばやし》の中に、あかりのもれているのが、目につきました。そのあかりを、目じるしにして、近《ちか》づいてみると、それは山おくにあわない、りっぱな瓦《かわら》ぶきのお屋《や》しきでした。

その大きなお屋しきには、十九か二十《はたち》くらいの若《わか》い女が、ひとりいるきりです。木こりが、一夜《いちや》の宿《やど》をたのむと、

「さあさ、おはいりなさい」と、しんせつに、むかえてくれました。

—36—

キジの かね

木こりが、山おくにすんでいました。

ある日のこと、山で木を切っていると、すぐちかくで、ばたばたと、羽《は》ばたきながら、かなしそうに、なきたてるキジの声《こえ》がきこえてきました。なんだろうと思って、そばへいってみたら、こんもりとした柴木《しばき》の下に、キジの巣《す》があって、大きなヘビが、いまにもその巣に、おそいかかろうと、かま首《くび》をもちあげているところでした。

巣の中には、キジの卵《たまご》が、いっぱいはいっていました。

木こりは、手にもっていたささえ棒《ぼう》（しょいこのまえにあてがう、つっかい棒）で、シ

—35— 火の玉のムク

ものにしてみせるのだと、しゅうねんぶかく、ねらっているのです。

火の玉のムクも、もう、すっかり年をとって、むかしの元気《げんき》はありません。それでも、王さまのいいつけで、やっぱり遠い空の旅《たび》を、いまでもつづけているということです。

日食《にっしょく》や月食《げっしょく》——空にかかっているお月さんや、おてんとうさんが、ときどき、きゅうにくらくなって、またもとにかえるのは、火の玉のムクが、いまも生きているしょうこです。なんと、根気《こんき》のよい話ではありませんか。

こんどもやはりだめでした。おてんとうさんのそばまでいって、口にくわえてみただけで、火の玉のムクは、やっぱり手ぶらで、帰りました。

またまた月へ、やられましたが、やはり、おなじことでした。ながいながい旅《たび》のあいだ、こんどこそ、といきごんでも、いざ口にくわえてみると、とても、がまんができません。それほど、月はつめたいのです。

五ど、十ど、二十どと、おなじことがくりかえされました。なんべんいっても、だめでした。そうなると、王さまののぞみは、いよいよ、つよくなるばかりです。

おてんとうさんは、あつすぎるし、お月さんは、つめたすぎる——。いかに、いさましい火の玉のムクでも、こればっかりは、できないのです。けれども、光《ひかり》がほしい一心《いっしん》からくらがり国《こく》の王さまは、いつまでたってもあきらめません。なん百ぺん、しくじっても、なん千べん、やりそこなっても、いまにきっと、おてんとうさんや、お月さんを、自分の

ように、そっと、くわえてみました。

ところがどうでしょう。そのつめたいこと、つめたいこと、まるで氷《こおり》のかたまりです。それでも、がまんをして、口いっぱいに、月をくわえるにはくわえました。けれども、その上のしんぼうはできません。からだじゅうが、いまにも凍《こお》ってしまいそうです。火の玉のムクは、こんども、やっぱりあきらめて、月をはきだしたまま、またすごすごと、もとのくらがり国《こく》へ、帰《かえ》っていきました。

☆

火の玉のムクが、むだ足をして、帰ってきたのをみると、くらがり国の王さまは、こんどもがっかりしました。けれども、光《ひかり》がほしいと思う気もちは、かわりません。とれないものとわかれば、なおのこと、ほしくなります。そこで、またもや、おいたてるようにして、火の玉のムクを、おてんとうさんへやりました。

—32—


つさのために、いまにもからだじゅうが、とけてしまいそうです。それで、あきらめて、一どくわえたおてんとうさんを、またはきだしてしまいました。

「とても、こんなことでは、おてんとうさんをもぎとるなど、思いもよらない。」

そう思って、火の玉のムクは、しかたなく、くらがり国《こく》へ帰《かえ》っていきました。

火の玉のムクが帰ってきたのをみて、王さまは、たいそう、ざんねんがりました。

「それなら、月へゆけ、月ならあつくはないだろう」と、火の玉のムクは、やすむまもなく、こんどは、月へやられることになりました。

ながいながい旅《たび》のあとで、火の玉のムクは、またもや、人間《にんげん》の世界《せかい》の空に、やってきました。月は、青白《あおじろ》い光《ひかり》をたたえて、空にかかっておりました。

なるほど、月は、あつくはありません。こんどは、だいじょうぶだろうと、火の玉のムクは、まんまるい月のそばに、口をもっていきました。そして、おてんとうさんのときのうなさわぎです。王さまは、大よろこびで、その場《ば》から、すぐにも、火の玉のむくを、旅《たび》立《だ》たせるように、といいつけました。

火の玉のムクは、いさみたって、遠《とお》い旅にのぼりました。ずいぶん遠い旅でした。火の玉のムクの早足《はやあし》でも、二年はかかる道のりです。

それでも、いさましいむくイヌは、やすまず旅をつづけました。そして、とうとう、おてんとうさんのかかっている、人間《にんげん》の世界《せかい》の空にまで、たどりつきました。

おてんとうさんは、もう目の前です。赤い大きな火の玉が、らんらんと、もえていました。もえたぎっている火の玉を、一どにくわえることはできません。そこで、火の玉のムクは、口を近づけて、おてんとうさんを、くいちぎろうとしました。

けれども、そのあついこと、あついこと、やっと口いっぱいに、おてんとうさんを、くわえてはみたものの、さすがのむくイヌも、もうがまんができません。そのままでは、あ

—30—

なあつい火の玉でも、へいきで、くわえることができるのです。それで、くらがり国の人たちは、このイヌのことを、「火の玉のムク」と、よんでいました。

それればかりではありません。火の玉のムクの四本の足は、まるで鉄《てつ》の柱《はしら》です。なん百里という道のりを、またたくまに、かけてしまう早さでした。

「そうだ、あの火の玉のムクなら、おてんとうさんを、もぎとってこられるかもしれない。」

王さまは、それに気がついて、さっそく、けらいたちに、相談《そうだん》しました。けらいたちは、ひざをうって、王さまのちえをほめたたえました。

「それです。そのほかに、よいくふうはありません。あの、火の玉のムクなら、きっとだいじょうぶです。ほんとうに、よいところへお気がつきました。」

だれもかれもが、そう、うけあって、まるで、もう、おてんとうさんを、とってきたよ

—29— 火の玉のムク

れもかれもが、うんざりしておりました。はてしのないくらやみには、あきあきしておりました。

「光がほしい。光がほしい。ひるとよるとの、けじめがほしい。」

心の中で、そう思わないものは、ひとりもありません。

くらがり国《こく》の王さまだって、光《ひかり》がほしいのは、おなじことです。

「人間《にんげん》の世界には、おてんとうさんや、お月さんがある。なんとかして、あの光を、手にいれるくふうは、ないものだろうか。」

王さまは、いつも、このことばかりを考えておりました。

☆

くらがり国には、たくさんのイヌが飼《か》われていましたが、なかでも、一ぴき、とりわけ、かしこくて、いさましいむくイヌがありました。とても大きな口で、その口は、どん

—28—

火の玉のムク

人間《にんげん》の世界《せかい》に、いろいろの国《くに》があるように、空の上にもいくつかの、ちがった国がありました。

「くらがり国《こく》」というのも、そのうちの一つです。名まえのとおり、この国には、光《ひかり》というものがありません。

あけてもくれても、まっくらがりです。年がら年じゅう、まっくらがりです。

くらがり国の人たちは、くらがりになれておりました。物音《ものおと》をききわけたり、手さぐりで、さがしあてたりすることでは、みんな名人《めいじん》です。けれども、ほんとうのところは、だ

—27— 金のつなのつるべ

のつるべが、雲《くも》の上から、するするとおりてきました。三人のむすめたちは、そのつるべに乗《の》ってあぶないところを助《たす》けられ、雲《くも》の上にのぼっていきました。

トラも負けずに、おいのりをしました。

「わたしにも、つるべを、どうぞおろしてください。」

すると、こんども雲の上から、やっぱりつるべがおりてきました。けれども、それはくされづなのつるべでした。

トラを乗《の》せたくされづなのつるべは、半分《はんぶん》も空へとどかないうちに、プツンと切れてしまいました。まっさかさまに、トラが落ちたのは、ちょうどキビ畠《ばたけ》の上でした。いまでもキビの根《ね》のところが、まだらになっているのは、そのときのトラの血《ち》のあとです。

三人のむすめは、空へのぼって、神《かみ》さまから、それぞれ役目《やくめ》をさずかりました。そして名まえのとおりに、日や、月や、星になって、世界《せかい》じゅうを照《て》らすことになりました。

—26—

ながら、だんだんと木の上にのぼってきました。

「助《たす》けてください神《かみ》さま。金のつなのつるべを、どうぞおろしてください。」

三人の姉妹《きょうだい》は、天の神さまに、そういのりました。すると、ほんとうに金のつな

—25— 金のつなのつるべ

「まあ、まあ、おまえたちは、そこでなにをしているんだい。どうしたらあがれるか、おかあさんに教《おし》えておくれ。」

トラが、そうききましたから、姉娘《あねむすめ》の日《へ》スニが、高い木の上でいいました。

「戸だなの中の、ゴマ油《あぶら》を、幹《みき》にぬったらいいじゃないの。」

それを聞くと、さっそくトラは、戸だなの中から油つぼを持ってきて、それを木の幹にぬりました。けれどもすべってのぼれません。

「いい子だから教えておくれ、どうしたらのぼれるのだい。」

トラはもう一ど、枝《えだ》を見あげてききました。そのとき、月《タル》スニが、ついうっかりして、

「そんなら物おきの手おので、ぎざぎざをつけたら、いいぢゃないの。」

と教えてしまいました。

トラは、大よろこびで、教わったとおりにしました。そして、手おので足がかりをつけ

—24—

のどのかわいていたトラは、ぎらぎらする大きな目で、そういいながら、台所《だいどころ》へはいっていきました。むすめたちは、こわくてこわくてなりません。

「どうしたらよいかしら。いまにわたしたちは、たべられてしまう。」

むすめたちは、大《おお》いそぎで、裏《うら》からそっと逃《に》げました。そして、ぬきあし、さしあし、井戸《いど》のそばの、松《まつ》の木の上にかくれました。

そのうちにトラは、むすめたちのいないのに、気がつきました。

「日《へ》スニや、月《タル》スニや、星《ビヨル》スニや。おまえたちは、どこへいったのだい。」

そう呼《よ》びながら、おうちの中を、あちこちさがしてまわりました。けれども、どこにも見えません。しまいにトラは裏《うら》へ出て、井戸の中をのぞきました。

松の木にかくれているむすめたちのすがたが、井戸の水にうつりました。それで、トラは、とうとう、むすめたちを見つけだしてしまいました。

―23― 金のつなのつるべ

「そんなら、手を見せてくださいな。ほんとうのおかあさんかどうか、わかるから――。」

一ばんおしまいに、星《ピョル》スニがいいました。トラはそういわれると、戸のすきまから、もじゃもじゃした黄《きい》ろい手をニュッとだして見せました。

「あら、あら、おかあさんの手が、どうしてそんなに黄ろいんだろ。」

「この手はね、となり村の親類《しんるい》のうちで、かべぬりおてつだいをしたんだよ。それで黄ろいんだよ。」

トラは、こんどもうまくいいぬけをして、まんまと、むすめたちをだましました。

三人の姉妹《きょうだい》は、そこで、安心《あんしん》して、戸のかんぬきをはずしました。

ところが、はいってきたのは、おかあさんではなくて、黄ろい大きなトラです。

「よくおるすいをしてくれたね。おかあさんが、いまに、おいしいごちそうを、たんとあげるからね。」

—22—

するとトラは、答えました。

「ほんとうのおかあさんだとも。おかあさんはね、お祝《いわ》いによばれて、歌《うた》をうたってきたんだよ。それで声がつぶれたのさ。」

こんどは、月《タル》スニがききました。

「そんなら、ほんとうのおかあさんかどうか、目を見れば、わかるわ。」

それを聞くと、トラは、ふしあなのところから、まっ赤な目玉《めだま》をのぞかせました。月《タル》スニはびっくりしてたずねました。

「どうして、おかあさんの目は、そんなに赤いの。」

「まあ、まあ、なにをいうのだね。」——トラは、すこしあわてて、いいわけをしました。

「本家《ほんけ》にいって、トウガラシを臼《うす》でついてきたんだよ。目の中にトウガラシがはいったから、それで赤いんだよ。」

て、おかあさんの出かけていくところを、ちゃんと見てしまいました。

　トラはおなかがすいていました。なにかたべるものはないかと、洞穴《ほらあな》の中から出てきたところでした。

「これはいいあんばいだ。ひさしぶりで、きょうは腹《はら》いっぱい、ごちそうになるかな。」

　しばらくたってから、もう、よいじぶんだと思ったので、トラはやさしいつくり声《ごえ》で、コトコトと戸をたたきました。

「日《へ》スニや、月《タル》スニや、星《ビョル》スニや。おかあさんが、いまもどったよ。ここをあけておくれ。」

　けれども、どこか、おかあさんの声とはちがいます。それで日《へ》スニは、おうちの中からききました。

「おかあさんなら、そんなへんな声ではないはずよ。ほんとうにおかあさんなの。」

—20—

金《きん》のつなの つるべ

さびしい山里《やまざと》に、おかあさんと、まだ小さい三人のむすめが暮《く》らしていました。姉娘《あねむすめ》が、日《へ》スニ、二ばんめが月《タル》スニ、末の 妹《いもうと》は星《ピョル》スニ、という名まえです。

ある日、おかあさんは、遠《とお》い市《いち》へ出かけることになりました。それで、むすめたちに、よくよく、おるすをいいつけました。

「日《へ》スニや、月《タル》スニや、それから星《ピョル》スニや、おかあさんがもどるまで、この戸をあけてはいけませんよ。このあたりには、わるいトラがいますからね。」

ところが、ちょうどそのとき、おうちの外《そと》を、一匹《いっぴき》のトラがとおりかかりました。そし

っとトラは、三ども、子ウサギにだまされたのだとわかりました。が、もう逃《に》げることもどうすることもできません。

夜があけると、年寄《としよ》りのトラは、村の人たちに見つかって、とうとう、つかまえられてしまいました。

—19— ウサギとトラ

た。

—18—

ウサギは、川上《かわかみ》のほうで、あっちこっち、はねまわって、魚《さかな》を追《お》うふりをしました。日がくれて、川の水は、だんだんつめたくなりました。

「これから、魚がいっぱい食《く》いつきますよ。だからうごいちゃだめですよ。」

と、声をかけて、ウサギは、またまた、逃《に》げてしまいました。

水が凍《こお》りはじめました。トラは、すこししっぽをうごかしてみると、なんだか重《おも》いよううです。

「シメシメ、いまに、たんと魚《さかな》が食《く》いついたら、ひきあげてやろう。」

そう思って、トラは夜のふけるまで、じっと目をつぶって、待っていました。

もうよいじぶんだろうと、トラは、しっぽをひっぱってみましたが、びくともしません。しないはずです。川の水は、岩《いわ》のように固《かた》く凍《こお》りついていました。このときになって、や

—17— トラとウサギ

と、いいました。
「これは、すこし、むずかしいけれど、おじいさんなら、だいじょうぶできますよ。まず、しっぽを水の中につけて、目をつぶるのです。そしたら、わたしが、川上《かわかみ》のほうから、魚を追《お》ってきますから、あいずをするまでは、すこしでもうごいちゃいけませんよ。そのうち、しっぽに、魚がいっぱい食いつきますからね。」
と子ウサギが申《もう》しました。いわれたとおりに、トラは、目をとじたまま、しっぽを水の中につけて、ウサギのあいずを、いまかいまかと待っていまし

—16—


じゅうが焼《や》けこげて、なめし皮《がわ》のようになってしまいました。

冬になって、また、ぺこぺこにおなかをすかしたトラは、川べりへやってきますと、そこで子ウサギが、野菜《やさい》をたべていました。

「よくも、このあいだは、だましたな、もうゆるしてやらないぞ。こんどというこんどこそ、おまえを食《く》ってしまうから——。」

トラは歯《は》ぎしりしながら、子ウサギのそばへきました。ウサギは、あいかわらず、ニコニコしながら、

「おじいさん、ひさしぶりですね。いま、わたしは、しっぽで川の魚《さかな》をつりあげて、たべたところなんですよ。川の魚は、おいしいですね。」

これを聞くと、おなかをすかしたトラは、ノドをゴクリと鳴《な》らしながら、

「じゃあ、おまえ、どうしてつりあげるんだい。ひとつ、わしにも教《おし》えておくれ。」

す。いまにスズメが飛びこんでくるかと、トラは口をあけたまま、身うごきもせずに、じっと空をながめていました。

子ウサギは、遠《とお》くのほうから、

「ヤーシュイ。」

と、スズメを追《お》うふりをして、

「おじいさん、おじいさん、たくさんスズメがいきますよ。」

と、いって、また逃《に》げてしまいました。

火がだんだん近づいて、音もだんだん大きくなりました。それなのに、いっこうにスズメははいってきません。へんだと思って、あたりを見まわすと、見わたすかぎり一めんの火の海です。

トラは死にものぐるいで、火の中をかけぬけ、やっと、いのちが助《たす》かりました。からだ

—14—

と、トラは目をいからせました。ウサギはおそれるふうもなく、ニコニコしながら答えました。

「おじいさん、そんなにおこらないで、まあ聞いてください。わたしは、おじいさんのために、スズメを何万羽《なんまんば》でもつかまえるくふうをしていたんですよ。口をあけていれば、ひとりでに、スズメがはいってくるんです。」

年寄《としよ》りのトラは、これを聞くと、舌《した》なめずりをしながら、たずねました。

「ほう、どうしたらいいんだい。」

「なあにわけはありません。空をながめて口をあけて、ただ、じっとしていればそれでいいのです。わたしが、スズメを追《お》ってきますからね。」

こんどもトラは、子ウサギのいいなりになりました。ウサギは、竹やぶのかれ草に火をつけました。すると、ちょうどスズメが何万羽《なんまんば》となく飛《と》んでくるような羽音《はおと》がきこえま

十《とお》ありますからね。」

と、ねんをおしてから、ぴょん、ぴょんととんで、村のほうへ逃《に》げてしまいました。

まっかに小石が焼けてくると、トラは一つ二つと、かずをかぞえてみました。なんべんかぞえても、小石は一つだけ、よぶんにあります。おなかのすいたトラは、ウサギのいないまに、よぶんの一つをたべてしまおうと思って、一ばんよく焼けたのを、大いそぎで口にほうりこむと、ぐっとのみこみました。ところが、そのあついこと、あついこと、歯《は》や舌《した》を黒《くろ》く焼けただらせて、小石はおなかの中へはいっていきましたが、あまりのあつさにトラはとびあがって、もがき苦《くる》しみました。おなかの中を、大やけどしたトラは、それからしばらくは、なにもたべられませんでした。

—13— トラとウサギ

ある日のこと、またトラは、子ウサギにあいました。

「このあいだは、ヒドイめにあわせたな。こんどこそ、おまえを食《く》ってしまうから——。」

—12—

と、いいながら、まるい小石《こいし》を十一だけ拾《ひろ》って、トラに見せました。

「だが、これをどうしてたべるんだい。」

と、トラがたずねますと、子ウサギは、

「焼いて、まっ赤になったとき、一口《ひとくち》にのんでしまうのです。わたしが、たき木を集《あつ》めますから、おじいさんは焼《や》いてくださいよ。」

と、いいました。

ウサギは、たき木を集めてきて、火をつけました。トラが、その火の上に小石《こいし》をのせました。

小石が焼けてきたころ、子ウサギは、

「おじいさん、おしょうゆをつけてたべると、もっとおいしいのですよ。わたしが、一走《ひとはし》り村へいって、すこしもらってきますから、たべないで待っていてください。ちょうど、

—11— トラとウサギ

トラと ウサギ

おなかをすかした年寄《としよ》りのトラが、道で子ウサギにあいました。トラは、目をギラリと光らせて、

「おまえをたべてしまうぞ。」

と、いいました。

りこうな子ウサギは、

「それよりまあ、ちょっと待ってください。おいしいおもちをあげますから——。火で焼《や》いてたべると、とてもおいしいのですよ。」

—10—

「おばあさん、おばあさん、さっきよりも、もっとわるい。どうしたらよかろう。ああ、痛い、痛い。」

トラは、両方の目をおさえて、足をばたばたさせました。

「そうかや、そんなに痛いかや。そんならこんどは、ふきんでふいてみるがいい。」

おばあさんに教えられて、トラは苦《くる》しまぎれに、ふきんを取るなり、ごしごし目をこすりました。ところが、こんどは針《はり》が目に刺《さ》さって、気が狂《くる》いそうになりました。

トラは、そのときになって、やっと、おばあさんにだまされた、と気がつきました。それで逃《に》げようと台所をとびだしたところへ、牛のふんにすべって、スッテンコロリところびました。すると、庭《にわ》のむしろがきて、ぐるぐるトラをまきこんでしまいました。そこへ、とことこと「やせうま」がやってきて、むしろぐるみトラをのせたかと思うと、ひとりでに走《はし》っていって、わるいトラを、海の中へほうりこんでしまいました。

―9― わるいトラ

が、こすればこするほど、痛《いた》くなるばかりです。

「おばあさん、おばあさん、目の中へ灰がはいった。どうしたもんだろ。」

トラが、苦しそうに、そういうのを聞くと、おばあさんは、

「やれやれ、気のどくな。そんなら台所《だいどころ》へいって、水がめの水で洗《あら》ってみなされ。」

と教《おし》えました。

トラは、いわれたとおりにしましたが、なにしろトウガラシの水だからたまりません。両方《りょうほう》の目玉が、ひりひり痛《いた》んで、いまにもつぶれるかと思われました。

—8—

「そう、そう、今晩《こんばん》はとても冷《ひ》えるから、気のどくだけれども、裏《うら》へいって火鉢《ひばち》をはこんでもらおうかい。」

「いいともよ。」

トラは気がるに引受《ひきう》けて裏へまわりました。そして火鉢を持ちあげようとしましたが、見ると、火が消《き》えかかっておりました。

「おばあさん、おばあさん、火なんかありゃせん。おおかた消えてしまったよ。」

トラがそういいますと、おばあさんは、へやからへんじをしました。

「そうかい。そんならかまわず、上からどんどん吹《ふ》いておくれ、そしたら、じきおこるから。」

そういわれるとトラは、火鉢《ひばち》の上に口を寄《よ》せて、ぷうぷう息を吹きかけました。そのはずみに灰《はい》がまいあがり、トラの目の中にはいりました。トラはあわてて目をこすりました

―7― わるいトラ

つぎは、台所《だいどころ》の水がめの中に、赤いトウガラシのこなをうかべました。

こんどは、ふきんに、針《はり》をいっぱい刺《さ》しておきました。

それから、台所の入口には、牛のふんを、そこらじゅう、まき散《ち》らしておきました。

庭《にわ》には、イネをほすときにつかう大きなむしろをひろげました。へいの内がわには、ものを背《せ》おう「やせうま」をおいておきました。

すっかりしたくができると、おばあさんは知らん顔《かお》をして、へやの中にはいり、トラがくるのを待ちました。

くらくなってから、トラが、のそのそやってきました。そして、おばあさんに声《こえ》をかけました。

「おや、トラのじいさんかい。ま、おはいり。」

おばあさんは、へやの戸をあけると、きげんのよい顔でいいました。

―6―

わるいトラ

わるいトラが、おばあさんの大根畑《だいこんばたけ》に出てきては、毎晩《まいばん》のように、大根を食《く》いあらしました。おばあさんも、これには困《こま》りましたが、どうすることもできません。

とうとう、しあんをめぐらして、ある日、トラにいいました。

「トラのじいさんや。大根《だいこん》なんかたべていないで、今晩《こんばん》うちへおいでよ。おいしいアズキガユを、ごちそうするから。」

そういっておばあさんは、家へ帰《かえ》るなり、大《おお》いそぎで、したくにかかりました。

まず、火鉢《ひばち》に火をおこして、裏《うら》へだしておきました。

三つの瓶《びん》

＜伝承民話＞

もくじ

表紙・古田重郎
さしえ・金義煥

はしがき

古くから韓半島に伝《つた》わる伝承《でんしょう》民話（昔ばなし）を八つだけ択《えら》びました。いままでにも何冊か韓国の童話・民話を集めて本にしましたが、それらの本を見てない人たちのために、小さな、手軽《てがる》な見本帖《みほんちょう》を一つ、つくつたという気持です。

いまの世の中から見れば、ずいぶんバカらしいと思われる話の中にも、昔の人たちの、のどかな心の姿が映《うつ》し出されています。日本や、そのほかの国々の民話に似かよつた話がありたす。また、韓国だけのものもあります。それらを引きくらべてみるのも、昔ばなしを味わう楽しみの一つです。

編　者

木 槿 少 年 文 庫

— 2 —

三 つ の 瓶《びん》

<伝 承 民 話>

コリアン・ライブラリー

発　　行

コリアン・ライブラリーは、つぎの方々のお力添えによって事業を行つて来ました。（名誉会員―拠金拾万円以上、または功労者。特別会員―拠金壱万円以上。）―五十音順・敬称略―

名誉会員

安東均　大阪市北区絹笠町、堂島ビル内、大阪交易KK
石井秀吉　愛知県半田市浜田三
江崎光雄　大阪市南区河原町一、食道園
大阪興銀　大阪市天王寺区下味原町八〇
大原総一郎　大阪市北区第一生命ビル内、倉敷レイヨンKK
大山陽治　名古屋市瑞穂区堀田町八ノ一一
河本庄司　大阪市東区南久宝寺町二の三、河庄KK
小浪義明　神戸市灘区高尾通り四ノ八
佐川佐太郎　大阪市東成区片江町二ノ四九、大優化学KK
阪本勝　兵庫県庁知事室
重光武雄　東京都新宿区百人町、ロッテKK
田中貞　名古屋市東区大幸町一七、名古屋学院
中倉久樹　三重県四日市市新浜町四区
永野静子　福岡市下東町一西、山名商店
西阪保治　大阪市天王寺区悲田院町、日曜世界社
朴永愛　福岡市綱場町、安田商店
丸山邦夫　大阪市浪速区幸町通り五ノ一四、太洋貿易KK
馬得先　神戸市灘区福住通六丁目三ノ一〇
松田竹千代　東京都目黒区下目黒三ノ五八三
水野成夫　東京都千代田区有楽町、国策パルプKK
渡辺寛一　大阪府泉大津市清水町一、渡辺紡績KK

特別会員

新井在憲　京都市下京区壬生川通七条上ル、大洋商事KK
安学道　熊本市下通町二
石田信雄　仙台市中杉山通り五六、扇屋商事KK
神農登治　名古屋市中村区泥江町一ノ七、セントラルビル内
金下文吉　滋賀県草津市字須津、金下建設KK
金光男　札幌市南十条西七丁目
金寿賛　熊本市河原町二
金百源　札幌市南五条西三丁目、丸源旅館
権赫偉　大阪市北区太融寺町二八、産経繊維KK
渋谷貴已　神戸市立兵庫小学校長
新原常正　熊本市本山町六一三
南元　札幌市南九条西一丁目
裵点錫　札幌市南五条西三丁目、丸源旅館気付
朴準竜　札幌市南八条西四丁目
李学出　京都市上京区千本笹屋町上ル

（以上、昭和三二年六月現在）

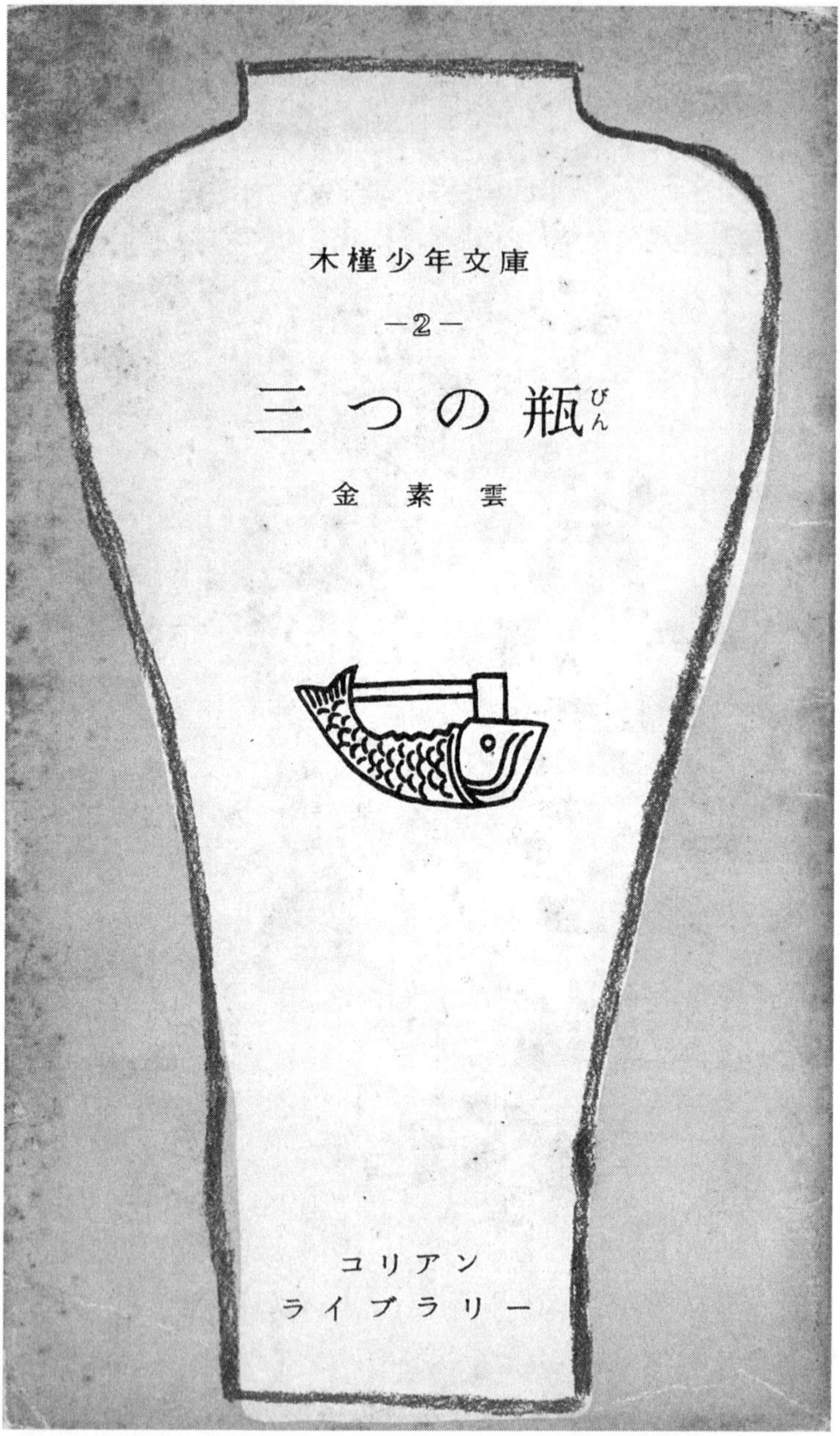
木槿少年文庫
—2—
三つの瓶《びん》
金 素 雲
コリアン
ライブラリー

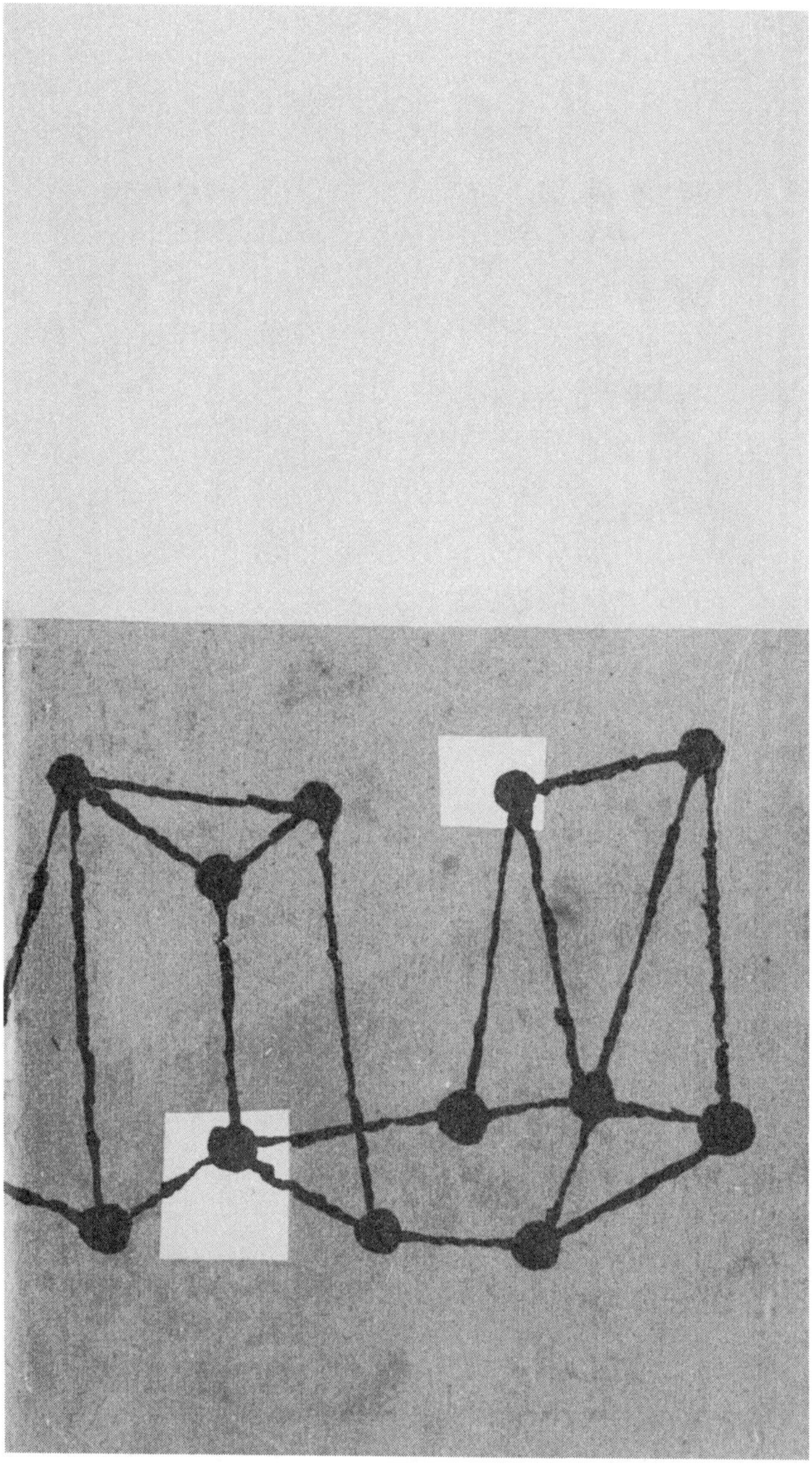

金素雲著訳書（最近五年間のもの）

朝鮮詩集（訳詩集） 東京創元社
B6.320ページ 定価 280円

朝鮮詩集（文庫版） 岩波書店
岩波文庫 230ページ 定価 80円

恩讐30年（随想） ダヴィッド社
B6.264ページ 定価 240円

希望はまだ棄てられない（随想） 河出書房
新書判.230ページ 定価 110円

アジアの4等船室（随想） 講談社
ミリオン・ブックス223ページ 定価 130円

THE STORY BAG（英訳民話）
CHARES, E, TUTTL CO
B6.229ページ 定価 540円

ネギをうえた人（民話） 岩波書店
岩波少年文庫249ページ 定価 160円
<全国学校図書館協議会推薦図書>

ろばの耳の王さま（童話集） 講談社
A5.220ページ 定価 180円

馬耳東風帖（韓文随筆） 京城 郷土文化社
B6.260ページ

三誤堂雑筆（韓文随筆） 京城 進文社
B6.180ページ

韓文版の二冊は、日本では手に入りません。
その他のものはコリアン・ライブラリーへ御
注文くだされば、便宜お取次いたします。
（要先金—送料本社負担）

—96—

コリアン・ライブラリーの事業を達成する目的と、その仕事を援《たす》ける人々の尊い協力によって∧**木槿文庫**∨と∧**木槿少年文庫**∨が毎月二冊づつ刊行されます。∧文庫∨の第I集は「端宗六臣」、∧少年文庫∨の第I集は「棉の種」ですが、引つづいて来月は、

☆木槿文庫(2)**隣の客**(随筆)

☆木槿少年文庫(2)**三つの瓶**(民話)

を予定しています。購読を希望される方は、前もつて発行所までお申込ください。

(**定価各一部六〇円**、送料八円。一〇部以上の取りまとめ注文に限り送料本社負担)

粗末な、小さな本ですが、読みおわったら、知合いの方々にも見せて上げてください。

定価60円・送料 8円

昭和三十二年四月十日 印刷
昭和三十二年四月十五日 発行

著者
発行者 金 素 雲

印刷人 岡 田 利 秋

印刷所 神戸市生田区栄町通二丁目二四
神戸出版印刷株式会社

発行所 **コリアン・ライブラリー**
大阪市天王寺区下味原町八〇
電話七五—六二三八番

▼ページが抜けていたり前後の順序が間違っていたりする製本がありましたら発行所宛お送り下さい。すぐお取りかえいたします。

—95—

日本には、六〇万もの、韓民族が住んでいるのですが、調和し生かし合うかわりに、憎《にく》み合い、傷《きず》つけ合う場合が多いのは、まことに残念なことです。

「塩クン、きみは色が白いばかりで、少しも甘くないね。」——そういって砂糖が塩をケナします。

「なんだ、きみこそ鹹くないじゃないか。漬物が腐るだろ。」——そういって塩が砂糖を、やりかえします。おたがいが相手をよく知らないからですが、この「知らない」ということ、あるいは「間違って知っている」ということのために、私たちは、どれだけ損をしているか知れません。

コリアン・ライブラリーの仕事

韓国の文化を日本の人々に、もっとよく知らせたい——、日本に住む同胞たちにも、もっと〃ふるさと〃を知ってもらいたい——。その目的でコリアン・ライブラリーが生れました。会館を建てたり、会誌（ダイジェスト・コリア）を出したり、講演会や座談会を催《もよお》したり、ほかにも仕事はたくさんありますが、〈木槿文庫〉と〈木槿少年文庫〉が、その足がかりとなる最初の仕事です。小さなせせらぎが、やがて大河《たいが》となるように、一すくいの砂が集って防波堤《ぼうはてい》が築《きず》かれるように、私たちは、この小さな文庫に、気永な、大きな希望をかけております。

—94—

塩と砂糖　おいしい料理をつくるためには塩《しお》も砂糖も必要です。どちらも白いが、役目や働きが違います。一つは鹹《から》く、一つは甘い――この違つた働きが、たがいに調《ちょう》和《わ》し、生かし合つて、料理の味をつくり出すのです。

甘い塩では困るし、鹹《から》い砂糖も役に立ちません。塩は塩であることが貴《とうと》く、砂糖は砂糖であることに値打《ねうち》があります。

一つの繋り　地球の上には、たくさんの国があり、それぞれの民族は、異った言葉や風習《ふうしゅう》のもとに各自の生活を営《いとな》んでおります。けれども人類が担《にな》う共同の任務から全く切《き》り離《はな》された民族というものはありません。塩も砂糖も、料理をおいしくするという一つの目的で繋《つな》るように、人間も、どこかに、必ず心の繋りを持つています。デンマークのアンデルセンが世界じゅうの子供に親《した》しまれるのも、ガンジーやリンカーンが世界の偉人として尊敬されるのも、みな、この心の繋りがあればこそです。決して、言葉や習慣が同じだからではありません。

正しく知るために　アジアに隣あつている韓国と日本――この二つの国は二千年の昔から文化を分ちあつた間柄《あいだがら》でした。言葉や文字や、宗教、芸術が、韓半島を通って日本へ流れ入つたことは誰もが知っています。そうした古い昔はさておき、現にこの

—93— 古山先生と朝鮮地図

図」を用いました。そのずっとあとで、土地調査局の実測図ができましたが、それまでは古山先生のこの「大東輿地図」だけが、ただ一つの権威ある朝鮮地図でした。

先生には、この他に地球儀の製作もあったといわれます。高野長英や、佐久間象山《しょうざん》のような日本の先覚者と時を同じくして、朝鮮に古山先生が生まれていたというのは、いろいろな意味で、輿味深いことではありませんか。

——おわり——

—92—

これほどの貴い事業に対して、朝廷はその功労に報《むく》いるどころか、国の秘密を洩らす者だといって、板木をのこらず火に焼き、先生の身柄まで牢につないでしまいました。

苦しみ多い一生を、ただ一すじの信念にささげて、古山先生は六十幾才の老《おい》の身を牢で亡くなられました。先生には、ただ一人の娘がありましたが、西大門《だいもん》の貧しい家で父の仕事を助けながら、三十才を過ぎるまで、とうとう人につれ添うこともできませんでした。

「大東輿地図」は、朝鮮半島を横十二段に分けた折だたみ式地図で、十里方眼を添えて、一目で距離の測定ができるようになっています。

日清戦争のとき、日本は、もっとも正確な軍用地図として、この「大東輿地

—91— 古山先生と朝鮮地図

て、あらゆる艱難《かんなん》と闘いながら、ついに完全正確な半島の全図を完成しました。こんどはそれを板木《はんぎ》に彫刻した上、哲宗《てっそう》の十二年、「大東輿地図」二十二帖と、「大東地志」三十二巻を著わしましたが

—90—

ながら、うかがわれます。

正確な朝鮮地図の完成——。これが古山先生の成し遂《と》げた事業です。「大東《だいとう》輿地図《よちず》」といって、この二十二帖の新式地図は、半島の学界が誇る宝の一つとなっていますが、古山先生がこの事業を成し遂げるまでには、筆にも口にもつくせぬほどの、大きな苦労がはらわれています。

先生の系図《けいず》が伝わっていないのは、とりもなおさず家柄が低かったしょうこです。家柄一つがものをいっていた当時の社会で、しかも、一番卑《いや》しめられた手仕事（地図の彫刻）をしていたのですから、先生が世の中から、どんな扱いを受けていたかは、想像してみるまでもありません。

先生は三十年もかかって、朝鮮中をくまなく歩きまわり、一々実地に調査しう古山先生も、先覚者の名にふさわしい多くの苦しみと、またその苦しみに値するだけの、見事な功績を残した人の一人です。

—89— 古山先生と朝鮮地図

古山先生は、名を金正浩《きんしょうこう》といって、黄海道の生れであるということだけしか知られていません。誰の子孫か、どういう家柄か、いつ生れて、いつ世を去ったか——。そうしたことが一切知られていないのです。それどころか、心から許しあっていた崔漢綺《さいかんき》という一人の友がいなかったら、「古山金正浩」の名前すら、後の世には伝わらなかったかも知れません。この崔漢綺という人は、天文その他について、三百巻の書物を著わした学者でしたが、この人と古山先生は、ほぼ同じ時代であるところから推《お》しはかって、先生の年代が李朝の末期純祖《じゅんそ》王より、高宗（光武）の初年にわたっているということだけは、おぼろげ

—88—

古山先生と朝鮮地図

いつ、どこの世の中にあっても、時代に目ざめ、一歩先を歩もうとする者は、それだけ大きな苦しみを担《にな》わなければなりません。信念が強ければ強いほど、その苦しみは、いよいよ大きなものとなるのです。

朝鮮にも、昔から多くのこうした先覚者がいました。志《こころざし》のために一生をふり棄ててかえりみなかった人は、何十人、何百人いたかわかりません。ここにい

きも、林商沃は使臣の随行員となって北京へ出向き、よい働きをして国のために尽しました。

李朝の正宗《せいそう》三年(西暦一七七九年)に生れて、哲宗《てつそう》六年、七十七才で世を終りましたが、林商沃の一番目ざましく働いたのは純祖《じゅんそ》（一八〇一―一八三四）の時代です。

—87— 人蔘の焚火

—86—

あとで成功して、五万両と利息を、商沃に返してきました。

☆

政治家や学者になるばかりが出世だと考えていた昔です。林商沃ほどの巨商も、記録の上では、なに一つ、たしかなことが残っていません。けれども林商沃の人物の大きさは、たくさんの逸話となって、今も朝鮮に残っています。日本にも紀伊国屋《きのくにや》文左衛門《ぶんざえもん》のような大きな商人が出ましたが、どこまでも外国を相手にして名を挙げたところに、林商沃の偉さがあります。

「洪景来乱《こうけいらいらん》」という大きな内乱のあったとき、義州の城を守り通した手柄で、朝廷から「五衛将《ごえいしょう》」に任命され、「完営《かんえい》中軍《ちゅうぐん》」という位を授《さず》けられましたが、林商沃は辞退して受けませんでした。中国から難題を持ちかけられて困ったと

—85— 人蔘の焚火

そばにいた人が、その男の帰ったあとで、商沃にいいました。

「一度も顔を見たことのない人に、どうしてそんな大金を、やすやすと貸す気になったのですか。」

　すると商沃がいいました。

「きみは気がつかなかったか。あの男の顔には殺気《さっき》がみなぎっている。死ぬか生きるか、よほどの大事に、せっぱずまった人だ。その人が男と見こんでこの林商沃に頼んで来たのだ。貸さずにはいられまい。」

　あとで、わかったことですが、その男は全州で税金を司《つかさど》っていた役人でした。国へ納める御用金をつかいこんだために、生きてはいられない事情でした。商沃のために、ない命を助けられたその男は、役人を棄てて商人になり、

—84—

このへんじ一つで、そのときのようすがわかります。商いを商人のいくさにたとえるなら、林商沃こそ、勇気と智恵を兼ねそなえた凱旋将軍といわねばなりません。大きな困難、大きな失敗を前にして、少しもあわてなかったばかりか、かえってそのために、計り知れない大きな成功をかち得たのです。

☆

あるとき、全州《ぜんしゅう》という何百里も離れたところから、一人の見知らぬ男が林商沃をたずねて來ました。そして、商沃に会うなり、やぶから棒に、「銭を五万両お貸し願いたい」と、申しでました。

林商沃は、じっとその男の顔を見ていましたが、「よろしい、お貸しいたしましょう」といって、その場で五万両の為替《かわせ》を切って、渡しました。

—83— 人蔘の焚火

取り出しました。

そうなると、もう勝負はこっちのものです。いままでの三倍四倍の値で、人蔘はその日のうちに、きれいに売れてしまいました。林商沃を困らせにかかった中国の商人たちは、あべこべに仇を討たれて、いまさらながらに林商沃の人物を見直《なお》しました。

商沃が義州へ帰って来たとき、年とったお母さんが門口へ出迎えながら、

「せがれや、こんどの商いはどうだったね。」

と、ききました。すると商沃が答えました。

「お母さん、銀なら、あの馬耳山《ばにさん》の高さはあります。錦《にしき》を積んだら、お城の高さにはとどきましょう。」

—82—

一時は途方《とほう》にくれましたが、一代の巨商といわれるほどの林商沃が、いつまでも、ためいきばかりはついていません。

(よし、向うがその気なら、こっちにも考えがある。)

林商沃は何を思ったか、人蔘の荷を残らず運び出して、空地に積み上げると、自分から火をかけました。何十万両の人蔘を、一度に燃やして灰にしょうというのですから、こんな豪勢《ごうせい》な焚火《たきび》はありません。

さあ、あわてたのは中国の商人たちです。ここで人蔘を灰にされては、まる一年の間、人蔘なしで暮らさねばなりません。林商沃が、どう出るかと、それとなくようすをさぐっていた中国の商人たちは、この人蔘の焚火に肝をつぶして、とんで駈けつけました。そして燃えさかる炎《ほのほ》の中から、先を争って人蔘を

けが、やっとわかりました。

(林商沃の人蔘を一人も買わないことにしたらどうなるだろう。わざわざ、北京まで持って来た荷物を、そのまま持ちかえるはずはない。きっと値が下って、しまいには二束三文の安値で手放すに違いないから、その時、一ぺんに買おうではないか。そうなったら、ぼろいもうけができる。)

中国の商人たちが、こんな相談をして、林商沃を、いじめにかかったのです。

これには、さすがの林商沃も困りました。

なにしろ、何万貫というたくさんの人蔘です。いくら不老長寿の霊薬でも、買手がなくては商《あきな》いになりません。売らずに持って帰るにも、長い道のりの費用を考えると、それもできない相談です。

—81— 人蔘の焚火

—80—

いうまでもありません。

時期をきめて毎年一度づつ、中国へ送り出される商品が、この義州を通りました。そして、中でも一番おもな商品は朝鮮人蔘でした。

林商沃は、朝鮮人蔘の貿易権を一手に引受けていた巨商で、毎年何十万両という沢山の人蔘が、この人の手を通って中国へ輸出されました。そのころ中国の人たちは、明けても暮れても人蔘人蔘で、朝鮮人蔘を服《の》まねば、生きがいがないとさえ考えられていました。

ところが、ある年のことです。人蔘の荷と一しょに、北京《ペキン》(燕京)に来た林商沃は、思いがけない目にあいました。人蔘を買おうというものが一人もいないのです。不思議なこともあればあるものだと、しらべてみたところ、そのね

—79— 人蔘の焚火

人《にん》蔘《じん》の焚《たき》火《び》

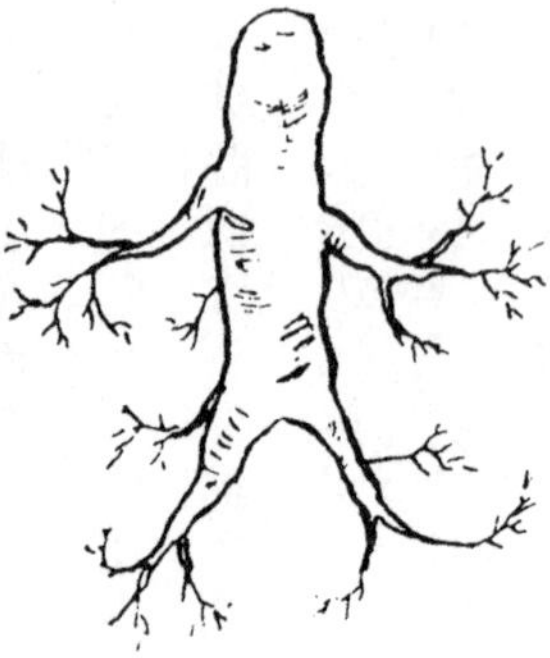

林商沃《りんしょうよく》は、鴨緑江の岸の義州《ぎしゅう》に生れた人です。外国との取引を喜ばなかった瑣国《さこく》時代の朝鮮にも、小さな貿易の港が三つありました。 南の釜山、 北の会寧《かいねい》、 西朝鮮の義州がそれです。

釜山は、 日本との通商にあてられた港で、 会寧は北の女真族《じょしんぞく》が目あてでした。 義州が中国のために開かれた貿易路であったことは、

—78—

は檀園が最初です。いまでも京城の美術館には、檀園の描いた「闘犬図」という陰影法のりっぱな絵がのこっています。

この、影と光の西洋画法を日本で始めて取入れたのは渡辺華山でしたが、時代からいえば、檀園が三十年だけ早く生れています。山水や人物、草花や鳥獣、なにを描いても見事でしたが、中でも檀園の得意としたのは風俗画でした。李朝の風俗画では、もう一人蕙園《けいえん》という有名な画家がいますが、檀園の方がもっと力づよく、逞《たくま》しいといわれています。ミレーが農夫の絵を多く描いたように、檀園も、商人や、百姓や、鍛冶屋《かぢや》のような、身分のない人の風俗ばかり描きました。

—77— 二千文の梅

もともと東洋画には影というものがありません。光を土台にしていないからです。その東洋画に、はじめて影と光を与えて陰影法《いんえいほう》の絵を描《か》いたのは朝鮮で

—76—

あるとき、気に入った梅一鉢《ひとはち》が売物に出ましたが、ねだんが二千文もするので、貧乏絵師の檀園には手が出ません。梅はほしいし、銭はないし、どうしたらよいかと思案をしていると、そこへおりよく絵を頼みに来た人があって、その礼金に三千文の銭を置いてかえりました。

檀園は大喜びで、さっそくその中から、二千文で梅の代金を払い、八百文で酒とさかなを買わせて、気の合った友達と一しょに梅の鉢を眺めながら、よい気持で一晩を呑み明かしました。そんなわけで、せっかく三千の銭が入っても、かんじんの米や薪木《たきぎ》を買うお銭《あし》は二百文しか残らず、二三日の暮しにも足りないようなありさまでした。

☆

るまで、生々とした魂の力がみなぎっていました。

文宗《ぶんそう》王の命令で、たびたび宮殿の壁画を描いたり、金剛山の景色を写したりしましたが、一つとして、他人のまねられるものはありませんでした。王様がどんなに檀園の絵を愛されたかは、御製の文集の中にまで檀園のことを讃《ほ》めているのでもわかります。

図画署の画員として王室に出入する身分ですから、さだめし、よい暮しをしていたに違いない——、そう思う人があるかも知れません。けれども、ほんとうのところは、朝晩のけむりさえ、とぎれ勝ちなほど、檀園は貧乏でした。世の中の富や名誉を塵《ちり》と見て、ひたすら絵筆《えふで》の中に魂を打ちこんだのですから貧乏するのは当りまえです。

—74—

二千文の梅

新羅の画聖といわれた率居《そっきょ》先生をはじめ、昔から朝鮮には、すぐれた画家が大勢いました。李朝時代の檀《だん》園金弘道《えんきんこうどう》なども、世界に自慢してはずかしくない立派な芸術家の一人です。

絵も見事でしたが、人としての器《うつわ》も、ずばぬけていました。人の流儀を追わず、どこまでも自分の力で新しい道をひらきましたから、線一本、点一つに至《いた》

—73— 金銀の碁石

「いや、かえって、わしがあやまらねばならぬ。これからもあること、どうか、きょうのことを忘れずに、まちがったことがあれば、いつでも、えんりょなく教えてくれたまえ。」

と、こころから頼《たの》み入りました。

—72—


やめちゃに、かきまわしてしまいました。大臣は、

「無礼者、なにをするか。」

　と、真赤になって怒りました。

　守彭は、少しもわるびれずに、

「無礼は覚悟の上です。どうか、御ぞんぶんに、お仕置《しおき》を願います。しかし、この書類は、一刻をあらそう急ぎの御用でございます。これを先に御覧くださった上で、私を役人にお引渡し下さい。」

　と、そう申しました。

　一たん腹を立てた大臣も、それを聞くと、すぐ自分のわるかったことに気がつきました。大臣は、その場にかしこまっている守彭の手を取ると、

石はどうなりましょうか。」

大臣は返す言葉もありません。きまりわるそうに顔を赤らめながら、ふところから、さっきの碁石を出して、もとの場所におきました。それを見とどけると、守彭も、自分のふところに入れた碁石を、そっくり取り出して、もとのところへ返しました。

あるとき守彭は、急ぎの書類をもって、こんどはべつな大臣のお屋敷へ伺《うかが》いました。大臣は、お客さんと碁をかこんでいましたが、守彭を待たせたまま、いつまでたっても、碁ばんから目をはなしません。碁が負けそうになったので、大臣はむちゅうです。

すると守彭は、碁ばんのそばへ行って、いきなり手を出すと、碁石を、めち

—71— 金銀の碁石

—70—

「きみは、それをどうしょうというのだね。」

「はい、私にも子供が大ぜいおります。いまに孫もたくさんできましょう。その孫たちに一つづつやるには、これぐらい無くては足《た》りません。」

守彭のこの答に、大臣は、あいた口がふさがりません。すると、守彭は色を正して申しました。

「この金銀の碁石は、国に万一のことがあったときの用意に、代々お庫にしまわれていたものです。それを孫にやろうとて持出すのは、大臣にもあるまじきお心得ちがいというものです。かりに大臣が一つをお取りになって、そのあとで参判《さんぱん》(次官)が、また一つをとるとします。それからそれへと、つぎつぎに、何百人の書吏《しょり》や下役人が一つづつ取り出すことになったら、しまいにお庫の碁

の大臣が、その中の一つをとって眺めていましたが、「これはめづらしい、一つだけ孫に持って行ってやろう。」

といって、それをふところへ、しまいこみました。

そばで見ていた守彭は、なにを思ったか、つかつかと進みよると、その金銀の碁石を手に一ぱいつかみ取って、だまって自分のふところへ入れました。

大臣が、びっくりして聞きました。

—69— 金銀の碁石

—68—

のように考えていました。そのために税金を司る役人などは、幾年も勤めないうちに、蔵《くら》が建《た》つというありさまでした。けれども守彭は、やましいわいろなどには目もくれません。たまに、銭《ぜに》や品物をこっそり持って来る者があると、きびしく叱って追いかえすというふうでしたから、しぜん、同じ役人の仲間からは、ものの分らない、うるさい男だと思われていました。

王様のお庫《くら》の中に、金と銀の碁石が、何千個かしまってありました。それを検査するとき、係り

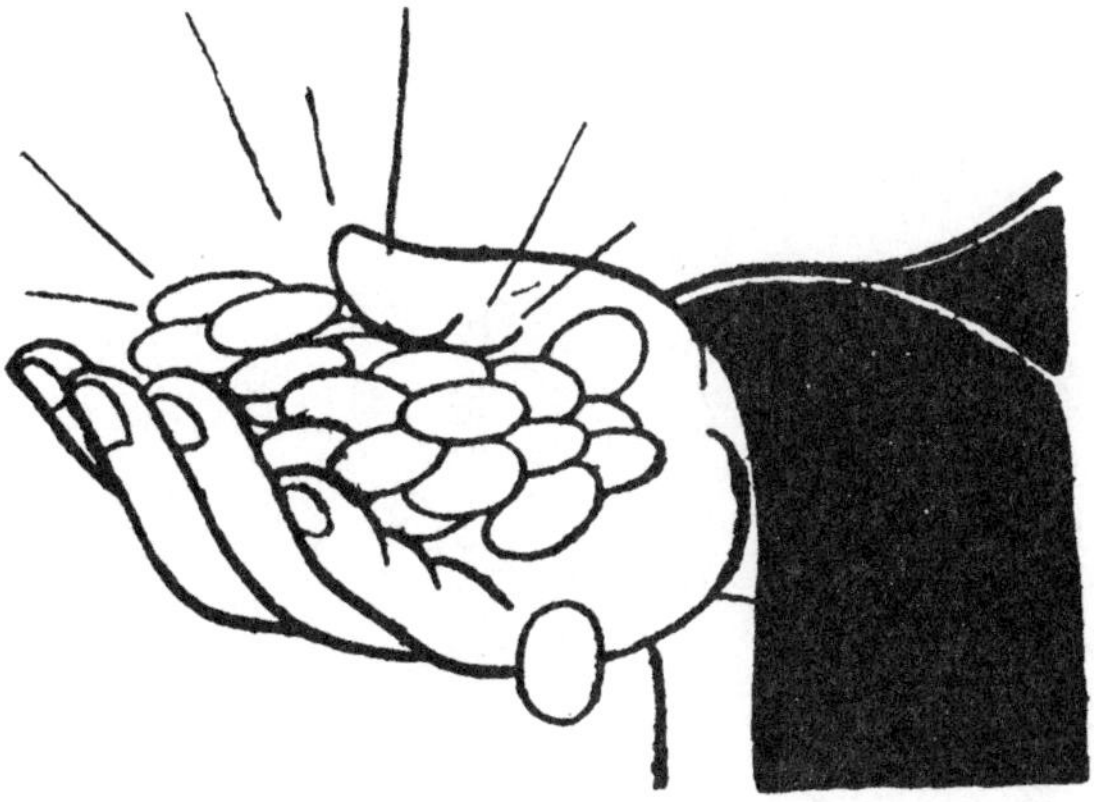

—67— 金銀の碁石

金銀の碁《ご》石《いし》

英祖王（李朝二十一代）のとき、税金のことを司《つかさど》る役人に、金守彭《きんしゅほう》という人がありました。

身分が高いというのではありませんが、生れつき、竹を割ったような気性で、曲ったことが何よりきらいでした。

そのころは、役人がわいろをとることを、当りまえ

—66—

たことがありました。一番能《のう》のない者には藁《わら》をやって、それでわらじをつくらせましたが、それでさえ食べたり着たりしてなお残るだけの収入《みいり》になりました。ところが、怠けぐせのついた貧乏人たちは、毎日仕事をさせられるのが辛《つら》いといって、三月《みつき》もたたないうちに、だまって逃げ出す者がつぎつぎと出てきました。

それを見て土亭先生は、腹の底から悲しみました。

「見るべし、民生《みんせい》の惰《だ》によりて飢《う》ゆるを——。」

貧乏が病気ではない。ほんとうの病気は怠けることだ——。これがそのときの先生の言葉です。土亭先生が、ひねくれた、ただの皮肉屋でないことが、この一言《ひとこと》で知れるではありませんか。

と、ものを食べずに十日《とうか》も半月も、飢《ひも》じいのをこらえてみたり、そんなことを繰りかえしているうちに、人間の世界でほんとうに必要なものはなにか、なくてもすむものはなにかということを、はっきり見わけることができました。

立派な家柄に生れ、はかり知れない高い学識を持ちながら、こうして土亭先生は、一生をわれとわが身を苦しめて終りました。土亭先生の風変りな行いは、ちょっと見ると、いかにも世の中にすねた変屈者《へんくつもの》のように見えます。けれども先生は、自分だけの気ままを通してよろこんでいるような、ひとりよがりではありません。正しい者を愛する気持、貧しい者をあわれむ気持が、いつでもその行いの基《もと》になっていました。

—65— 鉄のかんむり

あるとき、暮しに困った人たちを何百人も一つの家に集めて、手仕事をさせ

—64—

あるときは、ひとりで小舟をあやつって、はるばる済州島《さいしゅうとう》まで漕《こ》いで渡ったこともありました。千石積みの親船でさえ危いといわれる荒海を、土亭先生は、小舟のへりに一ぱい瓢《ふくべ》をくくりつけて、平気で漕ぎ渡りました。済州島へ上陸してからは、自分で実地に商いをしながら、かたわら、島の人たちにも商法の道を教えました。こうして三年あまりたつ間に何万金という利益をあげましたが、この金も一文残らず、貧乏な人たちに分けてしまいました。

人間は一たい、寒さ暑さに、どのくらい我慢ができるものか、呑まず食わずで、幾日しんぼうができるか——、土亭先生は、それを一々自分で試《ため》してみようと思い立ちました。そこで、真夏の暑さざかりに綿入れを何枚も重ねて着たり、骨をつき刺すような寒い冬を単衣《ひとえ》一枚で過したりしました。そうかと思う

—63— 鉄のかんむり

「頭にかぶれば、かんむりになり、飯を炊けば釜になる。世間の物知りどもには、はばかりながら、この重宝さはわかるまい。」

土亭先生はそんなことをいって、ひとりで得意がりました。

その頃は、陸に近いところで、人の一人も住んでいない無人島がいくらもありました。先生は、忠清道の海の中にある土地の肥えたよい島を見つけて、そこへ手あたり次第、大豆や粟《あわ》をまきました。一度も種を下《おろ》したことのない若い土地ですから、肥料もいらなければ、耕《たがや》す手間もいりません。秋になると、ふさふさした粟の穂や大豆で、島じゅうが一ぱいになりました。土亭先生は、こんどは陸から、暮しに困る貧乏な人たちをどしどし連れて来て、好きなだけ勝手に刈《か》りとらせました。そして、自分は一粒の粟にも手をつけませんでした。

—62—

る、なければ食べないという気ままな暮しです。着ているものはボロボロで、どこから見ても、これが一かどの学者とは見えません。おまけに、そんな乞食のような身なりをして、気が向けばふらりと、知合いの大臣や学者をたずねて行きます。その上、気に入らないこと、間違ったことがあると、遠慮えしゃくなしに皮肉をいってきめつけるので、学者先生や政治家たちも、土亭先生にあっては手も足も出ませんでした。

こうして何年かたつうちに、しまいにはその土の家まで面倒くさくなりました。そこで鉄のかんむりをかぶって、朝鮮八道を気の向くままに歩きまわりました。お米が手に入ると、かんむりを釜《かま》のかわりにして、自分で御飯を炊きました。

—61— 鉄のかんむり

らい屋が天下をわがもの顔にのさばる——。耳に聞くこと、目に入ること、なに一つとして気に入るものはありません。

こんな世の中に肩を並べるのは真っぴらだと、とうとう身一つで家を出て、漢江《かんこう》のほとりに、粘土でこね上げた高さが二丈もある土の家を建てました。家といっても壁や障子があるわけではありません。煙突のような円い筒《つつ》っぽうで、その上に平たい屋根を、やっぱり粘土で葺《ふ》いてあるだけです。昼間はその屋根の上で日向ぼっこをして、夜になると中へ入って寝るのです。この土の家を「土亭」とよんだところから、とうとう村の名が土亭里になり、住んでいる人の名まで「土亭先生」で通ってしまいました。

三度、三度、御飯を炊いてくれる人がいるわけではありません。あれば食べ

—60—

名高い大臣や学者が、幾人となく出ました。

　こんな結構な家柄《がら》に生れていながら、この人には、その「よい身分」が、あきたりませんでした。若いじぶんから学問に身を入れて、天文地理や兵書にくわしく、とりわけ医学と陰陽術数《おんようじゅつすう》では、かなう者がないとさえ言われたくらいでした。けれども学問を積めば積むほど、世の中の嘘やごまかしが目について、だんだん我慢がならなくなりました。

　役人はわいろを取って平気な顔をしているし、学者は学者で、少しばかりの学問を鼻にかけてはへりくつを並べる——。身分がどうの、格式《かくしき》がどうのと、そんなことばかりいっていて、家柄の低い者は、いつまでたっても出世ができない——。正直で心のまっすぐな者は後へとりのこされて、世渡り上手のへつ

—59— 鉄のかんむり

た。どうぞ、少しばかりわきへよってください」と答えたのは有名な話です。

朝鮮にもこのディオケネスのように、立派な学者でありながら、一生を乞食のまねで通した人があります。李之菡《りしかん》といって、高麗《こうらい》の末、詩人で名高かった李《り》牧隠《ぼくいん》先生の後孫にあたる人です。

朝鮮では、金剛山を知らない人はあっても、「土亭《どてい》秘訣《ひけつ》」という本の名を知らない者はありません。お正月になると、たいてい、どこの家でも、一度はこの「土亭秘訣」を持ち出して、その年の運勢の吉凶《よしあし》をうらなったものでした。李之菡はその「土亭秘訣」を著《あら》わした人です。

お父さんは判官《ほうがん》として名のひびいた人、兄さんは省菴《せいあん》といって、仁祖《じんそ》大王みずから「白衣宰相《びゃくえさいしょう》」の名を賜わったほどの大学者です。従兄弟《いとこ》や甥《おい》の中からも、

—58—

鉄のかんむり

昔ギリシャの国には、樽《たる》の中で暮したディオケネスという哲学者がいました。アレキサンダー大王が、はるばるディオケネスをたずねて、「なんでも望みを言え、好きなようにさせてやる」といったとき、日向《ひなた》ぼっこをしていたディオケネスが、「そんなら申しますが、王様が立ちはだかっているので、日蔭《ひかげ》になりまし

すると、お百姓さんが申しました。

「はい、一方をほめれば、一方をけなしたことになります。それでは、たとえ牛でも、よい気持はしますまい。だから、牛にはないしょで、こっそり申し上げるのです。」

それを聞いて、尚公はおどろきました。

「世の中には、牛にさえ気がねをする人がある。それに引きかえて、自分は、なんというわがままな男だろう。」

尚公は、冷汗《ひやあせ》の流れる思いで、お百姓さんのそばを、はなれました。そして、それからというものは、決して人の善悪《よしあし》に、軽々しく口を出すようなことは、しませんでした。

—57— 黄ろい牛と黒い牛

—56—

どちらも、見るからに強そうな、大きな牛でした。しばらく立ちどまって見とれていた尚公は、なにげなしに、お百姓さんに聞きました。

「黄ろい牛と、黒い牛と、どっちの方がよい牛かね。」

尚公から、こう聞かれると、お百姓さんは、困ったような顔をしましたが、相手が身分のある偉い人だとわかると、すきを田の中において、わざわざ尚公の立っている方へやって来ました。そして、尚公の耳のそばに口をよせると、小さなこえで、「黄ろい方ですよ」と、答えました。

何も、それだけのことをいうのに、わざわざ田の中から出て来ることはないのです。尚公は、ふしぎに思ってたずねました。

「なぜ、それを耳のそばでいうのだね。」

—55— 黄ろい牛と黒い牛

あるとき尚公は、田舎道を通りがかって、お百姓さんが田を耕しているのに出あいました。お百姓さんは二頭の牛にすきを曳《ひ》かせていました。一頭は黄ろい牛、もう一頭の方は黒い牛です。

—54—

「あんな偉い学者は、いまどき二人といるものじゃない。学問のことでは神様みたいな人だよ。」

「ああ、あの男か、あれはだめだ。口先ばかりで、いざとなると、なに一つできはしない。あんなのは人間の屑《くず》だね。」

ほめるにも、けなすにも、まず、こんなあんばいです。ほめられた人は、とにかくとして、けなされた人は、よい気持がしません。「あのくせさえなければ」と、尚公を知っている人は、誰でも心の中で惜しがっていました。

—53— 黄ろい牛と黒い牛

黄ろい牛と黒い牛

尚霞《しょうしん》は、今から四百九十年あまり昔、李朝の明宗王《めいそう》に仕えた総理大臣（領議政《りょうぎせい》）です。

大臣になるほどの人ですから、学問もあり、智恵もすぐれていましたが、若いじぶんから、この尚公にはただ一つ、いけないくせがありました。それは、人の善悪《よしあし》をなんでもその場で、いってしまうことです。

—52—


出ましたが、一段高いところに坐っていた孟公は、書生さんの姿を見て、

「やぁ、あんたか。やっぱり来なすったね。」

と、言葉をかけました。書生さんは、それが、いつぞやの田舎じいさんだとわかると、もう口もきけません。穴があらば、はいりたいとばかりに、頭をかかえてウロウロしました。

「どうしましたね」と、大臣の一人が聞きました。

孟公は雨宿りの話をして、

「あのときは、えらく叱られたよ。」

といったので、居あわせた人たちは、大笑いをしました。

孟公は、その書生さんを、録事に採用してやりました。

—51— 孟公の雨宿り

「役につくためさ。」

「どんな役だね。」

「録事《ろくじ》だよ。」

録事というのは、朝廷《ちょうてい》の記録係のことです。孟公は、詩のやりとりで、この書生が少しは学問も積んでいるのを知っていましたから、

「録事なら、わしが採用してやろう。」

と、いいました。すると書生さんは、カンカンになって怒りました。

「失敬なことをいうな。お前さんに採用してもらうくらいなら、わざわざ都まで上りはせん。」

それから何日かあとです。書生さんは、役所の試験を受けるために、政庁へ

—50—

「したとも、これで詩などは、うまいものだよ。」

孟公がそういうと、書生さんは、いい退屈しのぎができたとばかり、さっそく孟公を自分の部屋へ呼び上げて、詩を一つつくらせました。そこで孟公が短い詩を書いて出すと、

「なかなかうまい。じいさんもすみにおけないな。」

と、いいながら、こんどは自分が詩をつくって見せました。こうして、かわりばんこに一首づつ詩のやりとりをしている間に、雨もどうやら上ったので、孟公は宿を立つことになりました。

孟公が、書生さんに聞きました。

「あんたは都へ上るそうじゃが、なに用事で行くのかね。」

—49— 孟公の雨宿り

●もう一つ孟公の話です。

孟公が郷里から都へ帰る途中、龍仁《りゅうじん》というところへさしかかりますと、にわかに雨が降り出したので、とある田舎宿で雨宿りをすることになりました。その宿屋には、身なりのりっぱな若い書生さんが一人、上等の部屋に陣どって、いばっていました。

孟公は、見るからに貧しそうななりをしていましたから、これが、今をときめく大宰相とは気のつくはずがありません。書生さんは孟公を見ると、

「どうだい、じいさん、少しは学問をしたかね。」

と、おうへいな口をききました。

孟公は、書生の無礼など気にもとめません。

—48—

なって逃げ出しましたが、あまりあわてたので、郡守は、命から二番目の印符《いんぷ》を、道のそばの池に落してしまいました。土地の人たちは、あとでこの池を「印の淵《ふち》」と呼びました。

☆

—47— 孟公の雨宿り

温陽では、孟公さまのお帰りだというので、郡守はじめ、役人一同が総出で待ち設《もう》けておりました。そこへ、牛の背《せ》に乗ったヨボヨボの老人が通りかかったので、役人は目を怒《いか》らしながら、

「孟公さまのお通りだというのに、なにをまごまごしている。さっさと、どかぬか。」

と、叱りつけました。

老人はそれを聞くと、いいました。

「わしは、温陽の孟古《まうこ》仏《ぶつ》だ。自分の牛に自分が乗って行くのに、なにも遠慮はいるまい。」

古仏というのは孟公の号《ごう》です。さぁ大変、それを聞いて役人たちは、青く

—46—

孟公《もうこう》の雨宿《やど》り

李朝の大臣の中で、賢相《けんそう》といわれるほどの人はたくさんありましたが、その中でも、孟思誠《もうしせい》は、賢相の名にそむかない偉い大臣でした。

孟思誠は、日ごろから、身なりの質素な人でしたが、あるとき、用事で、郷里の温陽《おんよう》(忠清道)へ帰ることになりました。

いうような話は一つもありません。一度いい出したことは、槍《やり》が降っても仕とげるかわりに、義理人情にも厚い人で、部下に罪のある者がいても、年とった親があると聞くと、たいていの過ちはゆるしてやるというふうでした。それをよいことにして、親のいない者までが、よく嘘をついては罪をのがれていたということが「松岳集《しょうがくしゅう》」という古い本に出ています。

—45— お墓の木

せんでした。どうしても近道をしなくてはならないような急ぎの用事のときは、すそまくりをして、ジャブジャブ川の中を渡りました。

—44—

ある月のない晩、追いはぎが二人、この橋の下にかくれていましたが、そこへ人の足音が近づいたので、今にもとび出そうと待ちかまえていました。すると、その人は、橋を通らずに川の中を歩いて渡りました。追はぎも、黄固執のうわさは知っていましたから、

「相手がわるい、あのおやじにかかっては、歯が立たないや」といって、そのまま、逃げてしまいました。

黄固執の奇抜な逸話は、数えきれないほどですが、どれもこれも、人の道をまっすぐに通すための意地っぱりでしたから、そのために他人が迷惑をしたと

といって、改《あら》めてまた京城へ出なおして来ました。すること、なすことが、みなこんな調子でしたから、世間の人があきれたのも無理ではありません。

—43— お墓の木

黄固執の、家の近くにある橋が、大水で流されたことがありました。新しい橋をかけかえるにも、手ごろな、よい木が見あたりません。それで、村の人たちは、お墓の前にある松の木をきって、新しく橋をかけました。

すると黄固執は「人さまの墓所《はかしょ》の木を足で踏んでは罰があたる」といって、わざわざ遠まわりをしても、この橋だけは決して渡りま

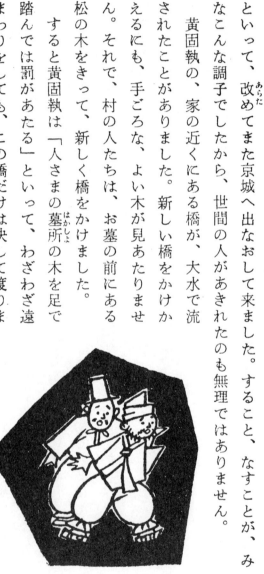

—42—

そういって、さっさと自分の用事をかたづけると、どこへも立ち寄らずに、郷里へ帰ってしまいました。

京城から平壌までは、ろばに乗っても四日や五日はかかる道のりです。一たん平壌まで帰ると、こんどは友人のお悔みだ

れが通り名になってしまいました。五百年も昔の人ですが、今でも朝鮮では、意地っぱりのことを「まるで黄固執のようだ」といっています。

司《し》導署《どうしょ》の直長《ちょくちょう》という役目についていましたが、世間のかげ口など一こう平気で、自分から「執菴《しゅうあん》」と名乗って、すましていました。あるとき用事で、はるばる京城へやって来ましたが、おりもおり、京城に住んでいた親しい友だちが、急病で亡くなりました。普通なら、さっそくにもお悔《くや》みにゆくところですが、黄固執は、ほかの人たちが誘っても、一しょに出かけようとはしません。

「自分が都へ上《のぼ》ったのは、用事のためで、友人のお悔みに来たのではない。だいいち、用事で来たついでに、お悔みをのべては、亡くなった人に対して申しわけないではないか。」

—41— お墓の木

—40—

お墓の木

学問や武勇で名をのこした人なら、たくさんありますが、強情《ごうじょう》のおかげで有名になったのは、平壌の黄固《こうこ》執《しう》くらいのものです。

黄固執は、生れつき天下無類の意地っぱりでした。「順承《じゅんしょう》」というほんとうの名があっても、誰も名をいうものはありません。強情な人のことを「固執」というところから、とうとうこ

—39— 玉をみがく

「どんなによい玉でも、みがかねば光は出ない。宗瑞はりっぱな人物ではあるが、気が強くて、せっかちだ。あのままでは、いまに、この自分のような重い責任をせおったとき、きっと、しくじりをしでかすだろう。だから自分は、できるだけ気をつけて、ものごとを軽はずみにせず、どんなにつらいことにも耐《た》えしのぶ力を、つけてやろうと思うのだ。」

孟思誠は、なるほどと感じ、いまさらのように、黄喜公の深い思いやりに心を打たれました。あとで黄喜公は、宰相の位を退《ひ》くとき、王様にお願いして、宗瑞を、自分のあとがまにすえました。

—38—

高い人物ですが、黄公はなぜかこの宗瑞には、人一倍きびしくあたり、ちょっとした過《あやま》ちでも、ゆるすということがありませんでした。

身分のある人を、むやみに罰することはできません。それで、宗瑞に何かしくじりがあると、黄公は宗瑞の家来を捕えては、笞《むち》を加えたり、牢へ入れたりしました。これには当《とう》の宗瑞も困りましたが、そばで見ている人たちも、気が気ではありませんでした。

あるとき孟思誠《もうしせい》が、それとなくたずねました。

「宗瑞は、一代の名臣といわれる偉い人物です。それだのに、どうして老公は、そんなにつらくあたるのですか。」

すると、黄喜公は申しました。

ながら、

「そなたのいうのも、もっともだ。」

と、すましていました。

小さな事で、たがいに争ったり、意地を張ったりすることはない。気を大きくもって、ゆるし合っていけば、たいていの事は争わずにすむのだということを、黄喜公は身をもって教えたのです。

☆

—37— 玉をみがく

黄公の下で、兵曹判書《へいそうはんしょ》（六大臣の一人で、いまの国防相）を勤めている人に、金宗瑞《きんそうずい》という人がありました。この金宗瑞も、学者として、政治家として、名

—36—

「殿さまのわからないにもほどがあります。ものごとには、よし悪しの見さかいがありますものを、どちらも、もっともでは、裁きがつかないではありませんか。」

と申しました。すると公は、いかにもと、うなずき

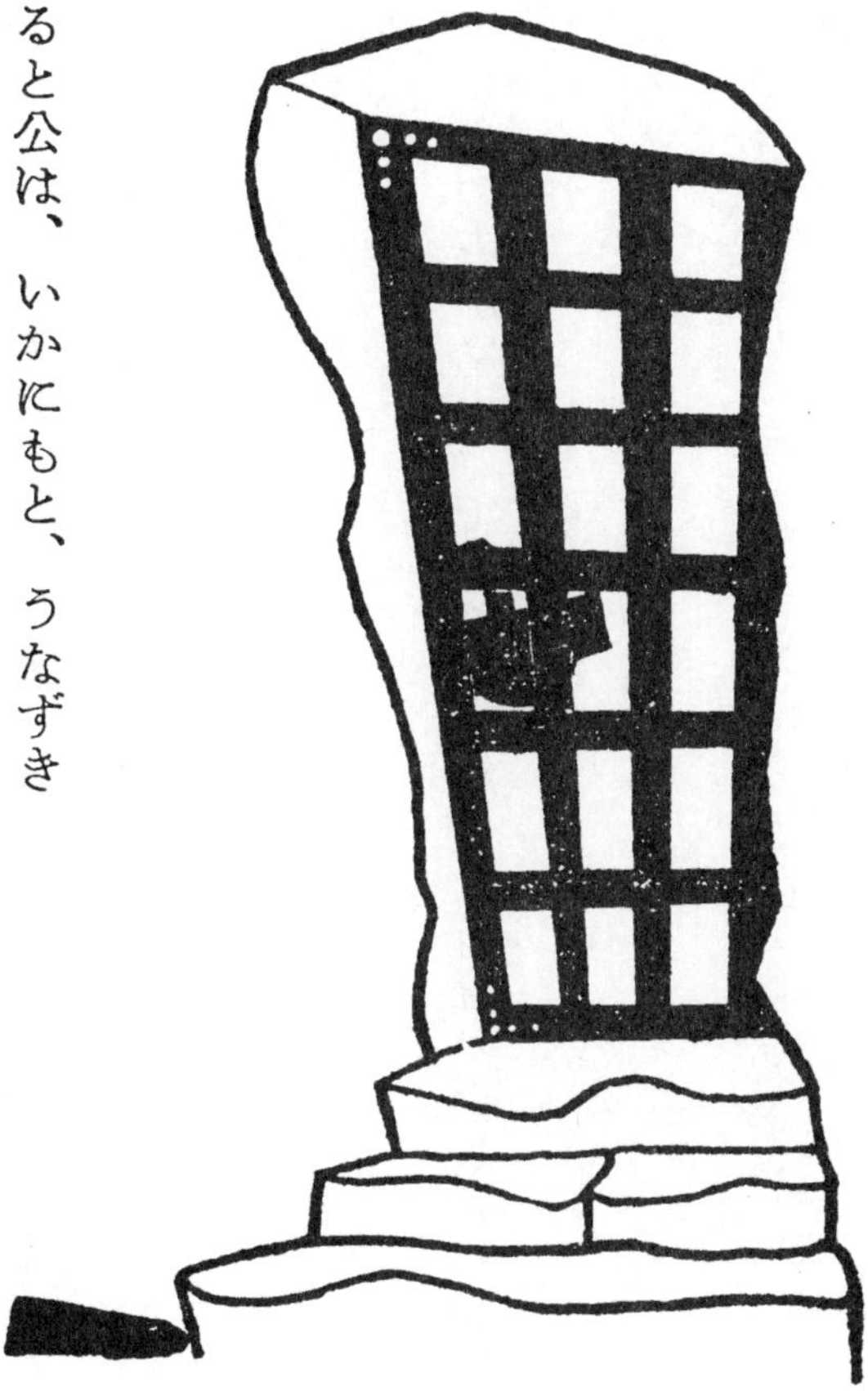

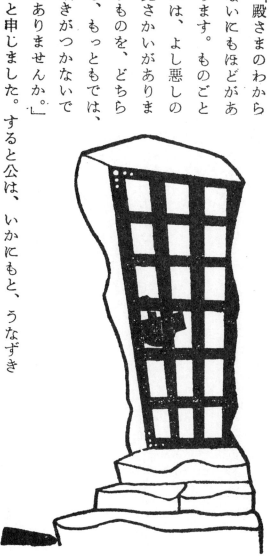

—35— 玉をみがく

あるとき邸《やしき》の女中同士が、喧嘩をはじめました。そのあげく、一人の女中が黄公の前に来て、長々と、事のいきさつを訴えました。

公は聞き終ってから、

「お前のいうのは、もっともだ。」

と、うなずきました。

入れちがいに、もう一人の方がはいって来て、これまた自分の正しいわけを、クドクドと訴えました。黄公は、こんども聞き終ってから、

「お前のいうのも、もっともだ。」

と、さっきと同じようなことをいいました。

そばで聞いていた奥方は、おかしさをこらえながら、

—34—

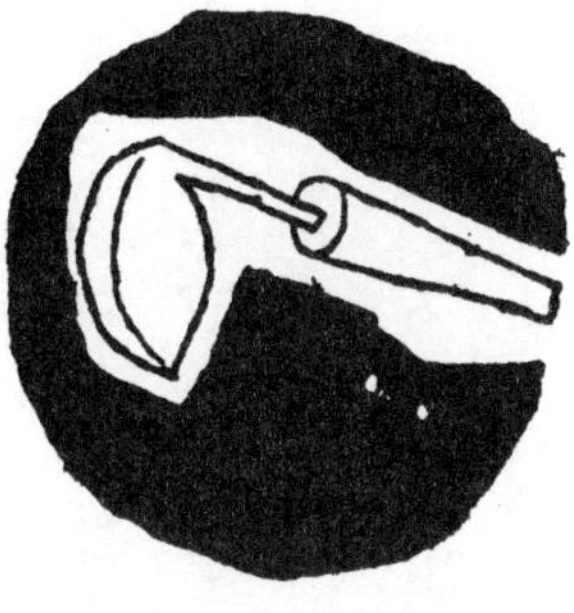

玉をみがく

ものごとのけじめが、はっきりつかないとき、朝鮮では、よく「黄喜《こうき》大臣のようだ」と申します。

黄喜公は名高い宰相の一人で、李朝では第一番に数えられる大臣でした。大事《だいじ》に臨《のぞ》んでは、よし悪しを立ちどころに決めて、はっきり裁《さば》きをつけましたが、小さな事になると、まるで、気にもとめないというふうでした。

いところで切ったのと少しもかわらない、まっすぐな形に切れていました。大きさも、みな同じです。

「石峰や、もう何もいわなくても、わかりましたね。自分ではこの上ない上手のつもりでいても、いざとなると、この通りです。見えないところで餅を真っすぐに切るだけでも、長い間の修業《しゅぎょう》がいります。まして五年や八年の勉強で、偉くなれたと思っては、大変なまちがいですよ。」

お母さんの、このお諭《さと》しに、石峰は、いままでの自分の考えちがいが、恥かしくなりました。それからは、生れかわったように、一生けんめい勉強をつづけました。そして、あとでは、文章に、字に、その時代では並ぶ者がないといわれるほどの、りっぱな学者になりました。

—33— お母さんの切った餅

—32—

しばらくたってから、石峰がそういいました。お母さんも、ほうちょうの手を休めました。そして灯りをつけました。

ところがどうでしょう。石峰の書いた字は、いびつになったり曲ったりして、ちゃんとした字になっているのは、幾つもありません。自分では、真っすぐに書けたつもりでしたが、くらやみの中で書いた字は、まるで、べつな方へ筆が外《そ》れているのです。

それにひきかえて、お母さんの餅は、明かる

—31— お母さんの切った餅

が上手です。目をつむってでも、ちゃんと切れますよ。いまお母さんが灯《あか》りを消しますから、真っ暗い中で、お前は字を書いてごらん。お母さんも一しょに、暗いところで餅を切ってみます。いいですね。」

お母さんがそう申しますと、石峰は、「ええ」とへんじをして、紙や硯《すずり》を取り出しました。お母さんも、長くのばしたお餅を、まな板にのせて、お部屋へ運びました。

そして、灯りを消しました。

真っ暗いやみの中で、石峰は字を書きました。お母さんもコトン、コトンと、ほうちょうの音をさせながら、お餅を切りました。

「お母さん、もう書けました。」

—30—


「大丈夫ですよお母さん。もう寺小屋へ行っても、習うことなんかないもの。」

そういって、あいかわらず怠けてばかりいました。

石峰の家は貧乏でした。お母さんは切餅《きりもち》を売って、親子二人の暮しを立てていました。

お母さんは、ある晩、石峰をそばに呼んで申しました。

「ね、石峰や。お前は学問もよくできるし、とりわけ字が上手だと、みなさんがほめてくださる。お母さんも、どんなにうれしいか知れないよ。だけれど、ほんとうに上手かどうか、お母さんと一つ、力くらべをしてみましょう。」

「力くらべって、お母さんは字が書けないのに、どうしてくらべるの。」

「いいえ、字ではありません。お母さんは字が書けないかわりに、お餅を切るの

みんなは、そういって感心しました。

石峰も得意でした。

(自分はもう、これだけ字が上手に書けるのだから、これからは字のおけいこなんか、しなくてもよい。)

そう思うと、寺小屋へ毎日通うのが、ばからしくなりました。怠けるのは字のおけいこばかりではありません。ほかの学問にも、しぜん力を入れないようになりました。

「石峰や、どうして勉強を怠けるのですね。」

寺小屋へも行かないで、遊んでばかりいる石峰を見て、お母さんがしんぱいしました。すると石峰は、

—29— お母さんの切った餅

—28—

お母さんの切った餅

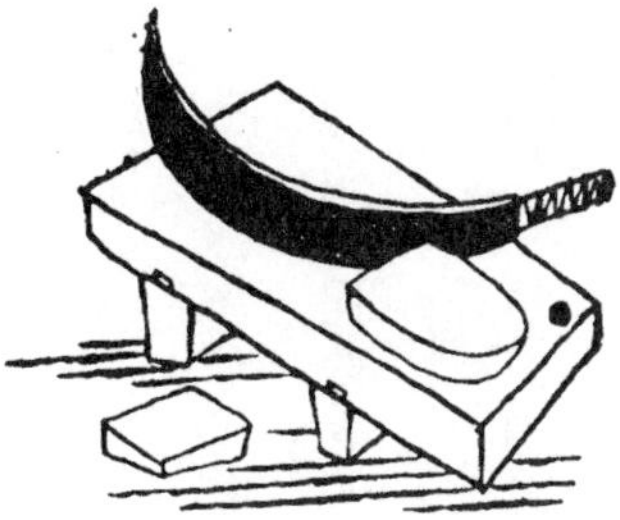

韓石峰《かんせきほう》は、小さいときから、字を書くのが上手でした。寺小屋で学問している友だちの中には、もう一人も石峰にかなうものがありません。そのうちに、お師匠さんの字とくらべても、見劣りがしないほど上達しました。

「なんて上手な字だろう。どう見ても、十二才の子供の字とは思えない。」

—27— 子づれの馬

動かしました。

「もうよい、なにもいうな。その方と一しょに、都へもどろう。」

そういって、家来を呼ぶと、還御《かんぎょ》の仕度をいいつけました。

太祖の目にも、涙がうるんで見えました。

—26—

げに朴淳にたずねました。

「あの馬はどうしたのじゃ。なぜあのように鳴いているのじゃ。」

「はい——。」朴淳は、さりげないようすで申し上げました。

「子づれの馬に乗ってまいりましたが、子馬が足手まといになりますので、引離してつなぎました。親子の情《なさけ》は人間にかわらぬものとみえまして、あのように親馬は、子を案じて鳴いているのでございます。」

その一言を聞いて、太祖はすぐに朴淳の心を見ぬきました。何もいわずに、しばらくは、だまっていました。

朴淳も手をついたまま、ひれ伏していましたが、そのうちに、この使者の目からは、熱い涙がハラハラと流れ落ちました。その涙が太祖のかたくなな心を

—25— 子づれの馬

願いしてみるばかりでございます。」

「そうか。では行くがよい。」

太宗王から、おゆるしが出て、朴淳は咸興へ旅立ちました。

十日の旅をつづけて、いよいよ咸興へつきましたが、朴淳は乗って来た馬をすてて、そのかわり、子を生んだばかりのめす馬を手に入れました。まだ乳から離れない子馬は、親馬のあとをしたって、どこまでもついて来ました。

朴淳は親子の馬をつれて別宮の前まで来ると、子馬を木につないで、親馬だけ門のところへ曳《ひ》いてゆきました。

親馬は、子馬のことがしんぱいでなりません。それで、あとをふりかえりながら、しきりに鳴き立てました。やがて太祖の前に出ると、太祖は、いぶかし

—24—

太宗王の家来たちは、いつなんどき、自分に番がまわるかと、びくびくしておりました。

家来の中に、朴淳《ぱくじゅん》という人がいましたが、十何人目かの使者がえらばれるとき、朴淳は、自分から進んで、そのお役目を願い出ました。

「どうぞこのたびは、小臣をおつかわしくださいますよう願い奉ります。」

太宗王は、ふしんな面《おも》もちで、朴淳にたずねました。

「いままで咸興へ使者に立った者は、一人として生きて帰ることはできなかった。その方はどういうわけで、自分から死地に入ろうというのだ。なにか、よい考えでもあるのか。」

「はい、別によい考えもございませんが、まごころをつくして、いま一度、お

三度目の使者が送られました。こんども、使者は、生きてはかえれませんでした。

四度目の使者も斬られました。五度、六度、七度と、つづいて送られる使者が、誰もかれも斬られて、一人として無事にかえれた者はありません。

今でも朝鮮で、行ったきり帰らない鉄砲玉の使いのことを、「咸興の使者」(咸興差使)というのは、ここからはじまったことわざです。

さて、なんべんくりかえしても同じことです。太宗王の命令で咸興へ立たされる使者は、生きて帰れないことを覚悟せねばなりません。親兄弟と別れのさかずきを汲んで、泣く泣く都を立ちましたが、行き着いたが最後、申し合わせたように、みな首をはねられてしまうのです。

—23— 子づれの馬

—22—

太宗王は、なんとかして父太祖の怒りをやわらげ、もう一度都へお迎えせねばならないと考えました。それで、はるばる咸興の別宮へ、御機嫌うかがいの使者《しし》（問安使《もんあんし》）を立てました。

都から咸興までは十日近くの道のりです。使者は旅を重ねて、太祖の別宮におうかがいしました。そして「どうぞ都へおもどりくださいますように」とお願いしました。

太祖の怒りは、そんなことでは解けませんでした。何もいわずに、太祖は、その場で、使者の首を斬ってしまいました。

二度目の使者が、また立ちました。二度目の使者も、やはり同じ目にあいました。

太祖はこの三代目の王を、心から憎んでおりました。

太祖の一番可愛がっていた末の王子の芳碩《ほうせき》は、王子たちの争いにまき込まれて命を失いました。お気に入りの鄭道伝《ていどうでん》や、そのほか多くの家来たちまで太宗の手にかかって殺されました。李太祖は、はげしい怒りに燃えながら、ある晩、都を立って、北の方の咸興《かんこう》へ旅立ちました。そして咸興の別宮にとどまったまま、いつまでも都へは、もどりませんでした。

—21— 子づれの馬

—20—

つづいて一番上の王子が位につきましたが、二年後に、こんどは五番目の王子の太宗《たいそう》が王となりました。この太宗は、勇気も智恵も、王子たちの中では一番すぐれていましたが、それだけに父君の太祖とは意見の合わないことが多く、親子のあいだがらでありながら、

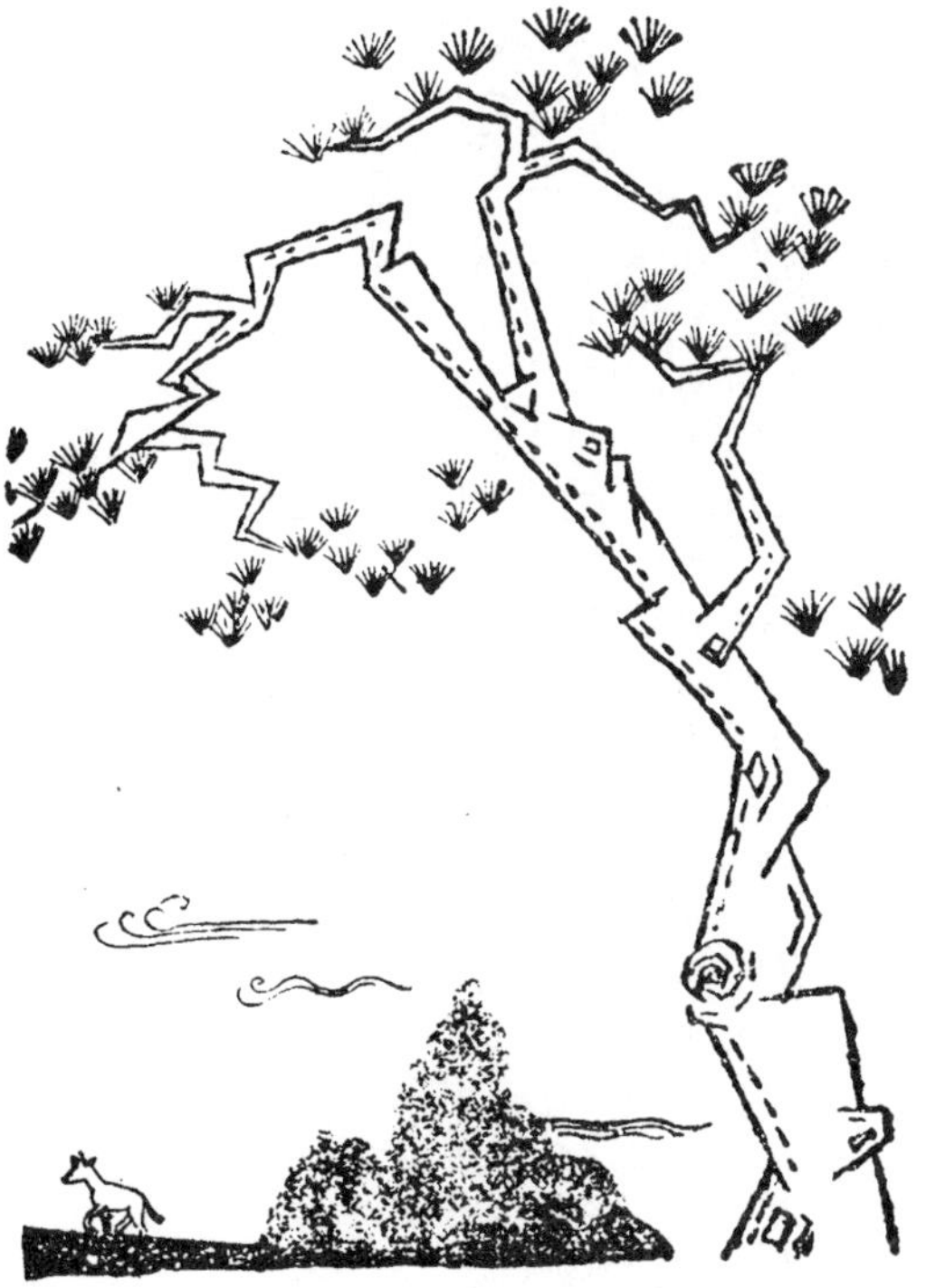

—19— 子づれの馬

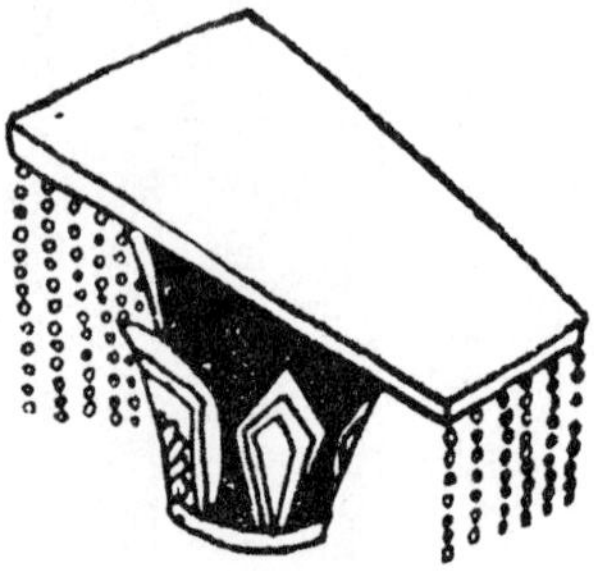

子づれの馬

高麗のあとをうけて、李氏朝鮮が立ったのは、今からかぞえて、ちょうど五百六十年の昔です。

最初の王さま李太祖《りたいそ》は、もと高麗に仕えていた武将でした。勇気もあるかわりに、お気も強く、いろいろとおもしろくないことばかりつづきました。王子たちとの間にも争いごとが起こり、李太祖はせっかく国を建てながら、わずか六年あまりで位を退《ひ》いてしまいました。

ん。どうか一つ、教えていただきたいものです。」

「よろしいとも、お教えいたしましょう。」

お坊さんは気がるに返事をして、知っているだけのことを、のこらず先生に伝《つた》えました。

—18—

それからは、どしどし木綿が織出されて、やがて国中の家庭工業になったということです。

—17— 棉の種

するとお坊さんがいうには、

「愚僧は、棉の本場といわれる交趾に生れました者、ふとした御縁から貴国へ来て、もう十幾年も故郷の土を踏んでいません。ところが、きょう、はからずも棉の畠を通りがかり、一めんに白くついている棉の実を見て、あまりのなつかしさに、われを忘れて立ちつくしたようなわけです。」

それを聞くと、先生は、とび立つばかりによろこびました。

「それはそれは——、あの種も、じつは交趾から持って来たものです。棉の実だけは、まずまず、とれるようになりましたが、あれを織物に仕上げるには、一たいどうすればよろしいのでしょう。それがわからずに困っていたところです。御坊にめぐりあったのは、きっと、仏さまのお引き合わせに違いありませ

—16—

たのだということです。

それについては、民間にこういう話も伝わっています。

棉だけはとれるようになりましたが、さて、困ったことに、織物に仕上げるまでの手順がわかりません。それで、いろいろと工夫をめぐらしていると、ある日、見なれぬお坊さんが一人、棉の畠を通りがかって、足をとめたまま、いつまでも動こうとしません。

ふしぎに思った文先生は、そのお坊さんをわが家へあんないして、ねんごろにもてなしながら、わけをたずねました。

「失礼ですが、御坊《ごぼう》は、どちらからおいでになりましたか。なぜ、あのように、棉の畠にお立ち止りになったのですか。」

—15— 棉の種

面が、真白く棉の花で埋まるまでになりました。

それからあとはその棉の種を、方々の土地へ分けて植えさせ、実《みの》るにつれて、つぎからつぎへと繁殖させました。それまで棉といえば、大陸からの移入だけにたよっていた朝鮮にも、こうしてはじめて、りっぱな棉がとれるようになりました。

種をとり、それを弾棉機《だんめんき》にかけ、糸をぬいて、いよいよ木綿に織りあげるまでには、なお、いろいろと工夫がはらわれました。道具がすっかり揃うまでには、三代もかかりました。

朝鮮では、糸ぐるまのことを、「文莱《ムンレ》」といっています。それは、糸ぐるまを考え出した文先生のお孫さんの名で、それがそのまま、糸ぐるまの名になっ

—14—

「はて、どうしたら、うまくあの種を持ち出せるだろう。」

あれこれと思案をめぐらしているうちに、ふと、よい智恵が浮かびました。筆の軸《じく》です。その軸の中へ棉の種を五六粒しのばせて、国境へさしかかりましたが、さすがの関所役人もこれには気がつきません。とうとう、その種を朝鮮まで無事に持って来ることができました。

先生は、舅《しうと》の鄭天益《ていてんえき》という人にその種を渡して、やわらかい土の上に植えさせました。すると秋になって、その中のたった一つだけが、芽を出して、真白な棉の実をつけました。そのときのうれしさ――。さっそく、その棉から種をとって、あくる春もう一度まきました。秋になると、こんどは棉の木が、何十というかずになりました。これを三年くりかえしているうちに、ついには畠一

たとない、大きなしあわせを、もたらしたのです。

交趾というのは、今の安南で、昔から棉の産地として名高いところです。先生は、ここへ三年いるうちに、棉というものが人間の生活にとって、どんなに大切なものであるかを、目《ま》のあたり教えられました。

「なんとかして朝鮮へも、この棉を移し植えたいものだ。」

そう考えましたが、交趾では棉の種を国外へ持出すことが、固く禁じられているので、大っぴらに持って来ることはできません。国境には、往来の人の荷物を一々しらべるために、関所《せきしょ》まで設けられていました。

三年たって、めんどうな問題も無事にかたづき、いよいよ先生は帰国することになりました。

—13— 棉の種

—12—

棉の種

棉《わた》がはじめて、朝鮮に植えられたのは、高麗《こうらい》の末ごろです。第三十一代恭愍《きょうびん》王のとき、儒臣として名高い文益漸《ぶんえきぜん》先生が、重い役目をおびて元《げん》の国へ遣わされました。ところが、政治の上のいざこざから、先生は元の朝廷の誤解を受けて、交趾《こうし》という土地へ移され、身柄をとめおかれることになりました。この不幸なでき事が、結果からみれば、朝鮮にとっては、ま

でした。

允成はすぐ赦《ゆる》されて、その代り、こんどは武士が牢へつながれました。

ところが、それからいくらもたたないうちに、ほんとうの悪者がつかまりました。その悪者の口から、何もかもが白状されました。

武士は、危《あやう》いところで命拾いをしましたが、そのために允成や武士のうつくしい心が、世間に知れわたりました。

あとで、武士は仕官をして、よい身分になりました。

—11— 一俵の恩

—10—

「お前のしわざに違いない。商人が大金を持っていたのを知っているのはお前ばかりだ。よい加減に白状したらどうだ。」

役人は、こういって毎日のように責め立てます。いくら申し開きをしても聞き入れません。とうとう允成は身に覚えのない罪を、かぶってしまいました。

允成の罪が、いよいよ決ったとき、一人の男が役所へ名乗って出ました。

「その罪人は私です。どうか私を牢《ろう》へ入れてください。」

役人は驚いてその男を調べました。それは允成の隣の貧乏な武士でした。

武士は允成のうつくしい心を誰よりもよく知っていました。その人が、覚えのない罪のために首を斬られると知っては、じっとしていることが出来なかったのです。米一俵の恩のために、武士は自分から身代りになろうと決心したの

—9— 一俵の恩

したが、とうとう、主の言葉に甘えて、その米俵をかついでかえりました。允成は、垣根の穴を、もとどおりになおして、家の人たちには、一言《ひとこと》も、それをいいませんでした。

それから、何年かたってからです。都から一人の商人が来て、允成の家に泊りました。この商人は、もともと允成とは顔なじみの仲でした。

あくる日、商人は用事をすませて、きげんよく都へ帰って行きましたが、途中で、悪者のために、持金を残らずさらわれたばかりか、命までも取られてしまいました。

疑いは允成にかかりました。役人は、允成を縛り上げて、きびしい吟味《ぎんみ》にかけました。

—8—

ていて、気のついた者は誰もいません。あなたほどの方が、人のものなどに手を出すのは、よくよくのことです。何もいわずに、どうか、あの米俵は持っていってください。」

武士は、恥かしさに顔もあげられませんで

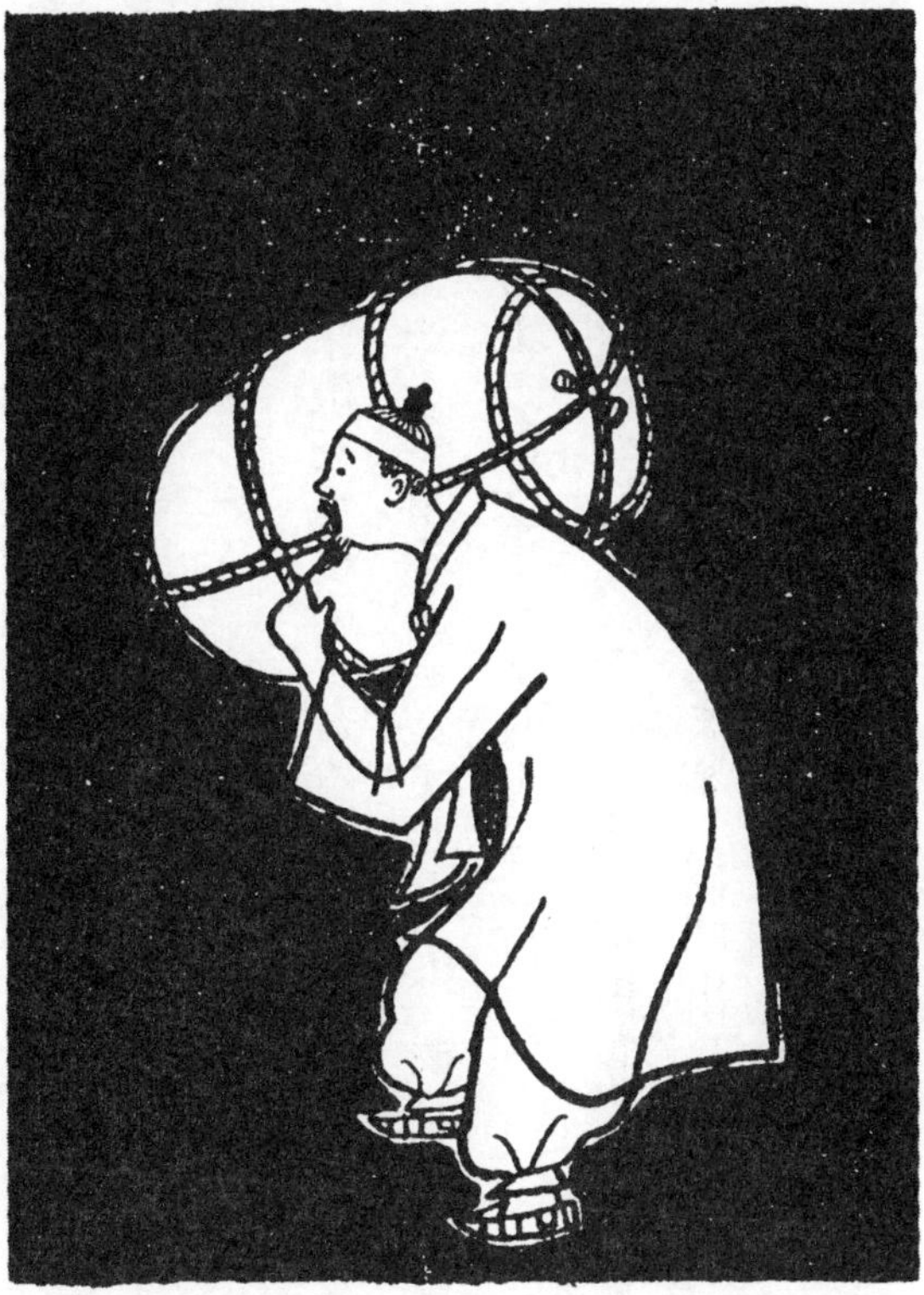

—7— 一俵の恩

たとえ、わるいことは知りながら、ある夜、垣根《かきね》に穴をあけて、允成の家から米俵を一つ盗もうとしました。

物音を聞きつけて、主《あるじ》の允成が出て来ましたが、月のない暗い晩で、武士はそれに気がつきませんでした。武士は米俵を垣根のところへ運んで、まず自分から先に穴を出ました。それから、米俵を持出そうとしましたが、俵が重いのと、穴が小さいのとで、なかなか思うようには出せませんでした。

それを見ていた允成は、中の方から手をかして、そっと俵を押出してやりました。武士はびっくりして、俵も何も、ほうり出したまま、逃げ出しました。允成は、あと追いかけていって、武士の手をとらえました。

「お待ちなさい。困るときはおたがいさまです。それに、家の者もみな寝入っ

—6—

一俵の恩

允成《いんせい》は、元宗《げんそう》王（高麗二十四代）のとき、甲串里《こうかんり》に住んでいた町人でした。豊《ゆた》かというほどではないが、日ごろから、倹《つ》ましくていましたので、少しばかりのたくわえもあり、暮しに困るようなことはありませんでした。

隣は武士の家でした。禄《ろく》に、はなれたために、その武士はひどい貧乏暮しをしていました。恥も知り、武士の操《みさお》も心得てはいましたが、貧すれば鈍《どん》するの

表紙・藤原常次
さしえ・高野喆史

目次

はしがき

昔、韓半島は「新羅《しんら》」「高句麗《こうくり》」「百済《くだら》」の三つの国に分れていました。

それが、いまから千四十年まえ「高麗《こうらい》」に統一され、四百七十年後に「李氏朝鮮」に引き継《つ》がれました。李氏朝鮮の五百年を、一口に「李朝」とよんでいます。

「高麗」「李朝」の、ほぼ一千年間には、すぐれた人物も大ぜい出ましたが、それらの人の逸話《いつわ》を、ほんの一《ひと》つかみだけ択《えら》んで、わかりやすく書いてみたのがこの本です。民話や伝説と違って、ここにあるのは、みな実際にあった話ですが、時代は移《うつ》りかわっても、これらの短い話の中には、かわることのない人間の心の姿《すがた》が、生々《いきいき》と映《うつ》し出されています。

文先生が遠い国から持ち運《はこ》んだ五、六粒《つぶ》の棉《わた》の種《たね》から、たった一つだけ花がつき、やがてはそれが国じゅうの人の着物となったように、この乏《とぼ》しい本が読む人の心に根をおろして、いつか美しい花を咲かせる日を私は夢《ゆめ》みております。

著者

木槿少年文庫

— I —

棉《わた》の種《たね》

金素雲

コリアン・ライブラリー

木槿少年文庫に添えて

日本観光株式会社社会長　**小涙義明**

いま、この日本には、私たちの同胞が六〇万も住んでいますが、中には〃ふるさと〃を知らない人たちもたくさんいます。遠い外国のことや、日本のことは知っていても、自分の祖国《おやぐに》を知らないというのはさびしいことです。そんな人たちに、この文庫を読んでもらいたいと思います。

私たちの祖先には、どんな人がいたか――、どんな生活や、どういう風習《ふうしゅう》があったか――、歴史はどんな険《けわ》しい旅をつづけたか――。この文庫を何冊か読んでゆくうちに、そうしたことが追々《おいおい》にわかってくるはずです。

また、日本の少年少女たちにも、地理の上では一ばん近い隣の国のことを、もっとよく知ってもらいたいものです。お互《たが》いが正《ただ》しく理解《りかい》しあうために、この本庫が一人でも多くの人に読まれることを望んでおります。

（木槿文庫・木槿少年文庫一万部提供）

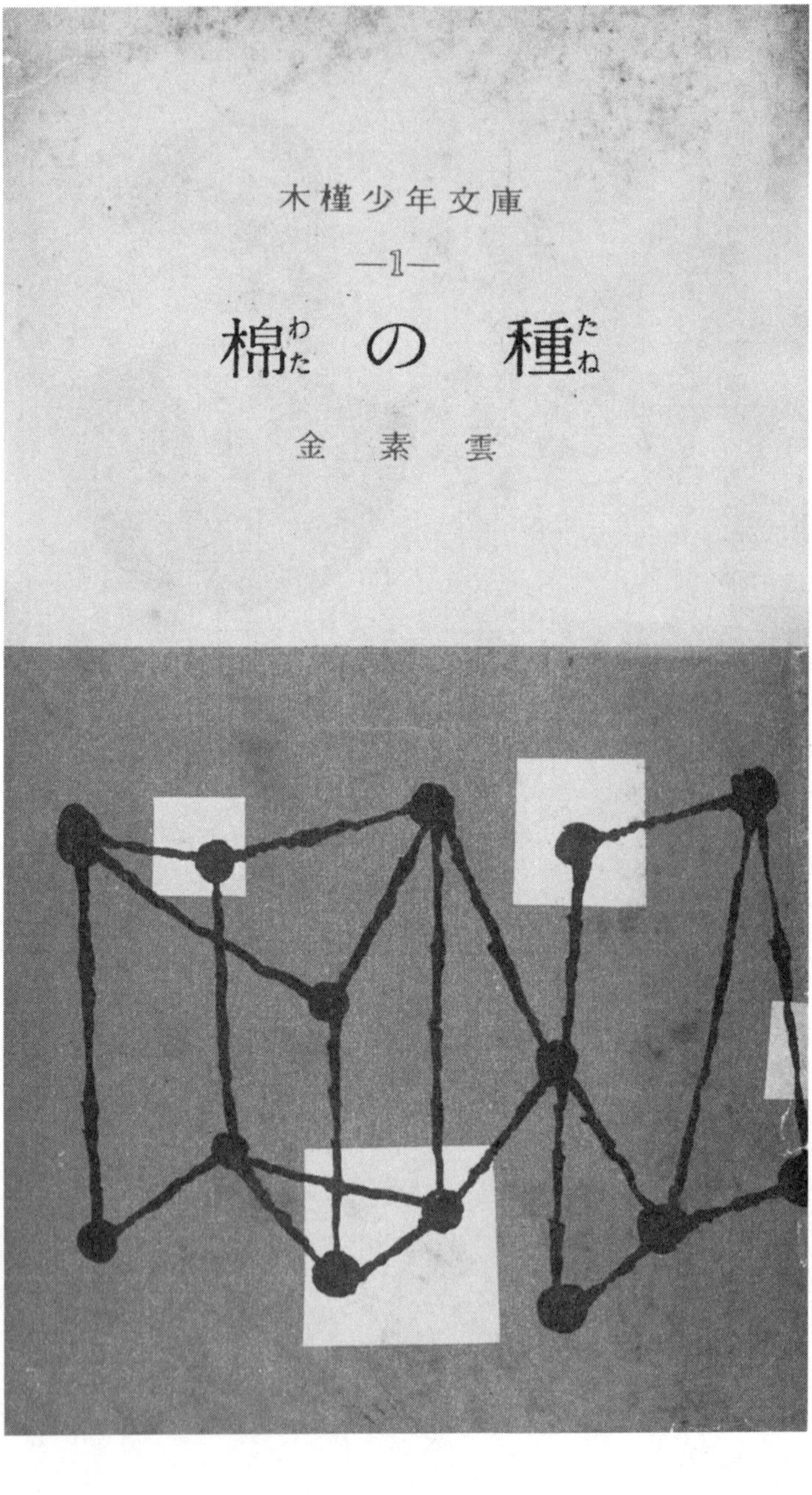
木槿少年文庫
—1—
棉《わた》の種《たね》
金素雲

昭和十八年十月十五日 印刷
昭和十八年十月二十日 發行

半島名作童話集

金相德著

【半島名作童話集】

㊊新 定價 二圓五十錢

著作兼發行人 京城府鍾路區忠信町一八番地ノ七五 金海和德

印刷人 京城府鍾路區鍾路三丁目一六五番地 中永求

印刷所 京城府鍾路區鍾路三丁目一六五番地 光星印刷所

發行所 京城府鍾路區西大門町一丁目七九番地 盛文堂書店 振替京城一七一五九番

配給元 京城府西大門區和泉町二番地 日本出版配給會社朝鮮支店

恩を返した鵲

昔《むかし》、或所《あるところ》に武人《ぶじん》の息子《むすこ》がをりました。

武人《ぶじん》の息子《むすこ》は一生懸命《しやうけんめい》に武術《ぶじゆつ》を勉強《べんきやう》してゐましたが、もう隨分《ずゐぶん》自信《じしん》もついて來《き》ましたので、都《みやこ》へ上《あが》つて科擧《くわきよ》の試驗《しけん》を受《う》け、將來《しやうらい》は役人《やくにん》として身《み》を立《た》てようと、志《こゝろざし》を決《けつ》して、故郷《こきやう》を後《あと》にして旅立《たびだ》ちました。

何《なに》しろ田舍《ゐなか》の方《はう》から、遠《とほ》く都《みやこ》の空《そら》さして上《あが》つて行《ゆ》くことは、容易《ようい》の事《こと》ではありませんでした。今《いま》のやうに汽車《きしや》も自動車《じどうしや》もありませんので、とぼ〳〵と歩《ある》くより他《ほか》なかつたのであります。

息子《むすこ》は家《いへ》を出《で》てから幾日《いくにち》も旅《たび》を續《つゞ》けました。山《やま》を越《こ》え、川《かは》をわたつて、見知《みし》らぬ村《むら》を拔《ぬ》けて、だん／＼旅《たび》を續《つゞ》けて行きますと、或日《あるひ》の事《こと》、深《ふか》い寂《さび》しい森《もり》にさしかゝりました。ちやうど秋《あき》も暮《く》れようとする頃《ころ》で、身《み》に泌《し》むやうな秋風《あきかぜ》に吹《ふ》かれて、落《お》ち葉《ば》がしきりに降《ふ》りかかつてきました。

武人《ぶじん》の息子《むすこ》は、ふと、故鄕《こきやう》に殘《のこ》して來《き》た家族《かぞく》のことを思《おも》ひうかべ、ひとり旅《たび》の淋《さび》しさをしみじみ感《かん》じました。

森《もり》の中《なか》は、唯《ただ》ざわざわと吹《ふ》きとほる風《かぜ》の音《おと》に、落《お》ち葉《ば》のまうびゆく音《おと》とが聞《きこ》えるばかりです。

梢《こずゑ》をもる日光《につてう》もやうやく色《いろ》づいて、日暮《ひぐれ》のあわただしい空氣《くうき》が

森《もり》の中《なか》にただよひはじめました。

息子《むすこ》は獨淋《ひとりさび》しく森《もり》の坂《さか》を上《あが》つて行《ゆ》きますと、路傍《みちばた》の大《おほ》きな欅《けやき》の上《うへ》を、一羽《いちは》の鵲《かささぎ》が飛《と》び舞《ま》ひながら急《きう》に森《もり》の靜寂《せいじゆく》をやぶつて、啼《な》き出《だ》しました。

その悲《かな》しさうな、けたゝましい叫《さけ》び鳴《な》きの聲《こゑ》が、靜《しづ》かな空氣《くうき》を破《やぶ》つて、山《やま》から空《そら》の方《はう》へ響《ひゞ》き渡《わた》りました。

息子《むすこ》は立《た》ちどまつて巨木《きよぼく》の下《した》をはつして見すゑました。

すると、今しも、一匹《いつぴき》の大蛇《たいじや》が、鵲の巣《す》に頭をもたげてゐる二羽の鵲の子を、ねらつてゐるところでした。

息子は、啼き叫ぶ親鵲《おやかささぎ》と子鵲をあはれに思つて、肩《かた》にかけてゐ

た弓《ゆみ》を、とりなほすと、ヒューと一矢《ひとや》満月《まんげつ》をはらんで發《う》ちました。

すると見事《みごと》大蛇に命中《めいちう》し、大蛇はもんどり打つて、地べたに落ちて死《し》にました。

三羽の鵲は、いかにも嬉《うれ》しげに羽ばたきながら、夕焼《ゆうや》けの美《うつく》しい空をいづれへか飛び去りました。

息子はそれを見ると、心の底に云ひ知れぬうれしさを感じて、
「まあよかつた」と獨言《ひとりごと》を云ひながらなほも旅《たび》をつづけました。

するうちにもう日はとつぷりと暮《ぐ》れてまゐりました。

足もともおぼつかないやうな闇夜《あんや》です。行つても行つても人家《じんか》らしいものが見あたりません。

けはしい山みちがつづくばかりです。

さすがの武人の息子も、すつかり困《こま》つてしまひました。

「寒いけれど、今夜《こんや》は野宿《やしゆく》するより仕方《しかた》あるまい」

と、つぶやきながら暗闇《くらやみ》を見つめる息子の目にありがたや、鬼《おに》火《び》のやうにかすかな明りがはるか前方《ぜんぽう》にまたたいてゐるのが見えました。

息子はよろこび勇《いさ》んで足をはやめました。たどりついてみるとそれは大きな古いお寺でした。

人の住《す》んでゐる氣配《けはい》はありませんがそれでも案内《あんない》を乞《こ》ひますと不思議《ふしぎ》にも、中から出た人はひとりの若い女でした。

息子はわけを述《の》べ、泊《と》めてもらひたいと申しますと、

「家には食物《たべもの》は何もございませんが、お休《やす》みになるだけでしたらどうぞ」

と言つて、女の人は廣《ひろ》い板《いた》の間に案内《あんない》してくれました。

息子は部屋《へや》に入るやいなや、どうしたのかゾーヲと寒氣《さむけ》を覺《おぼ》えました。

部屋は長い間人が住んでゐなかつたと見え、ほこりが一寸《いつすん》いじやうもたまつてをります、それに、何とも云へない變《へん》な氣持《きもち》にさせられました。まるで背《せ》の方《はう》から水でもあびせ掛《か》けられるやうな氣《き》持《もち》でした。

しかし息子は旅の疲《つか》れて、ひもじいお腹《なか》をかかへたまま、ぐつすり寝込《ねこ》んでしまひました。

旅《たび》の疲《つか》れにグッスリと眠《ねむ》つて仕《し》まつた息子は、今しがた眠《ねむ》り附《つ》いたかと思ふ頃《ころ》から、變《へん》に胸《むね》のあたりに重苦《おもくる》しさを感《かん》じ出して來ました。初めはそれを夢現《ゆめうつつ》に覺えてゐましたが、やがてだん〳〵甚《はなはだ》しくなつて來る胸苦《むなぐる》しさに刺戟《しげき》されて、たうとうパッチリと眼《め》をあけて了《しま》ひました。

はつと目を醒《さま》して見ると、實《じつ》に驚《おどろ》きました。柱《はしら》のやうに太《ふと》い大きな蛇《へび》が、自分の体《からだ》にぐるぐる巻きついてゐるではありませんか。

目を覺《さ》ました息子は氣がつくと、大蛇《だいじや》は部屋《へや》をゆるがすやうな聲《こゑ》で、

『お前の命はこの私がもらつたぞ、私は今日お前に射《い》殺《ころ》された蛇妻《つま》なのだ。女《をんな》に化《ばけ》てお前をおびきよせ、にくいにくいお前に仇《あだ》討《うち》をするのだおとなしく私に命《いのち》を差《さし》出《だ》すがいゝ』

と言ひながら息子の首《くび》をしめにかかるのです。

息子は、

『さてはあの女はこの蛇だつたのか。しまつた』

と思ひましたが、なんとしてもこんな蛇めに殺《ころ》されるのは、くやしくてだまりません。

そこで、出來るだけ落ちついて、そして言ひました。

「蛇よ、夫の仇《あだ》を討《う》たうとするお前の氣持はようく分《わか》る。しかし聞いてくれ。おれはこの世に生れて、都《みやこ》へのぼり科擧《くわきよ》の試驗《しけん》(役人になる試驗)を受《う》けるのを唯《たゞ》ひとつの願《ねが》ひとしてきた。そのため一心《いつしん》不亂《ふらん》に勉強《べんきやう》もした。ところが、かうしてお前に殺されてみると、これまでの苦しい努力《どりよく》もみんな水《みづ》の泡《あわ》となるのだ、蛇よ、ここんとこを一つ考へてゆるしてはくれないか」

と熱心《ねつしん》にたのみました。

さすがの蛇も、息子のこの言葉《ことば》に感じたものか、息子の体をしめつけてゐる力をすこしゆるめて、

『さういふお前の言葉《はなし》を聞いて見ると、今すぐころすのもなんだか可哀《かわい》さうな氣もする。ではかうしよう。このお寺の裏手《うらて》に高《こう》樓《ろう》があるが、その高樓の上に鐘《かね》がつりさげてある。私はあの鐘《かね》の音《おと》がこの世の中で一《いち》番恐《ばんおそろ》しいのだ。幸《さいわ》ひなことには高樓はたいへん高《たか》くて、人間《にんげん》などはめつたにのぼれるものではない。もし今夜《こんや》十二時までに、お前があの鐘を三つ鳴らすことができたら、お前の命をゆるしてやらう』

と、世にも不思議《ふしぎ》な難題《なんだい》をもちかけました。

さう云ひ終《をは》つたかと思ふと、スルヽヽと音《おと》を立て、何處《どこ》ともなく姿《すがた》をかくしてしまひました。

息子はいそいで飛《と》び起《お》き、すぐ部屋《へや》を出《で》ました。お寺の裏手《うらて》に行つてみると、果《はた》して、天にもとどきさうな高樓が夜空《よぞら》にたかくたかくそびえたつてゐます。

『あの上に鐘がかかつてゐるのだらう、たうてい人の力では、あんなたかいところにのぼれることはできない。まして、あの鐘を撞《つ》きならせることができるものか』

と息子は悲しくもあきらめないわけにはいきませんでした。

夜はふけていきます息子は無念《むねん》さうに高樓をあふぎながら、なすすべもなく立ちつくしてゐました。

十二時が刻々《こくこく》と迫《せま》ると、大蛇《だいじや》はニタリニタリときみわるく笑《わら》ひ

ながら、息子の前に現《あら》はれて來ました。
高樓をあふぎつつ、息子は生きた心《ここ》地《ち》もありません。いまはもう觀念《くわんねん》の眼《め》をとぢました。

と、この時です。カーンと夜半《やはん》のしづけさをつんざいて鐘《かね》の音がひびいてまゐりました。

ひとつ、またひとつ、都合《つがふ》三つの鐘の音が無《む》氣《き》味《み》ながら、あたりにひびきわたるのです。

息子はあまりに思ひがけないできごとに、全《ぜん》身《しん》の力がスーとぬけてゆくやうな感じがしました。

一方、蛇は鐘の音を聞くやいなや、何《なに》物《もの》かにつかれたやうに、

青くなつて、あたふたと逃《に》げてしまひました。

息子は不思議《ふしぎ》なこともあるものだと、夜の白々と明けるのももどかしく、高楼の下に行つて、中空《ちうくう》をあふぎますと、高楼の上には大きな鐘が何もなかつたやうに静《しづ》かにとかかつてゐました。

ところが、もとに、ふと目が落ちた息子は
『あー』

と、叫びごゑをあげました。

それもその筈《はづ》、夜露《よつゆ》でしつとりぬれた地面《ちめん》の上には、鵲が三羽《さんば》血《ち》を流《なが》して死《し》んでゐるのです。

一羽は頭をくじき、もう一羽は足を砕《くだ》いてをりました。

この鵲こそ息子が昨日《きのふ》救《すく》つてやつた鵲で、力一ぱいあの鐘に体をぶつつけて、三つうちならんだものに相違《さうい》ありません。

小さい鳥ながら、人も及ばぬ、この貴《とうと》い恩返《おんかへ》し、武人《ぶじん》の息子は涙《なみだ》を流《なが》して、

『こんな感心な鵲のために救はれた命《いのち》だ。石に齒《かじ》りついても成功《せいこう》しよう』

と、鵲の死骸《しがい》の前にかたい決心《けつしん》をするのでした。

お日樣とお月樣

或る田舎《ゐなか》にお母さんが、二人の子供《こども》達《たち》と淋《さび》しく暮《くら》してをりました。

お父さんは早くなくなられて、家が貧《まづ》しくて、お母さんは毎日々々、他家《よそのいえ》へ行つて働《はたら》いては、傭《よう》賃《ちん》を貰《もら》つて樂《たの》しく暮《くら》してをりました。

二人の兄妹《きようだい》は仲《なか》よく留《る》守《す》番《ばん》をしてお母さんの歸《かへ》りを待《ま》つてをりました。

とこらが或《あ》る日《ひ》のことです。隣《となり》の村《むら》へ働《はたら》きに出かけたお母さん

が、晩《ばん》がおそくなつて待《ま》つても歸《かへ》つて來ません。

御《ご》飯《はん》時《とき》はとうに過《す》ぎてお腹《なか》は空《ひもじ》いし、七つと十になる兄妹《きやうだい》はこみあげてくる悲《かな》しさをぢいつとこらへて、それでも根氣《こんき》よく待《ま》ちつづけました。

兄妹は、お母さんが家に歸つて來る途中《とちう》で虎《とら》に喰《く》はれてしまつたのもしらないで、ちよつとした風《かぜ》の音や物音《ものおと》にも、お母さんではないかと耳《みみ》をそばだてました。

その時兄妹のお母さんを喰つた殘酷《ざんこく》な虎《とら》は、お母さんの着物を着て、兄妹が待つてをる家にやつて來ました。

『トン、トン』

と門《もん》を叩《たた》きました。この音を聞いた兄妹は喜《よろこ》んで門まで走《はし》つてゆき、

『お母さんですか』

と、はずんだ聲《こゑ》をあげました。

『あ、わたしだよ早く開けておくれ』

と言ふお母さんの聲は、いつもより、とてもしわがれてゐました。

兄妹はをかしいなあと思つて、

『どうしたの、お母さん聲がかれてるわ』と聞きただしました。

するとお母さんは、

『何をぐづぐつしてんの、早く門をお開けつたら、寒いぢやないの　さあ　ひとが風をひいて聲までからしたのに』

と、じれつたさうに門の隙間《すきま》から差し込んだお母さんの手に、何氣《なにげ》なくさはつた兄は、ゾーヲとしました。

『おや、まあ、これはお母さんの手《て》と違《ちが》ふよ、こんなにバリ〳〵してきたないお手平ぢやないんだよ』

『い、え　今日《けふ》はうんと働《はたら》いて、ろく〳〵洗《あら》はずに歸《かへ》つて來たのでこんなになつてゐるんだよ』

お母さんの手は毛《け》むじやらだつたのです兄は、

『變《へん》だなあ？』

と思ひながら門《もん》をあけました。
お母さんは、入つて來て
『可哀想《かはいさう》に、お前たちさぞお腹《なか》がすいたでせうね　すぐ御飯《ごはん》の支《し》度《たく》をしてあげませう』
とつぶやきながら、台所《だいどころ》に入りました。
兄妹はお腹《なか》がペコペコです。
『早く御飯《ごはん》が出來ないかなあ』
と思つてをりますと、台所の方で何か骨《ほね》を嚙《か》むやうな音がポリポリとしました。
妹は、台所《だいどころ》の方《はう》に向《むか》つて、

『お母さん、何をひとりで食《た》べてんの』

とききますと、

『隣《となり》の村《むら》で貰《もら》つてきた豆《まめ》を食《た》べてるんだよ』

と答《こた》へました。

いつものお母さんは自分たちに内證《ないしよう》で、物《もの》を食べたりなどなさらなかつたのに、今日にかぎつてへんだなあ、と思つた兄は、板《いた》の隙間《すきま》から台《だい》所《どころ》を覗《のぞ》いてみました。

すると、どうでせう そこにはお母さんのかはりに大きな虎《とら》が一《いつ》匹《ぴき》ゐて、人の骨《ほね》をボリボリ食べてゐるではありませんか。

虎は子《こ》供達《どもたち》が心配《しんぱい》で、急《いそ》いで隣《となり》の村《むら》から歸《かへ》つて來る、お母さん

を殺《ころ》してしまつて 又 子供まで殺して食べてしまはうとお母さんの着物《きもの》を着て人間《にんげん》に化《ば》けて來てから兄妹を喰《く》ふ機會《きかい》をねらつてをるところでした。

兄は恐《おそ》ろしさで身の毛のよだつ思ひがしましたが、それでも勇《ゆう》氣《き》をふるつて、妹の手をしつかりと摑《つか》むと裏庭《うらには》に逃《つが》れました。

そして井戸端《いとばた》に生えた一本《いつぽん》のポプラの木に登《のぼ》つたら大丈夫《だいじやうぶ》だらうと、思つて、夢中《むちう》で登《のぼ》りました。

兄妹《きやうたい》は、いつもその木《き》の實《み》が熟《じゆく》する頃《ころ》になると、登《のぼ》り登《のぼ》りしたことがありますので、スル〳〵と登つて、いつも腰掛《こしかけ》けたりする枝《えだ》に腰《こし》をかけてゐました。

しばらくして虎は台所《だいどころ》から出て兄妹《きやうだい》をさがしましたが部屋にはゐません。

逃《に》がしたなと思つて裏庭《うらには》にまはつて見ると兄妹して高いポプラの木のてつぺんに登つてゐるのです。

虎はポプラの木を見上《みあ》げながら、くやしがつて、

『お前達《おまへたち》はどうして、その木にのぼれたのかい』

とききました。

兄は利《り》口者《もの》ですから、

『木の幹《みき》に油《あぶら》をぬつて登つたんだよ』

と嘘《うそ》をつきました。

虎は言はれた通《とほ》りに油《あぶら》をぬりますと、つるつるすべつてとてもとても登れません。

すると妹は何も分らないものですから、

『あのね、斧《をの》で木に足がかりをつけたら登れるわよ』と言ひました。

果して虎は妹の言つた通りにして、ぐんぐん木を登つてくるのです。

兄は、いまはもう絶對絶命《ぜつたいぜつめい》と、

『神樣《かみさま》、どうか私達兄妹《わたしたちきやうだい》をお救《たす》け下さい。若《も》しお救《たす》けになるのでしたら天から綱《つな》を一本おろして下さい』

と、涙《なみだ》ながらに祈《いの》りました。

もうすこして虎の手が兄妹の体《からだ》にとどきさうになつたとき、兄の祈りが天にとどいたものか。不思議《ふしぎ》にも、一本の綱《つな》がするすると天から下《お》りてきました。

兄妹は大いそぎてそれにつかまつて天にのぼりました。綱《つな》は白《しろ》い雲をつきぬけて、あをいあをい大空の果までずうつとつづいてゐました。

一方、虎も同じやうに天にむかつて、

『神様、どうぞ綱《つな》を下して下さい』

と祈《い》りますと、やはり一本の綱がするすると下りてきました。

しかし、この綱はくさつてゐたので、虎《とら》が大きな体をゆすぶりながらどんどんのぼつて行くうちに、そのおもさに堪《た》へかねて中《ちう》途《と》てぶつり切《き》れてしまつたからだまりません。

虎は眞逆《まつさか》さまに畑《はたけ》の中に落ちてゆきました。そして、刈《か》りたての高梁《こうりよう》の切《き》り株《かぶ》に腹《はら》と背中《せなか》をさされて、朱《あか》にそまつてとうとう死んでしまひました。

綱にすがつた兄妹はそのまま、どんどん天にのぼり天てくらすやうになりました。

夜の空にうつくしくかがやいてゐる月は、天にとどまつた兄の姿が變つたもので、妹は晝の空にかがやぐお日様になつたと

いふことです。

また、高梁《こうりやん》の切《き》り株《かぶ》が赤《あか》いのは、天から落ちた虎《とら》が切《き》り株《かぶ》につきささつて死んだとき、その血《ち》が染《そ》まつたためだと言はれてゐます。

蛇の怨み

或《あ》る所《ところ》に、大層《たいそう》立派《りつぱ》で勇敢《ゆうかん》な青年《せいねん》が住《す》んでゐました。

或る日のこと、木《き》を伐《き》りに山の奥《をく》へ入つて行きましたが、大きな塔《たふ》の前《まえ》で、一丈《いちぢやう》にも餘《あま》る長い〳〵二匹《にひき》の蛇《へび》に逢《あ》ひましたので、早速《さつそく》斧《をの》で一匹《いつぴき》をきりつけ、もう一匹《いつぴき》の蛇をきらうとしましたら、何時《いつ》の間《ま》にか逃《に》げてゐなくなりましたので、仕方《しかた》なくそのまゝ奥《をく》へ入つて參《まゐ》りました。

すると、河《かは》のほとりで一人のきれいな娘《むすめ》さんが血《ち》のりのついてゐる着物《きもの》を洗濯《せんたく》してゐましたので、

『もし〱娘《むすめ》さん、之から村《むら》へ下りる道《みち》を教《をし》へて下さい』と道《みち》をたづねました。

『之から村へ下りる道は大變危《たいへんあぶな》うございます。こゝに大變恐《おそ》ろしい猛虎《もうこう》が住《す》んでをりまして、毎日多勢《まいにちおほぜい》の人が捕《とら》はれて、やがては喰《く》はれてしまひます、實《じつ》は私も虎《とら》につれられて來てゐる人でござゐますから、いづれは餌食《ゑじき》となるでございませう』

と悲《かな》しげに答《こた》へました。

もとより勇敢《ゆうかん》な青年《せいねん》なので、

『そんな恐《おそ》ろしい事《こと》があるか？ それではその虎の居所を教《をし》へて下さい　私が退治《たいぢ》してみませう』

『それは危《あぶな》うございます。何しろ大した恐《をそ》ろしい老虎《ろうこう》なので、失《しつ》禮《れい》なお話ですが。殺《ころ》されますよ』

『殺されてもよいから一つやつてみませう。さう云ふ話をきいて知らん顔は出來ませんから、大きな刀《かたな》を一つ貸《か》して下さいませんか。』

それで娘《むすめ》は何所から三尺餘りもある大刀を一本持つて來てくれました。

それを持つて大虎のゐる部屋へ案内されて青年は一人で入りました。

娘はきつとあの青年は可《か》哀《はい》想《そう》に殺されるに違《ちが》ひないと思ひまし

た。

が、暫《しばら》くしてから血刀を下げて微《び》笑《せう》を含《ふく》んで出て來た青年を見た時、娘は眞《まつ》青《さを》になつて震《ふる》へてゐました。と云ふのは、娘は自分の思つてゐた事と反對《はんたい》の結《けつ》果《くわ》になつたからです。

それから青年は、娘《むすめ》に案内させて倉を皆あけました。一つの倉《くら》にはいろ〳〵た寶物《たからもの》が出て來ました。一つの倉にはきれいな娘さんが生きてゐて蟲《むし》のやうな息《いき》づかひて寢《ね》てゐましたので、早速《さつそく》助《たす》けました。

そして老虎の皮をはいて、その日は前の娘さんに案内されて老虎のゐた家で三人とも泊《とま》りました。

倉《くら》の中から助《たす》けた娘さんは、病人なので先へ寝《ね》かせたし、前の娘は縫物《ぬひもの》があると云つて縫物を始めたので、青年は仕方なしに寝てゐる振りをして目を細《ほそ》くあけてきれいな娘さんが縫物をしてゐるのを見てゐました。

すると不思議《ふしぎ》な事には、針《はり》に糸《いと》を通す時、赤い細長《ほそなが》い舌《した》をペロりと出して通してゐるのです。

何度見ても人間の舌ではなく蛇の舌なので、流石《さすが》勇敢《ゆうかん》な青年も喫驚《びつくり》してしまひました。

之は只事でないと思つてどうしようかと考へながらも寝てゐるふりをするために鼾《いびき》をかいてゐました。

すると、きれいな娘は何のためにか外へ出て行きましたので、青年は死んだやうになつて寢てゐる娘さんを起して一目散《いちもくさん》に逃《に》げ出《だ》しました。

外から入つて來た娘は二人のゐないのに憤慨《ふんがい》して、何か口の中で呪文《のろひぶみ》のやうなものをとなへたかと思ふと、たちまち長い蛇になつてスル／＼と二人の後をおつかけてきました。

そして高い／＼塔《たふ》の下でやつと二人に追付《おひつ》きました。

それから二人に云ひました。

『貴方　方は今まで私にだまされてゐました。』

貴方が此の塔の下で、私の夫を殺しましたね？　それで私はその

怨《うら》みを晴《は》らすために美しい女に姿《すがた》をかへました。そしてあの老虎に貴方を殺させるつもりでしたが、あべこべにも老虎の方が殺されました。

貴方は夫の敵《てき》ではあるけれども、私は之以上貴方方につきまとつて苦しめる事はしますまい。それは貴方の男らしさ勇《ゆう》敢《かん》さを心からお慕《した》ひするからです。私は淋《さび》しく貴方方の幸《こう》福《ふく》を陰《かげ》で祈《いの》りませう。そして私が何所にゐるかは一年に一度づつ貴方方をおたづね致しませう。それではさようなら』

と云つて何所へか行つてしまひましたので、二人は何かきつねにてもつまされてゐるやうな夢《ゆめ》ではないかと思ひました。

とにかく二人は家へ歸つて結婚《けつこん》をしました。

そしてお山へ行つて老虎の家の倉からいろいろな寶物《たからもの》を持つて來て金持になり、幸福に暮しました。そして可哀《かわい》さうな蛇の事を忘れないで每朝陰膳《かげぜん》をすゑてやりました。

然し二人の前には蛇は一ぺんも現《あら》はれませんでした。

三つの寶

昔 あるところに、三人の兄弟がをりました。父親《ちちおや》は村一番のお金持《かねもち》でしたので、この世を去るときに三人の兄弟《きやうだい》を集《あつ》めて、

『お前達《まへたち》にうちの財産《ざいさん》をわけてやるからそれを元《もと》にして永《なが》く暮《くら》して行くがいゝ。しかし、この財産をあてにして遊《あそ》んでゐるようなことをしぢやいけない。何にもないと思つて腕《うで》一つで働き出すつもりでやつて行くがいゝ。そして三人で仲よくして、この家の名を決してけがさないやうに心掛《こころか》けるがいゝ』

と言つて、財産を三人の兄弟にわけてやりました。

ところが上の二人は、とても〳〵慾《よく》ばり者《もの》ですので、末《すゑ》の弟の分前を半分いじやうも取りあげて、いい氣になつてをりました。

末の弟は、上の兄達とはまるで性質《せいしつ》がちがつて、心がやさしいばかりでなく、いたつていつくしみの心の深い人でした。

貧しいあはれな人達には、惜《を》しみなく金錢《きんせん》や食物《たべもの》をわかちあたへました。

かうして、兄達はますますお金持になるのですが、弟は二、三年するうちに無一文《むいちもん》になつてしまひました。

遊《あそ》び怠《なま》けてゐる欲深《よくぶか》もの、兄さん達は、立派な財産をこしらへて堂々《どうどう》と暮《くら》してゐるのに、一番働きものの情深《なさけぶか》い弟はみすぼらし

くなつて行つて、たうとうまるで貧乏《びんぼふ》になつてしまひました。れこを見た兄達は、

『お父さんの、せつかくの財産をつかひはたした不都《ふつ》合《がふ》なやつだ』

と言つて弟を村から追《を》ひ出しました。

かはいさうに村を追ひ出された弟は、どこといつて別《べつ》に行くあてもありません。

あちらこちらをさまよひ歩いてゐるうちに、或《ある》村《むら》を通りますと、村はづれの橋のたもとに出ました。

すると、ひとりの年とつたお坊《ばう》さんが、よれよれのぼろを身に

まとひ、痩《やせ》おとろへていかにもつらさうに橋《はし》を渡《わた》つて行くのが目にとまりました。

弟は思はずかけよつて、

『まあ、お可哀想《かはいさう》に、こんなお年でひとり旅とは……』

と、つぶやきながら、お坊さんのお荷物《にもつ》をもつてあげました。

弟は、どこも行くあてのない今の自分、お坊さんのお供《とも》をしてあげようと心でちかひました。

そしてお坊さんについて、來る日も來る日も旅を續《ツヅ》け、やうやくお坊さんの山寺《やまでら》に着きました。

山寺には人間ひとりゐません。弟は水汲《みずく》みや飯《めし》たきはもちろん

佛壇《ぶつだん》のおそなへに至るまで、かひがひしく立ち働きました。

月日《つきひ》は流れて弟は自分の村に歸りたくなり、お坊さんとお別れをせねばならなくなりました。

お坊さんは、弟をそばへ近《ちか》く呼びよせ
『たいへん長い間御苦勞《ごくらう》ぢやつた。わしは感謝《かんしや》するぞ。そなたのために、この年よりはどんなに安《やす》らかに暮せたか知れない。そのお禮《れい》として、この三つの寶をそなたに差あげよう。きつとお役に立つから、大切にお持ちかへりなさい』

と言つて、弟にくれた三つの寶といふのは筵《むしろ》に瓢簞《へうたく》にお箸《はし》でした。

寶とはいふものの、あんまりそまつなものですので、普通の人ならなあんだ、こんなものか、と思ふかも知れませんが、弟はありがたく戴《いただ》いておいとまごひをしました。

なん年か前に出て來た有様を、あれこれと思ひながら、どんどん野路《のみち》を行きますと、日が暮れて青白《あをじろ》いひかりが野原いちめんにあふれる頃となりました。

弟は、

『こんな花花《はなばな》が咲き亂《みだ》れた美しい野原で、ひと夜寝るのも樂しいことだ』

むりにはいりました。

ふと、夜中《よなか》目《め》をさました弟は、びつくり仰天《ぎやうてん》しました。それもその筈《はづ》です。たしかむしろを敷《し》いてねた自分が、ふんはりした羽《はね》ぶとんの上に横《よこ》たはつてゐるのです。

夢《ゆめ》のやうな氣《き》がして、目をこすりこすり、見廻《みまは》しますと、御殿《ごてん》のやうに大理石《だいりせき》の柱《はしら》がいくつもある廣いお部屋《へや》です。

『これはきつと、あの和尚《をしやう》さんから貰《もら》つたむしろの力だ』

と思つて不思議《ふしぎ》におもひ、へうたんを取り出してかたむけますと、中から澤山《たくさん》のおいしい食物がどんどん出るのです。

次にお箸《はし》を出してチンチンと鳴《な》らしますと、美しく着飾《きかざ》つた若《わか》

い男女《なんにょ》がおほぜい現はれて食物を運んだり、音樂《おんがく》をかなでたり、仙人《せんにん》のやうな舞をまつたりしました。

弟はただもう嬉《うれ》しくて

『こんなすばらしい寶《たから》だとは知らなかつた。早く歸つて皆をびつくりさせよう』

とつひますと、入口にはちやんと立派《りつぱ》な駕籠《かご》を用意して多勢《おほぜい》の下《げ》男《なん》が待つてゐました。

駕籠《かご》を先頭にして、王様《わうさま》のやうな立派な長い行列《ぎやうれつ》は弟の村をさして急ぎました。

かかつた時、道の眞中で二人若者がしきりに言ひあらそつてゐました。

弟は駕籠《かご》をとめさせると、二人の若者をそばにまねいて、二人の爭ふわけをたづねました。

二人の若者は、どこのお偉《えら》い殿様《とのさま》かと思つて、道の上にひれふして顔もあげられません。

弟はよくよく見ると驚いたことには二人の若者は數年前《すうねんぜん》別れた兄さんではありませんか。

弟はなつかしさで思はず

『兄さん』とこみあげてくる聲をぢいつとおさへました。

ぼつ〳〵切り出した二人の話によりますと、二人は遠い國へ商《しやう》賣《ばい》に出かけ、失敗《しつぱい》して二、三千圓損《さんぜんえんそん》をしたさうです。

それで兄は弟にべんしやうしろと言ふし、弟は兄が惡かつたから損をしたのだといふので言ひあらそつてゐたのです。

弟は、

『お前さん達は兄弟のくせに、そんなお金のことでけんくわをしたら駄目《だめ》ではないか』

と言つて、おそばの者に損をしただけお金を二人にやらせました。

二人は、まさか自分の弟だとは夢にも知らないで、お金を貰ふとよろこんで、

『はいはい』

と引きさがりました。

いよ〳〵村にちかづいたので、弟は駕《か》籠《ご》を下りると、村を出たころの着《き》物《もの》に着《き》換《か》へました。

さうしてさつそく兄さん達の家を訪《たづ》ねましたが、數年ぶりに逢ふのですから、よろこんで迎へてくれるはずの兄さん達は、どこの野《の》ら犬が歸つて來たのかと言はんばかりにそつけないふりをするのです。

弟は仕方なしに、夜風冷《つめ》たい中を村の小川をわたつて、兄さん達とは反對に、筵《むしろ》の力を借りて、立派なお家を建てました。

それとは、知らぬ兄達《あにたち》は、翌朝《よくあさ》おきて見ると川向《かわむか》ふにお城《しろ》のやうな御殿《ごてん》が、朝もやの中に美しく浮《うか》んでゐるのです。

『はて、不思議《ふしぎ》なこともあるものだ、どなた樣のおやしきだらう』

と思つて、川をわたつて御殿の入口の番人にきいてみますと、それはまさしく自分の弟のおやしきなのです。

二人の兄は、おどろきあきれて、さつそく案内を乞《こ》ひ、弟にあつて、事の次第をつぶさに聞きました。

弟はかくすところなく、今までの出來事をしかじかとくはしく話してやりました。

二人の兄は、先づ大理石《たいりせき》で敷《し》きつめたお部屋《へや》の立派《りつぱ》なのと、召《めし》

使《つかい》たちの着物の美しいのに、きもをつぶして、弟の言葉を、うはの空できいてゐました。

弟のおやしきを出た兄達は、欲《よく》ばり者ですから、自分たちも、兄のやうになりたいと思ひました。

そしていままでの財産《さいざん》を無暗《むやみ》やたらに人々に分けてやると、二《ふた》人《り》連《つ》れ立つて旅にのぼりました。

しかし長い旅をつづけて、たどりついたお寺には、弟に寶をくれたお坊さんは、どこへ行つたのかをりませんでした。

兄達はがつかりして財産はみんな人に分けてやつたし、これからどうして生きてゆかうかと、心《しん》配《ぱい》しながら空《むな》しく村へ歸りまし

た。

ところが弟は、これまで兄さん達からつらくあたつたことなどすつかり忘れて、兄さん達を自分のおやしきにひきとると、大切《たいせつ》にめんだうを見てやりました。

兄弟と犬

昔昔《むかしむかし》、或《あ》る所《ところ》に、二人の兄弟がすんでゐました。

兄の河《か》文《ぶん》はよくぶかでしたが、弟の河《か》秀《しゅ》は大へんなさけぶかいひとでした。

この二人には年とつたお母さんがをりました。ところがふとしたことから病氣《びやうき》にかゝり、日に日にわるくなるばかりです。

河秀の一生懸命《いつしようけんめい》なかん病《びよう》は、はたのみるめもいぢらしいほどでした。

よいくすりがあるときけば、どんな夜中もかまはず森《もり》を越《こ》え谷《たに》

を越《こ》えてそれをもらひにいきました。しかし河秀のまごころのかひもなく、お母さんはとうとう死んでしまひました。

河秀のかなしみはどんなであつたでせう。

ひとびとはみなもらひ泣きました。

だのに河文は涙一てきこぼさず、けろりとして居りました。

てあついお葬う式《しき》もすまして、河秀はお母さんにあひにいくやうなきもちで、おはかまゐりにいきました。

すると、どこからきたのでせう、おはかのそばに可《か》愛《はゆ》い犬がしつぽをふつて喜んでゐました。河秀がかへりかけると、うれしさうについてくるので、とうとう家までつれてかへり、それからは自分

の弟のやうに可愛いがつて育《そだ》てました。

犬は河秀のいふことなら何でもよくききわけるやうになりました。

ある日河秀が裏《うら》の畑《はたけ》で麥播《むぎま》きをしてゐますと犬もきてせつせと手傳《てつた》ひをしてゐました。

そこへむかふから、あきなひのしなをたくさんせをつた人がやつてきました。

『ワン、ワン、ワン。』

商人を見て、犬はむやみとほえだしました。商人は大層《たいそう》おこりました。

『けしからん』

そして石をひろふと力一ぱいになげつけようとしました。

河秀はとんできてあやまりました。そして『この犬は私の大事な大事なやつでございますから、今麥まきの手傳ひをしてゐましたところで。』

だが、商人はききいれません。

『人をばかにしなさんな、犬に種《たね》まきの手傳《てつた》ひが出來てたまるもんか、こんな道通る者にほえるやうな悪い犬は殺《ころ》してしまへ』

といひます。そこで河秀は、

『そんならこの犬が、立派に種まきの手傳ひが出來たらどうしま

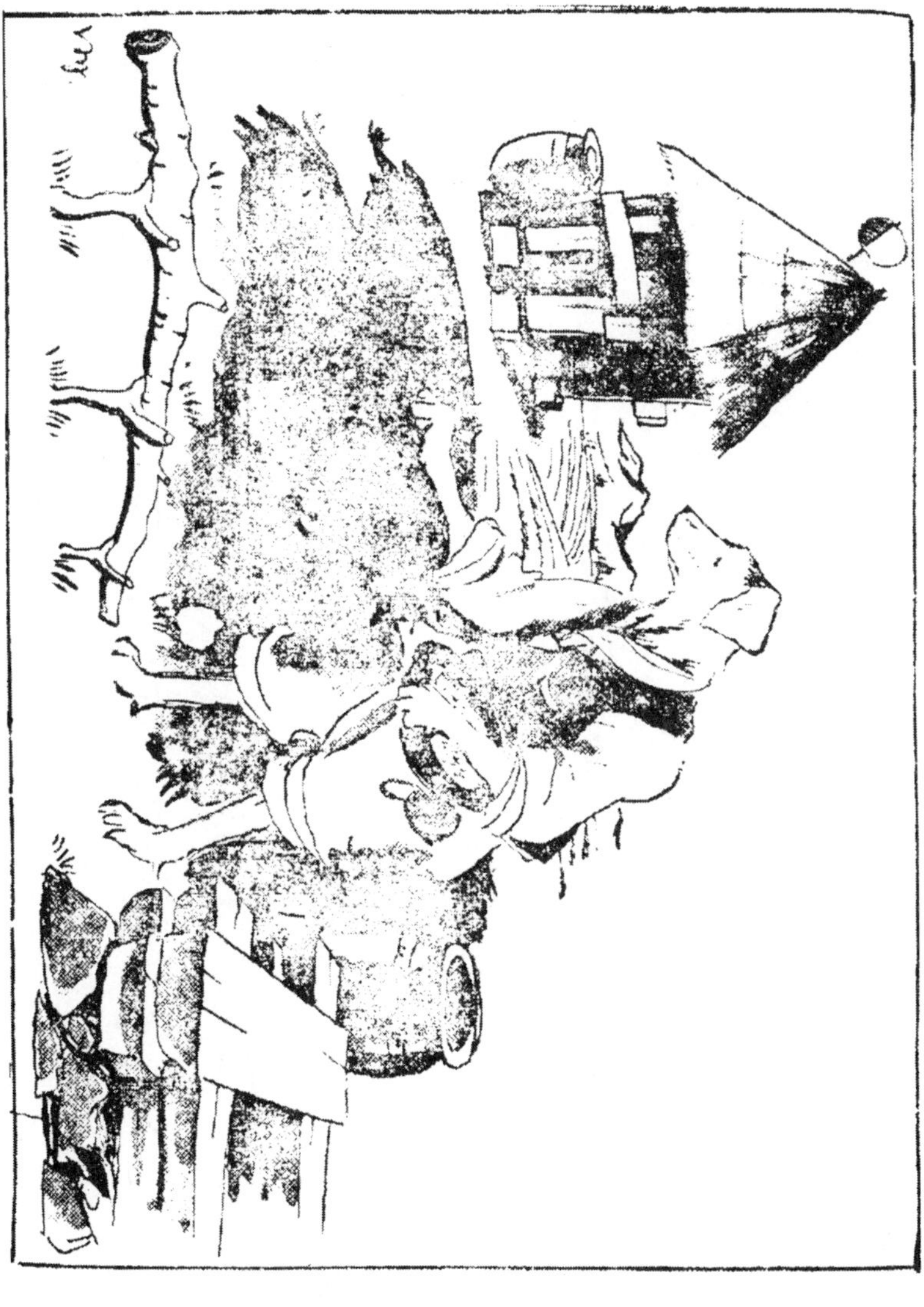

す』

と云ふと、商人は、

『よし、出來たならこの反物《たんもの》をそつくりみなお前に上げよう。その代り手傳ひが出來ずうそだつたらどうしてくれる』

河秀は平氣です。

『おーう、そうだつたらこの畑《はたけ》とあの牛をお前さんにやらう』

話はきまりました。河秀は種まきをはじめました。するとどうでせう。犬は河秀が種をまいていくあとをついてあるいて、足で一々土をかぶせていくやりすは、人間が手傳ひするのと少しもちがひませんでした。

商人はまつさをになつてしまひました。しかし今更仕方はありませんので、反物を全部河秀にやつてしまひました。

河秀はそれからつぎつぎと運がよくいつのまにか大《おほ》金《かね》持《もち》になりました。

兄の河文がこの話をききました。

『私も一つお金持になつてやらう』

河文は弟の所へ行つて犬をかりてきました。

そして自分の家の畑で弟がしたやうに、種まきを始めました。

するとやはりむかふから反《たん》物《もの》をせをつた人がやつてきました。

河文が犬にけしかけましたので、犬は大きな聲でほえだしまし

た。困つた商人が石をなげつけようとすると、まつてたとばかり河文はとび出していつて、弟河秀がやつたと同じ順序《じゆんじよ》で同じしかけをしました。

ところがこんどは、犬はすこしも手傳ひません。河文はすつかり畑《はたけ》も牛も商人にとられてしまひました。

まつかにおこつた河文は、犬をころしてしまひました。

これをしつた河秀は非常にかなしんで、なく〳〵死がいをだいてきて、丁寧《ていねい》におはかにうめ、その上に一本の竹《たけ》をうゑました。

竹はみるまにする〳〵と大きくなつて、とうとう天をつきやぶりました。

そしてそこからいろ〳〵のたからものがつぎからつぎにふつて來て、河秀は　もうたいへんなお金持になりました。

すると又うらやましくなつたのは河文です。さつそく犬の死がいをほりかへし、自分のやしきへうめかへて、その上に一本の竹をうゑました。やはり竹はみる間に大きくなりました。

そして天をつきやぶりましたが、石やかはらのかけらが澤山《たくさん》ふつて來て、河文の家はとうとうつぶれてしまひました。

虎と旅人

むかし、ある山村《やまむら》に 長い〳〵峠《とうげ》がありました。

そこはこちらの村からあちらの村《むら》へ通《つう》ずる途中になつてゐて、細い道がとほつてゐました。ある日の事でした 一人の旅人がぼつぼつ通りました。

いよ〳〵峠にさしかゝると、松《まつ》の木を渡つてくる風の音ばかりが、淋《さび》しさうに聞えてゐました。

そのあたりには虎が棲《す》んでゐましたので、よく毎年々々通りかゝりの旅人がやられました。

そつと藪かげにかくれて待つてゐて、そこへやつて來る旅人をめがけてなやましたのであります。

そこで麓《ふもと》の方の村々では、いろいろ相談《そうだん》して、陷穽《おとしあな》を掘《ほ》つておく事にしました。

虎の出て來さうなところに、幾つも〱陷穽《おとしあな》を掘つておきました。

或日の事でありました。一人の旅人がその峠を登つて行きました。丁度落《おと》し穽《あな》のあたりに通りかゝりますと　變《へん》な音《をと》が聞えて來ました。

これは不思議《ふしぎ》だと思つて立《た》ち寄《よ》つてのぞいて見ると、一匹の大

きな虎が、まんまとそこに陷込《おちこ》んで、どうする事も出來ずにもがいてゐました。

虎はどうかして出ようと思つて、穴の中で、あつちの角《すみ》へ行きこつちの角《すみ》へ頭を持つて行き、果てはグル〳〵廻りをしてゐました。

しかし、元より上る事は出來よう筈もなく、たゞ死ぬのを待つより外はありませんでした。

そこへ、ヒヨツコリ旅人が穴の口へあらはれたので、虎はどうかして救《すく》つて貰《もら》ひたいと思ひ出しました。

哀《あは》れさうな顔に一倍《いつぱい》哀《あは》れな感《かん》じて、實《じつ》に素直《すなほ》さうに、泣き出し

さうな聲を出して、穴の中から呼びました。

『もし〳〵、どうか私をこの穴の中からお救《すく》ひ下さい。若し救ひ出して下されば決してその御恩は忘れません。そして私に出來るだけの力を出して、私仲間《わたしなかま》にも話して歩いて、その御恩《ごおん》に報いたいと思ひます、どうかお救ひ下さい』

さういつて、手を合せてほんたうに哀《あは》れつぽい聲を出してたのみました。

旅人は、それを見ると、元氣さうな虎が、まるでしよげ返《かへ》つてひたすらに哀《あは》れみを乞《こ》ふので、甚《はなはだし》く可哀《かはい》さうになつて、どうかして救つてやらうと見まはしました。

その附近に轉がつてゐた丸《まる》太《た》を引《ひ》つ張《は》つて來て、それを穴の中にたてかけてやりました。らく〳〵と上ることの出來るはしごをこしらへてやつたのであります。

九死《きうし》に一生《いつせい》を得《え》た虎は、穴の上へ出ると、うれしさうな顏をして救ひ出されたうれしさに滿《み》ちて、のび〳〵と背《せ》延《の》びをしたかと思ふと、一言のお禮を言はずに、旅人をめがけて飛びか丶りました。

そしてひと嚙《か》みにしてしまはうとしたのであります。

旅人は、虎がさぞ喜《よろこ》ぶだらうと思つてゐたのに、かへつて喰《く》ひ殺《ころ》さうとか丶つて來ましたので、びつくりしました。

『まあまて、まて、それぢやあんまりだ、恩知《おんし》らずといふものだお前はたつた今私に助けられたのぢやないか、それを忘れて、飛びかゝつて來るとは何事《なにごと》だ、あんまりひどいではないか』

と、實にびつくりしたので、息もつかずにさう言ひました。

すると虎は、甚く自信を持つたやうないひぶりで、むきになつて喋《しやべ》り出しました。

『いや、忘れなんかするものですか、しかし、この俺《わし》をこんなに酷《ひど》い目に合はせたのは人間《にんげん》仲間《なかま》です。一体人間は、何時でもおれたちの敵《てき》だ。よし、お前は、今こそ俺を助けて呉れだが、それはほんの今の出來心で、人間仲間はいつでも俺達をやっつけよ

うと考へてゐたのだ。それを、今ちよつと俺を穴から出して呉れた事を恩に着せていゝことにして自分の命を大切さうに思つたつて、そんな事は駄目《だめ》なことだ。覺悟《かくご》をするがいゝ』

そこで、旅人も、これはいやに理窟《りくつ》を言ふ奴《やつ》だと思つて、少し閉口《へいこう》しましたが、

『成程《なるほど》、それは、お前の言ふことも一應《いちおう》もつともの事だ、だが、お前のいふことだけではどうかと思ふから、どちらの言ふことが正しいか、誰かに一度《いちど》聞《き》いて貰《もら》ふ事《こと》にしよう』

さう言ひながら旅人は向ふにつないである牛にそのわけをこまかに話して、どちらが正しいかをさばいて貰《もら》ふことにしました。

牛はすぐに、

『それは人間《にんげん》が悪《わる》い、悪いにきまつてゐる。一体人間は俺達《おれたち》に重《おも》い荷《に》を負《を》はせたり、重い車《くるま》を挽《ひ》かせたり、随分《ずいぶん》酷《ひど》い使《つか》ひ方をしてゐる。それればかりか、俺達の大切の大切の乳《ちち》を搾《しぼ》り取つたり、その上殺《ころ》しては肉《にく》を食《く》つたり、果《は》ては骨《ほね》まで使《つか》ひ盡《つく》してゐる。まるてしたいはうだいの事を、勝手氣《かつてき》まゝにしてゐる。その人間が虎に喰はれる位の事は、あたりまへの事だ』

さう言つて意氣《いき》巻《ま》いてゐました。

人間の方に同情《どうじやう》するどころか、いつも可愛がつて下さる飼主《かひぬし》のそばにゐないのをいい事にして、出たらめをならべてゐました。

虎はそれを聞くと『實にさうだ、我心《わがこころ》を得た』といふやうな顔をしてもうすぐ旅人に飛びかゝらうとしました。すると旅人は、

『待て、待て、そこに默つて、さつきから話を聞いてゐる松の木に、もう一度聞いて見よう』

と云つて、つか〳〵と松《まつ》の木《き》の根元《ねもと》に行きました。

どうかして味方《みかた》を得たいといふやうな氣がして。ところが、松の木もやつぱりこざかしいやうな顔をして、空の方をうそぶきながら、

『人間ぐらゐわがまゝなものはない、私なぞの体の形をすき勝手にいぢりまはして喜んで見たりそれから私達の仲間《なかま》にも、實に

勝手にしてゐるので腹《はら》が立つて仕様《しやう》がない。それから　勝手に氣まゝに枝を切つたり、根こそぎ切り倒したりして、オンドルにたいたり、材木《ざいもく》にしたりしてゐる。その上、ひどい奴らに出つくはすと、炭《すみ》をこしらへるとかいつて、私達をいきなり熱いかまどの中へ放り込んでしめきつてしまつたりしてゐる。どう考へたつて人間には少しの同情も起りやしない。虎さんのいふ方が實にもつともだ』

そんなことを云つて、松の木までも虎の方に味方してゐましたので、虎はいよ〳〵得意《とくい》になつてしまひました。

そこで旅人に向つて、實《じつ》に傲慢《ごうまん》に、

『話を聞いたつて、これこの通りだ。もういくら人間でも、かう多くの意見《いけん》を聞いたら、大抵《たいてい》言ひ分はあるまい』

それを言ひ終つたかと思ふと、もう牙《きば》をならして、ガタ〳〵噛《か》み鳴《な》らしながらか丶つて來ました。

旅人は、かうもひどい虎に出逢つてはどうもあきらめるより仕様がない、口惜《くや》しいながらも、もうこれまでと觀念《かんねん》してぢつとしてゐました。

と、後の方の草叢《むら》の方で、がさ〳〵といふ音がしました。

ふと見ると、一匹の兎《うさぎ》が來たのでした。旅人は、よし、最後に念《ねん》のためもう一度この兎に聞いて見よう。兎はまへから大變《たいへん》智《ち》慧《ゑ》

があるといふことを聞いてゐたから、きつと良いことを考へて呉れるに違ひないと思つて、

『待つてくれ、今そこへ兎がやつて來たから、ねんのためもう一度兎にきいて見たいものだ。

いよ〳〵今度こそはと思つて、虎も旅人も息を殺して兎のいふのを聞きました。

兎は靜かに口を開いて、

『それでは私が正しいさばきを致しませう。それに先だつて、一体虎君がどんな風に穴の中におつこつてゐたが、それから先づ調べて見たいのです』

虎は、兎の様子をコッソリ見て、これもきつとこの俺《おれ》に味方《みかた》して、どんなうまい事を言ひ出すのか、と、思つて、さもうれしさうに、陷《おと》し穴《あな》の前まで、行ぐと、大した元氣でピョンと飛び込んで見せました。

それを見た兎は、一層《いつそう》落《お》ちつき拂《はら》つて、

『一休貴方さんが虎を助けたからこんな面倒《めんどう》なことが起つたのです。虎をあのまゝにして捨てゝおけば、それでいゝのです。何もせずにもとのまゝに放つておけば、それでいゝのです』

さう旅人にいつて、今度は虎の方に向きかはつて、

『お前さんはさうして居ればそれでよかつたのです。話を聞かな

くとも、何が正しいか自づとわかりませう』

はつきりさういひました。

旅人も兎も、どつかへ行つてしまつたあとで、なほ虎は穴の中でぐるぐる廻りをしてゐました。

おわり

虎と干柿

ある山奥に小さい村がありました。

山と山とにかこまれたごく靜《しづか》かな片《かた》田《ゐ》舍《なか》でした。

その裏山《うらやま》に實《じつ》に大きな虎が一匹《いつぴき》棲《す》んでゐました。虎はあたりの獸共《けものとも》を從《したが》へて、甚くゐばり散らしてゐました。

一度その虎が山の頂《いただ》きに出て、吼《ほ》えると、みんなぶるぶるして藪《やぶ》の中へ頭を突《つ》つ込《こ》んでしまひました。

ある年の冬の晩の事であります、二三日前から降り積つた雪は野も山も眞つ白くして、まるで綿《わた》でおほひかくしたやうな美しい

美しい世界に變へてしまひました。

すると裏山の虎は、もう幾日も何にも喰べずにゐたので、降り積つた雪をかきわけかきわけ、ノソリ、ノソリと、村の方へやつて來ました。

もう幾日もひもじい思ひをしてゐたので、お腹がすいて　とても我慢《がまん》がし切《き》れなかつたと見えて、とう〳〵山から下りて、村の方へやつて來たのであります。

『何か、いいものがないかしら』

虎は獨言《ひとりごと》を言ひながら、夜になるのを待ちかまへて、ノソリ、ノソリ、とある家の窓の下までうかがひ寄りました。

ソット足を止めた虎は、先づ家の中の様子を見ようと思つて、耳をすましてぢつとしてゐますと、中から子供の泣き聲がもれて來ました。

『アヽン、アヽン、アヽン』

そして、すヽり泣く音さへかすかに聞えて來ました。

もう餘《よ》程《ほど》前から泣きつづけてゐたと見えて、力なくすヽり泣いてゐました。

『これは不《ふ》思《し》議《ぎ》だ、どうしてこんなに泣いてゐるのか？

『何かおそろしい事でもあつたのかしら』

さう思ひ込んだ虎は、獨言を言ひながら、よくよく様子を伺《うかが》つ

たよで、その家にはいつて行かうと思つて、尙《なほ》も耳をすまして窺《うかが》つてゐました。

すると、お母さんの聲もまじつて聞えて來ました。

『ほら　おだまりなさい。山猫《やまねこ》が來たよ』

『……………』

『大きな口《くち》を開《ひら》いて』

さう云ひながら、お母様はしきりにすかしてゐました。けれども　子供は、やつぱり、

『アヽン　アヽン……』

と泣き續けてゐました。

どうかして泣き止めさせようとしてゐたお母さんは　又言ひました。

『それそれ、大きな蛇《へび》が來たよ』

子供をゆするけはひと同時に、さう言つて一生懸命《いつしようけんめい》にすかしてゐるお母樣の聲がはつきり聞えてくるばかり、子供はそれを少しも怖《おそ》れる樣子もなくやつぱり平氣《へいき》に、

『アヽン、アヽン、アヽン』

と、ただ泣いてゐるばかり、どうしても默《だま》りませんでした。

よく樣子をうかがつてゐた虎は、いよいよ不思議がりながら窓の下にそつとお尻《しり》をおろして考へはじめました。

『いくら強い子供にしてもなんとまあ強い子供ではないか、山猫《やまねこ》も、蛇《へび》も少しもおそろしがらない。一體こりやどうした子供だらう』

そんなことを、それからそれと考へて、ただぼんやりしてゐました。

早く飛び込んで何かに喰ひついてやりたくてたまりませんでした。

すると又、お母様の聲が聞えて來ました。子供の手でも引つ張るやうな事をしたらしく、

その途端《たん》、一段《いつたん》と大きな聲を出して、だしぬけに、

『ソラッ……大きな虎が、外に來たぞ』

それを聞いた　虎は、ギクンとして打ち伏《ふ》せられでもしたやうに、その近くの壁《かべ》ぎはにすくんでしまひました。

まるで機械《きかい》仕掛《じか》けの玩具《おもちゃ》でも折りたゝんだやうに、小さくなつてしまひました。

虎は、やつと息を落ちつけて、ソット頭だけ再び上げかけて、中の様子を注意しますと、やつぱり元の通り、子供は泣いてゐました。實に大つぴらに泣きじやくりをして、少しも虎をおそろしがる様子も見えませんでした。

『これはまあどうした子供だらう、強い子供もあつたものだなあ

』

と、虎は、今までその邊で自分が一番強い、一番偉《いちばんえら》いと、自分でうぬぼれてしまつてゐたのに、そして、今家の外まで自分が來てゐることをもうちやんとお母様は知つてゐて、

『そら、虎が來たぞ』

さうまで言つてゐるのに、中々きつい子供もあつたものだ と

たゞあきれてゐました。

お母さんは、どうかして子供の泣くのをだまそう、すかさうと思つて『蛇が』とか『そら山猫』とか 一番おそろしい『虎が』までもお引合ひに出して泣き止めさせようと思つて、手をかへ品

をかへてすかして見ましたが、お母さんにおねだりするこつを、呑《の》み込《こ》んでゐる子供は、決して泣き止みません。

いつもの空元氣《からげんき》にまかせてやつて來たもの丶そんなに強さうな子供に出つくはしてひどく面くらつてしまひました。

何の自信《じしん》もない虎は、唯《ただ》、おびえこむより外はありませんでした。

そんなことを、考へ込みながら、グズ〳〵してゐると、今度は突然《とつぜん》、

『そら—干柿《ほしがき》』

大きなお母さんの聲が響《ひび》いてきました。

お母様が言ひ捨《すて》てるやうにそれを言ふと、まるで息《いき》を殺《ころ》してしまつたやうに、パッタリ默《だま》つてしまひました。

『あんなに、元氣にすかしてゐたお母さんまでも息を殺して默つてしまつた』

虎は　それからそれと、自分勝手に考へつづけて

『干柿―』

『どんなおそろしいものだらう』

『何だらうかな、あの一《いつ》體《たい》干柿《ほしかき》つて』

『ホシガキつて』

『きつと　おそろしいものに違ひない……さうだ　おそろしいも

のに違ひない』

さう思ふと、虎はもう足がブル〳〵ふるへ出して來ました。

「もし、その　干柿といふ奴がこちらへやつて來たら大變《たいへん》だ』

さう思ひ出すと、もう居ても立つても居られませんでした。

『大變だ〳〵』

と、しのび足にそこをのがれて　山の方へ一《いつ》散《さん》に逃げ出しました。

おはり

占ひの名少年

昔、昔　石さんと　蛙《かへる》さんと云ふ二人の子供がをりました。蛙《かへる》さんはりかうで家が大金持《おほかねもち》、石さんはうす馬鹿《ばか》で家が貧乏《びんぼふ》でした。

しかし二人はお互《たがひ》に助《たす》け合つて、少しも氣持を惡く仕合ふやうな事もなく、ほんたうに大の仲よしでした。

仲が好いといつたつて、少し變な事が出來て、お互に都合《つとう》のわるいやうな事が起つて來れば、大ていは別れてしまふのに、この二人は決してそんなことはありませんでした。

こんな大の仲好しは、どこを尋《たづ》ね廻《まは》つたつて探《さが》し出せるものではありまんでした。

蛙さんは、石さんの家が貧乏なのをいつも氣にし、なんとかして金持にしてやりたいものだと頭をひねつてをりました。

或る日、蛙さんはいい思ひつきが浮んだので、こをどりしました。

しかしそれはあまり感《かん》心《しん》したやりかたてはありませんてしたが矢もたてもたまらず直《す》ぐに實行しました。

ほかでもありません。蛙さんはお父さまが大事にしてゐる銀《ぎん》匙《さじ》をかくしてしまつたのです。

お父さんは百方手をつくしてさがしましたが見つかりません。

そこで蛙さんは　お父さんの困りはてていらつしやる樣子を見すまして、おもむろにお父さんの前に出ると、

『お父さん、私の友達の石といふのがとても占ひが上手ですが、ひとつあれに匙《さじ》のありかを聞かれてはいかがでせう』

といひますと、お父さんは、

『なに、あの石に占《うらな》はせろつて、しつかりしろよ、あんなうす馬《ば》鹿《か》に何が出來るか』

と言つて、笑ひながら、あひてにもしません。

『しかし　お父さん、石は馬《ば》鹿《か》者《もの》に見えるが、それは考へ深い人

て何て　も考へ、何でも見ぬき、何でも占《うらな》ひ當《あ》てるといふ、人なみはづれたはたらきを持つてゐますから、一つ石さんに占はせて見て下さい。物はためしですから、占はせてみませうよ』

と、熱心にお父さんを説《と》きふせました。

お父さんは　あんまり子供にせがまれるので、仕方なしに　たうとう　石さんを呼んで、占はせることにしました。

もとより當《あた》るなどとは、夢《ゆめ》にも思ひません。

ところが、石さんは　あらかじめ蛙さんから匙のありかをそはつてをりますので、立ちところに言ひあてました。

何も知らないお父さんは、石さんの占つた場所にちやんと匙が

あるのを見て、

『なるほど天下の名人だ』

と石さんをほめちぎりました。そして滑山の褒美《ほうび》をやりました。

このことが近所近邊《きんじよきんぺん》へ傳《つたは》つたので、石さんの名前はたちまち朝《ちよう》鮮《せん》中に擴《ひろ》がりました。

そして石先生、石先生と、皆からも尊敬《そんけい》されるやうになりました。

蛙さんはそれを見て喜んでゐました。このやうに、蛙さんのちよつとしたいたづらが思ひもよらない結果をまねきました。

丁度この時、遠い遠い支那の國で一大事《いちだいじ》がもちあがりました。

といふのは、王様の大切な御印《ぎよじ》がなに者かに盗《ぬす》まれてしまつたのです。

さあこれは一大事だといふので、王様は國中に命じて盗人《ぬすびと》をさがさせましたが、いつまでたつても犯人《はんにん》は、みつかまりません。みつからんところか、見當《けんとう》さへつきませんでした。

王様の苛立《いらだ》ち方といつたらありませんでした。早く〳〵その盗人を探《さが》し出すやうにとお命じになつて、多くの人を使つてお探しになりましたが、たうとう見附《みつ》かりませんでした。

あたかも、その時、石さんの名聲《めいせい》は支那にまでもきこえて、王様のお耳に入りましたから、いまはほとこすべもないので、遠くから、石さんをはるばるお迎へして、その盗人を、占《うら》はせることにしました。

そこで　石さんはいよ〳〵支那の國へ旅立たなければなりませんでした。

朝鮮の方では、その名譽ある任務《にんむ》をほめ立て、支那の方では、永いこと解けなかつた謎《なぞ》を解《と》き明《あか》すといふので、みんな大喜《おほよろこ》びでゐました。

石さんは、その間に立つて心の底の方にはかり知れない心配《しんぱい》を

持つてゐました。

『私に解《と》けるか知ら、もし自分の力で解けないにしても　きつと私を見守つて下さる神様の力で、何とかなるだらう』

そんな事を思ひながら　石さんは蛙さんといつしよに、支那の王様からのお使ひにむかへられて、支那の都《みやこ》にのりこみました。

占ひの名少年がおいでになつたといふので、都の人人も王様の御殿《ごてん》でも、なか〱たいへんなもてなしぶりでした。

ところが、石さんは心配《しんぱい》てたまりませんてした。

石さんは、ほんたうは占ひも何もしらないのでした。

しかし自信をもつて自らはげましてゐました。けれども　石さん

はそれからどうしてよいものやらすつかり途方《とはう》にくれてしまひました。

頭のよい蛙さんは、

『何とかなるよ、安心してゐればいいんだよ』

とはげまして、とにかく王様にお目にかかることをすすめました。

石さんをおめしになつた王様は、

『わたしにとつてたいせつな印《はん》がなくなつたのだ。ぜひ三日のうちに占ひをたてて、とこにいつたか、だれがとつたかをはつきりしらせてくれ』

と、熱心におたのみになりました。

『かしこまりました。三日の中に占ひをたてて、たいせつな御印《ぎよいん》をさがしてお目にかけませう』

と、石さんは　實に力のこもつた聲で　ゐばつてこたへました。

しかし、もちろん占ひなど石さんにできるはずはありません。

第一日目はこともなくすぎました。第二日目も、やはり何ごともなくすぎました。

石さんは、

『もうあと、一日だ』

さう思ふと、苛立《いらた》ち氣味《ぎみ》に少し興奮《こうふん》してゐました。王様の御家來《おけらい》たちは、石さんが心をこめて占《うらな》ひをたてて占るものと思つて石さ

んの室のそばをきびしくまもつてゐました。

そして第三日目《だいさんにちめ》の朝が來ました。

今日一日とおもふと、石さんは生きた心地《ここち》もありません。室《しつ》にとぢこもつて、頭《あたま》をかかへたきり、王様に何といつておことわりすればよいかと、そればかり考へこみました。

そのうちに、あまり考へたので、頭がいたみだしました。

『さうだ、顔をあらつて頭をやすめよう』

と石さんは、庭《にわ》におりると、洗面器《せんめんき》に井戸水《ゐどみづ》をくんで顔を洗《あら》ひはじめました。

すると、この時ひらひらと柳《やなぎ》の葉《は》が一枚、洗面器《せんめんき》の水におちて

來ました。

よく見ると、その葉には蟲《むし》がくつたあとなのでせう、小さなあながあいてゐました。

石さんはそれをじつと見つめてゐましたが何氣《なにげ》なく、

『柳孔葉《りうこうえふ》』とつぶやきました。

柳孔葉《りうこうえふ》といふのは、孔《あな》のあいた柳《やなぎ》の葉《は》といふことですが、この石さんのひとりごとがきこえたものか、そばの物《もの》おき小屋《こや》の扉《とびら》がしづかに開いて、身體《からだ》の大きな、みるからに强さうな一人の男がぬつと、石さんの前に現はれました。

眼のギヨロツとした、實《じつ》に氣味《きみ》わるさうな男でした。

おそるおそる、石さんのまへにすすみよりました　石さんはびつくりしました。

こんな所に人がかくれてゐようとは夢にも思はなかつたのです。

男は、あつけにとられて、たたずんでゐる石さんの前に、ぴたりと兩手をつくと、

『まことにおそれいりました。ただ今、先生がおよびになつた柳《りう》孔葉《たいえふ》とは、かく言ふ私でございます』

と頭をさげました。石さんはまたびつくりしてしまひました。

男は、おどろいてゐる石さんの顔を、ふりあふぐのもおそろし

さうに、大地《だいち》に兩手をついたままなほも言葉をつづけました。

『王様の御印《ぎよいん》は私が盜《ぬす》んだので御座います、どうしても見附《みつ》かるまいと思つて安心してゐましたが、天下一の占《うらな》ひ先生が盜人《ぬすびと》を占《うらな》ふために朝鮮からいらつしやると聞き、どうなることかと思つて、ひそかにこの物置《ものおき》にかくれて御様子《ごやうす》をうかがつてをりました。實《じつ》は今日一日、うまく御呼《およ》び出しにならなければ、とさう思つて、張《は》り切《き》つた氣持をしづめしづめ一日を待つてゐたので御座います。すると　今、たうとうお呼び出しになりましたので、何をおかくししませう。どうぞおゆるしを願《ねが》ひたう御座います。品物はお庭の池《いけ》の蓮《はす》の根《ね》もとにございます』

と白狀《はくじやう》するが早いか城壁《じやうへき》を飛《と》びこえて逃《に》げさりました。

思ひがけなくも御印《ぎよいん》のありかか分つたのでさつそく王樣にこのむねをまうしあげました。

王樣は大よろこびで召使《めしつか》ひの者にさがさせますと、果《はた》して石さんの言つたところから御印《ぎよいん》が現はれました。

あんまり不思議《ふしぎ》に言ひあてたものですから宮中《きうちう》の人々はかへつて石さんをうたぐり、

『石先生が御印をかくしたのだ』

と、いひふらしました。

王樣も、さういはれて見ると、にはかに石さんをうたぐる氣持

になり、いま一度石さんをためさうとお考へになりました。

王様は手の中に一匹蛙《いつぴきかへる》をにぎつて、石さんを呼び、かうおほせられました。

『わしの手の中にいま何があるか當《あ》ててみなさい。當《あ》てれば褒美《ほうび》をやらうし、當《あた》らなければそなたの命《いのち》をもらはう』

この言葉《ことば》に、石さんは青《あを》くなつてしまひました。

いままでは、どうにかしてうまく逃《のが》れてきたが、もう駄目《だめ》だと思ひました。

これといふのも、まつたくあの蛙さんのおかげだ、と悲《かな》しくなりました。

すると思はず、

『蛙よ、蛙よ、』

と、うらみがましい聲が口をついて出ました。

ところが、これを聞いた王樣は、大へんおどろかれて、笑《ゑみ》を滿《まん》面《めん》にたたへると、

『やはり石さんはお偉《えら》い方《かた》だ。先生の言はれるとほり手の中のものは蛙です』

といかにも感服《かんぷく》された御樣子《ごやうす》でした。

王樣の意外《いがい》のお言葉に、石さんはかへつてびつくりして目を白黑《しろくろ》

しかし命がたすかつたのだけはもうけものです。

それから石さんは、國をあげてこの上もない、もてなしに樂しい月《つき》日《ひ》をおくり、やがて澤山のごはうびを戴《いただ》いて目出度《めでた》く朝鮮へかへりました。

力くらべ

むかしあるとき、江原道《こうげんどう》の虎《とら》が力《ちから》くらべに出かけました。

この虎は世の中で自分ほどつよいものはゐないとかねがねおもつてゐました。

まつたく江原道ではこの虎ほど強《つよ》いものはゐませんでしたから虎がゐばるのもむりはありませんでした。

さて江原道の虎は旅支度《たびしたく》をととのへて、まづ北の咸鏡道《かんきようどう》には、けはしい山があるし、動物《どうぶつ》たちもたくさんすんでゐるから、きつと自分の相手《あいて》になるやうなつよいものがゐるにちがひないとおも

つたのでした。

そしてそれはまつたくそのとほりでした。

咸鏡道には、江原道の虎にまけないほど、つよい虎がすんでゐました。

この虎もまた咸鏡道には自分よりつよいものがゐないのをざんねんがつて、江原道の動物と力くらべをするために旅へでました。

咸鏡道と江原道の虎は、いく日かの旅をかさねて、兩道《りようど》のさかひまでやつてきました。

日はとつぷりとくれて山の中は一寸さきもわからない程まつくらな闇《やみ》につつまれました。

ふと江原道の虎は、闇の中にぴかりぴかりと光る二つの火を見つけました。

咸鏡道の虎も、闇《やみ》の中にぴかりぴかりと氣味《きみ》わるく光る二つの火を見つけました。

言ふまでもなくこの火は、二とうの虎の眼玉が闇の中にかがやいてゐたのですが、虎の方ではおたがひにさうとはしりませんでした。その上、これは自分よりずつとつよいおばけかもしれないとおもつたほどでした。

江原道の虎は、全身《ぜんしん》の勇氣《ゆうき》をふるひおこして、

『そこにゐるものは何者《なにもの》だ』

とさけびました。
すると、闇の中でも、それにまけないほど大きな聲で、
『そこにゐるものは何者だ』
とさけびかくしたものがあります。
いふまでもなく咸鏡道の虎で江原道の虎は、
『俺はこの世の中で一番力の強いものだ』
とさけびました。
咸鏡道の虎も、
『俺はこの世の中で一番力の強いものだ』
とさけびました。

そしておたがひに、ゆだんなく、闇の中に目を光らして相手のやうすをうかがひました。

江原道の虎も、咸鏡道の虎も、相手がじぶんとおなじ虎だとはゆめにも思ひませんでした。

虎よりももつとおそろしいものにちがひないとおもひましたがそれが何であるか、さつぱり見《けん》當《たう》がつきませんでした。

『世の中で一ばんつよい者は俺だ、お前は何といふものか』

と江原道の虎が三度さけびました。

『お前こそ何といふものか』

と咸鏡道の虎もまけずにさけびました。

そしておたがひに、もし、じぶんよりつよいものだつたら、すぐにげてやらうと考へました。

まづ相手にとびかかつたのは江原道の虎でした。

二《に》頭《とう》の虎は闇の中で、上になり下になり、くんづほぐれつもみ合ひました。

どちらも力じまんの豪《がう》の者《もの》なので、勝負《しようぶ》はなかなかつかず、しまひにはへとへとにつかれて、兩方ともたふれてしまひました。

『こいつは俺よりつよいぞ』

と江原道の虎はおもひました。

『うかうかしてゐるとたいへんな目にあはされるぞ』

と咸鏡道の虎もおもひました。

そしてどちらも、へとへとにつかれた身をひきずりながら、相手にさとられないやうに、こそこそとにげはじめました。

その山のふもとに大きな岩穴がありました。江原道の虎はその中ににげこむと、そばにあつた石で、穴の入口をふさぎました。あとからにげてきた咸鏡道の虎も、この岩穴を見つけて、中にとびこまうとしましたがどつこい、入口を大きな石がふさいてゐます。

咸鏡道の虎は大手をひろげてその石をとりのぞかうとしました。

おどろいたのは、中にかくれてゐる江原道の虎です。

それをとられてなるものかと、これまた大手をひろげて、一生けんめいに石にしがみつきました。

江原道の虎と咸鏡道の虎は、ここでふたたび、相手はだれとわからぬながらに、力一ぱい、石をあひだにしてもみあふのでした。

江原道の虎も咸鏡道の虎もさきからのつかれがまだなほつてゐないところへ、また石をはさんで力くらべをしたのですから、もうすつかりへとへとになつてしまひました。

そしてまづ咸鏡道の虎が、

『これはたまらぬ』と力くらべをそのまゝにして、こそこそとに

げだすと、そのあとから江原道の虎も、穴からおそるおそる顔をだしそこに誰もゐないのをみとどけて、これまた一もくさんににげていきました。

『ああおそろしいめにあつたわい。咸鏡道のさかひを越えないうちから、あんなにつよい奴に出會《であ》ふやうでは、ひろい世の中にはまだまだ俺よりつよいものがゐるにちがひない』

と咸鏡道の虎はおもひました。

江原道の虎もやはり、

『つよい奴は世の中にはたくさんゐるにちがひない』

とおもひました。

それからのち江原道の虎も咸鏡道の虎も自分の住家《すみか》にかへつて、まへのやうに力じまんはしなくなりました。

おはり。

四角なお米

昔、或る小さい田舎に一人の若者が住《す》んでゐました。

此の若者は毎日考へる事が好きて、畠《はたけ》に出て働く事は嫌《きら》ひたので、年老いたお母さんはいつも心配でたまりませんでした。

或る日のこと、

『お母さん、どうか金持の家から白米を五升ばかり借りて來てくれませんか？今度こそはきつと成功してお母さんに樂をさせて上げますよ』

『お前のその心がけを變へて働かないことには何をやつても成功

出來ないよ。まあ年とつたお母さんのために働いてくれないと。死ぬにも死ねないよ』

と　もう涙をボロボロこぼして悲しがるので息子は、

『お母さん　僕を信じて下さいよ。今度は　きつとまちがひなく　成功するのだから、最後だと思つて米を借りて來て下さいよ』

と　あまりにも熱心に頼《たの》むので、仕方なく　お米を借りて來てやりました。

すると若者は、毎日毎日お米を丁寧《ていねい》に　四角に削《けず》つてゐました。

お母さんはあきれてしまつて　之はテッキリ息子が氣が狂つた

のだと思つて、あまり　がみがみ叱つたのを後悔《こうかい》して　もう働かないでも叱らないから　氣を確かに持つて欲しいと思ひました。

何日もかゝつてやつと　皆四角に削つた若者は、

『お母さん、僕これから少し旅をして　立派に出世して來ます』

『出世なんかしなくてもいゝから、お母さんの側を離れないでおくれ』

とオイオイとお母さんはなき出したので　若者は驚いてお母さんをいろいろ慰《なぐさ》めました。

お母さんもどうしてよいか　わからないけれど　息子の云ふ通りになるより外ありませんでしたので、新らしい着物を出してや

りました。

若者は四角な米を持つて　その日のうちに歩けるだけ歩きました。

そして　日暮に或る大きな門のある家の前に立つて　案内を乞ひましたが誰も出て來ませんでした。

それで第一門、第二門、と云ふ風に十の門を中に入つて行くと小さい女の子二人が　遊びながら話をしてゐましたので、きくともなしにきくと　一人の娘が、

『あのね鳳順姉《ほうじゆんねえ》さんには福《ふく》の神《かみ》が宿《やど》つてゐるさうよ』

『誰がそんなこと云つたの？』

『昨日ね、お坊《ばう》さんが物貰《ものもら》ひに來て歌《うた》ふのをきいたのよ』

『そしたら、そのお姉《ねえ》さんお嫁《よめ》に行かれないのね。お嫁に行つたら貴方《あなた》のうちは貧乏《びんぼ》になるわけね』

『でもそんな坊《ばう》さんの云ふこと當《あて》にならない、歌ふのをきいたのば 私と鳳順姉さんだけで誰も知らないのよ』

『さうね。貴女の家のやうな大金持《おほかねもち》さんが 鳳順《ほうじゆん》さんがゐないからとて 貧乏になるわけはないわ』

『それもさうだけど』

此の話をきいた若者は大變喜《たいへんよろこ》びました。そして聲を張りあげて案内《あんない》を乞《こ》ひました。すると一人の下男《げなん》が出て來たので、

『わしはわけがあつて旅《たび》をしてゐる學者《がくしや》だが　豫定《よてい》の地へ行《ゆ》く前《まえ》に日が暮れたので、一晩の宿をお願ひしたいのぢやが』

と　さも勿體《もつたい》ぶつて申しました。

身装《みなり》こそは　みすぼらしいが顔立ちも立派だし、云ふ事が凡人《ぼんじん》らしくないので、下男はその旨を取次ぎました。

下男に案内されて、立派《りつぱな》な舍廊《へや》(男子ばかりの客間)に通されました。

すると　下男に向つて申しました。

『わしは、考へる所があつて普通の米は戴《いただ》かないのぢや。それで大變面倒《たいへんめんどう》ぢやらうけど、此の米で、わしの飯を炊《た》いて貰ひたい

のぢや』と　申して四角《しかく》に削《けづ》つた米を出したから　下男は吃驚《びつくり》しました。

すぐに　かしこまつて中へ入つて行つて　此の旨を主人に傳達《でんたつ》しました所、之は　いよいよ只者でなく　偉い人が姿をかへてやつて來たに相違ないから　失禮のないやうにと十分云ひふくめました。

主人自ら舍廊《へや》に出て行つて　客人に挨拶《あいさつ》をしました。成る程　下男の云ふ通り之は凡人でないと　いよいよ腹《はら》をきめて　いろいろ試驗《しけん》をしてみましたが、大變《たいへん》立派なので、自分の家の長女を、この偉い人に　嫁《よめ》にやりたいものだと考へるやうになり、翌日　早朝出發するといふのを、やつととめさせました。

その間、此の若者は　四角な米の御飯だけを食べました。

主人の奥方も　障子《しようじ》の穴から若者をみて　大變立派な人だと感心し、立派な着物《きもの》を下男に持たせて、どうか　客人に着て戴きたいと申入れました所　客人は、

『わしは　所願あつてかふ云ふ身裝《みなり》をしてゐるのだから、その望みが　成就《じようじゆ》しない間は　新しい着物は着ない事にしてゐますから　大變失禮ですけど惡く思はないで下さい』

『失禮ですが、その所願と云ふのは、どんなことでございませう』

『それが　云ふのも　ちつと面はゆり話ですが　ある有名な易者《えきしや》いふには　今年こちらの方角に立派な花嫁《はなよめ》がゐるさうで　是非《ぜひ》探《さが》

されよと　云はれて　出て參つた次第ですが、中々　花嫁御寮《はなよめごりよう》を見わける　のも困難《こんなん》らしいので」

若者は、もつともらしく　さう云ふので、主人は　いよ／＼自分の想像《さうざう》が當つてゐたと喜びました。

『實はわしの方に娘がゐますが、わしから娘の事を褒《ほ》めるのもをかしいが、立派に育てたつもりだし、生れつきも　利口だからお氣に召すまいが、一つ貰つて下さらないでせうか？』

『それは本當の事ですか？』

『こんな事が嘘《うそ》にも云へませうか？』

『それは有難い、實は拙者《せつしや》も易者《えきしや》の云ふ事をきいて、出ては來た

が　中々見當《みあた》らないので、少々失望しかけてゐるところでした。
お宅のお孃《じやう》さんなら　申分ないと思ひます早速戴《いただ》きませう』
『貰つて下さいますか、それは有難い』
と　云ふわけで　話はとん〳〵拍子に進んで數日して　盛大な結《けつ》婚《こん》式を擧げました。
そして　十頭の牛に、家財道具《かざいどうぐ》を山のやうに積んで　花婿の家へと新夫婦は家を出ました。
お母さんは　夢ではないかと目をこすりながら　喜びの涙さへ流して嬉しがりました。
さぞ　立派であらうと想像《さうぞう》して來た花婿《はなよめ》の家は　倒《たふ》れかゝつて、

つぶれさうに　低いあばら家で十頭の牛はおろか　頭の牛に積んだ荷物《にもつ》も入れる所がありません。

荷物よりも　お嫁さんのお部屋がない始末　にお嫁さんは夢のやうに思ひました。

それから　二年後のことです。福娘《ふくむすめ》の嫁のお蔭で、この若者の家は　火がおきるやうに　どんどん金がまうかり、立派な家に住むやうになり　可愛い坊やまで生れました。

話が變つて、福娘を嫁にやつた百萬長者であつた　お嫁さんの實《じつ》家《か》は、嘘のやうに事毎に　失敗し落ちぶれてしまつたので、仕方なしに嫁に行つた娘の家を　訪ねて參りますと　成程立派な家

に　下男下女を多勢《たうぜい》おき、實に立派にくらしてゐます。可愛い孫まで出來てゐるので　自分のおちぶれた事も忘《わす》れて喜びました。それからは皆が一緒《いつしよ》に　とても幸福《かうふく》に暮したさうです。

をはり

蛇の花婿様

或る所に可愛い娘《むすめ》を　三人持つた金持《もち》がをりました。そこに使はれてゐる下女《げじょ》が　不思議にも長い長い蛇《へび》の子供を生みましたので　近所で大評判《ひょうばん》になつて美しい娘達にも　蛇の子供が見たくなつたので、或日のことソツト三人で　蛇の子供を見に參りました。

蛇の子供は　甕《かめ》の中に入れてありましたが、一番上の娘が恐《おそ》れ〱ソツトのぞいて、『あゝ恐い』と　いつて恐ろしさうに顔をしかめました。　すると

次の娘ものぞいてみて、やつぱり恐いといつて　顔をじかめましたが三番目の娘はのぞいて、

『そんなに恐くないぢやないの？　蛇の子供もやつぱり小さくて可愛いわね』と　云ひましたので姉さん達は、

『何が可愛いの？　そんなに可愛がつたらお嫁《よめ》さんに行くがいゝわ』と　怒つたので、

『えゝ行くわよ』と小さい娘もふくれました。

それから十五年の後のこと　小さい蛇の子供は大蛇になりました。

小さかつた娘達も、ますます美しいに娘なりました。或日のこ

と、蛇がお母様に云ひました。

『お母さん、どうか　あの金持さんの家の三番目の娘を　お嫁《よめ》さんに貰《もら》つて下さい』と頼みましたので、その母親は驚くまいことか、眞青になつて、

『お前そんなこと冗談《じやうだん》にも云つたらいけないよ』と　相手《あひて》にしてくれさうもないので、

『お母さんが貰つてくれないと　今にも皆をひどい目にあはせて．やるからいゝ、その時になつて皆後悔《こうかい》しないやうに』

と眞劍《しんけん》に申しますので、母親も困つてしまひました。

いくら何んでも當り前の人間でも　召使《めしつかひ》の息子等問題にならな

いのに、蛇の姿をした息子に　主人のお孃さんを嫁に下さいなど、とても云へた義理《ぎり》ではないのです。

蛇のお母さんは　病氣になる程心配しました。毎日息子からせがまれて、とうとう或日のこと、こはごはと主人の前に行つて、蛇の息子の云ふ事を傳へました。

すると、

『さうか、それでは娘にきいてみよう』

と主人はいひました。

どんなに　叱られる事かと心配してゐた母親は　この案外《あんぐわい》の主人の言葉に嬉しい涙が出ました。

實は主人も、召使の話に大層驚きましたけれども、元來　蛇と云ふものは　性質が　執拗い上に怨《うらみ》はきつと返すと　昔から申しますので、ことわつたら　自分一家が滅《ほろ》びる事はわかつてゐましたから、心では大變困つたけれど　顏には出しませんでした。

さう云ふわけで娘にも因果《いんくわ》を含《ふく》ませて蛇の息子の所へ　嫁に行つて貰ふやうにたのみましたから、娘も初は驚いて泣きましたけれど　終には仕方なく承知《しやうち》しました。が、娘のお母さんや姉さん達も　妹が可哀想でなりませんでした。

あまり美しいから蛇にまで　見込まれるから　美しくなくつて

よかつたと思つたりしました。

結婚の夜のこと、花嫁さんは恐しさにふるへて　泣いてゐました。

すると蛇の婿《むこ》様《さま》が　スルスルと入つて來て何か云つたかと思ふとてもとても立派な人間の婿様になつたので、お嫁さんは恐ろしさの涙が嬉し涙になりました。

さう云ふことは知らない家族達は　夜一睡もしないで、皆心配じましたのに、翌朝になると　お嫁さんがニコニコとして出て來たから皆吃驚しました。

どんなに　恐ろしかつたかと皆にきかれても、默《だま》つてニコニコ

してゐました。

それはお婿さんから固く秘密《ひみつ》にするやうに云はれたからです。もしも　眞相《しんそう》を言つたら　どんな恐ろしい結果になるかわから、ないからでした。

お嫁さんが案外に喜んでゐるので、兩親は　よかつたと喜びましたが、姉達は　不思議で不思議で仕方がないので　或日のこと二人で相談して　ソーッと障子《しやう》の穴から、妹の部屋をのぞいてみて　吃驚《びつくり》しました。

それは　恐ろしい蛇だと思つてゐたのが、今まで　見たこともないきれいな立派なお婿さんで　妹が嬉しさうに話をしてゐるか

らです。

姉達二人は　自分が行けばよかつたと後悔しました。

そして妹の幸福が羨《うらや》ましくて、二人で妹をいぢめました。

此のことがわかると蛇の婿様が　來なくなりました。そして　或日のこと　夜中にこつそり來て自分は龍《りゆう》王の息子だが、わけがあつて下界に來たのに、姉達に自分の姿を見られたから、もう下界《げかい》にはをられないから、龍王のもとへ歸るのだが、お前も　あとを追つて來てくれと申しました。そして　その標に蛇の皮の一部をくれました。

之を失くしたら　一生逢《あ》へないかもしれないから、大切に秘密

にするやうに申されましたので、嫁さんは箪笥《たんす》の一番奥に隠《かく》しました。

お婿さんが來なくなつたので　姉達は又も騷ぎ出しました。

そして執拗く妹にきくので　とう〳〵かくしきれないで本當の事を話しました。

そしたら、その蛇の皮をみせてほしいと　いつてききませんでしたが、とうとう見せませんでした。

そしたら　妹のゐない間に盜んで　一番上の姉が蛇の婿をたづねて參りました。

妹の嫁さんが　いくら夫から大切に渡された皮をさがしても　み

つからないので、氣が氣でなく　毎日毎日探してもないし　之はきつと姉が盜んで行つたと思ひました。

それて　仕方なく何ももたないで　二年もかかつて夫をたづねて參りました。

そして　門番にいくら頼《たの》んでも證據《しようこ》がないからと入れてくれませんでした。が丁度　夫が出て來てくれたので　夢ではないかと喜びました。

早速　龍王樣の前につれて行かれて　丁寧に挨拶《あいさつ》をしました。

龍王樣も大變喜ばれました。

そして嘘をついて來た姉は罰せられて倉《くら》の中に入れられてあり、

ましたから、妹は　龍王様に　お願ひしてよく不心得《ふこころえ》をさとして兩親のもとへ　歸つてもらひ二人は　大層幸福にくらしたといふお話で、兩親の元へ歸つた姉は、妹の幸福を皆に傳へて　以後どんな動物でも　粗末《そまつ》に出來ないと皆が思ひました。

をはり

田螺と若者

昔々、或所にそれはそれは　何も知らない愚かな若者が居りました。

或る日の事、山の麓《ふもと》の固い固い畑を耕しながら　獨言《ひとりごと》を云ひました。

『こんなに苦勞して働いて、穫《と》れたものは誰と食《た》べよう』

『私と食べるのよ』と　何所からか優しいきれいな女の聲がしました。愚者は吃驚《びつくり》すると同時に　不思議でなりませんでしたので、もう一度云つてみました。

『こんなに苦勞して働いてとれたものは　誰と一緒に食べよう』

『私と一緒に食べるのよ』と　又も同じ聲なので、いよ〳〵不思議に思ひ、何邊もくりかへしてみましたが、やはり同じきれいな聲でした。それで聲をたよりに聲のする方へ　だんだん進んでみますと田んぼの中に、一つの田螺《たにし》がゐました。

それで、若者は、

『今おれの云つたのに答たのはお前か』

とたづねますと、

『えゝ、私よ、私をつれて　貴方の家の水甕の中に入れておいて下さい、さうすれば、貴方は幸福になりますわ』

と申しましたので、若者は　田螺の云ふ通りに持つて自分の家に

歸り　大切に水瓶《かめ》の中に入れておきました。

翌朝若者がおきて御飯を炊《た》かうと思ひ、台所に參りますと、何時の間に誰がしてくれたのか、もうちやんと膳立《ぜんだて》がしてあり　すぐ箸《はし》が取れるばかりになつてゐました。

昨日からあまりに　不思議なことばかりおこりますので　若者は　夢をみてゐるのではないかと思ひました。

それから　毎日不思議な事ばかりでした三度、三度の食事は勿論のこと、きれいな着物まで　ちやんとこしらへられてゐるのではありませんか、それも　而も粗末なのでなく、今まで見た事もないやうな贅澤《ぜいたく》な着物に食事でした。それで愚な若者は、或る日

外へ出るやうなふりをして、隠《かく》れて家の中の様子を見てゐました。すると甕の中から　田螺が出て來たかと思へば、すぐにきれいな娘になりました。

そして　家の中を掃除をし、洗濯をし、裁縫《さいほう》をするのでした。

その様子が　此の家の主婦のやうにおちついてゐました。

やがて　夕方になり、夕飯をこしらへて　膳立をしてしまつてからは、又　元の田螺になり、水甕の中に入つて行くのでした。

あまりな事に若者は、茫然《ばうぜん》となつて了ひました。そして　翌日はまた　外に出るふうをして隠れて待つてゐると、昨日のやうに水甕の中から　田螺が出て來ては娘さんになり、昨日と同じやう

に働くのでした。

やがて夕飯の支度ををへて水甕の中に入らうとする所を、若者は出て行つて押へましたので、美しい娘は吃驚して叫びました。

『放して下さい。まだ　時機《ひじき》が來ないのですから　時機が來るまで待つて下さい。でないと　貴方に非常な災難《さいなん》が　かかつて來るのですから』

と、一生懸命に申しました

しかしそれから、そのきれいな娘さんは若者の妻となりました

そして此上もなく幸福にくらしてゐましたが、或日、この國の王樣が　狩をしに　この山の麓までおいでになりましたが　この山

には　獸《けもの》がゐないので一日中かかつても　兎一匹おとりになれません。雉子《きじ》一羽が　一日の狩の收獲でした。日は暮れさうだし、お腹はおすきになるし、大變御《ご》機嫌《きげん》が惡うございました。そして雉子を早く何所かの家へ　行つて料理して來いとおつしやいましたので、家來は雉子を持つて　家を探して入つて來たのが　愚かな若者の家でした。

『只今、王樣の命令で　雉子を料理するのだが　道具をかして貰へませんか』と　いはれたので　美しい田螺姬は承知して貸してやりました。

家來は　雉子を料理して　火鉢の上に乘せましたが、あまりに

美しい奥さんなので、見とれてしまつて料理の事など、すつかり忘れてしまひました。そして雉子の料理を　すつかりこがしてしまひました。

雉子の料理を　すつかり焦がしてしまつた家来は、命はないものと　眞青になつて　泣き出しましたので吃驚した美しい奥さんはわけをたづねました。

『たつた一匹しかない雉子料理を　焦《こ》がしてしまひましたので命はありません。どうしませう』と　おいおい泣くので　可哀想になつて、

『心配する事はありません。私が作つて上げませう』と云ひな

から棚《たな》から、粉《こな》を下して　雉子の形にこしらへました。

そして　何か云ふと一羽の雉子が庭に下り立つたので、家來は吃驚して　美しい奧さんを見上げて魔《ま》女かと思ひました。

ともかく　雉子を捕《とら》へて　今度はきれいた奧さんが　上手に料理をしてくれたので、家來は大喜びで　王樣のところへ行きました。

はじめ王樣は　何故　そのやうにおそかつたかと　お怒りになりましたが　御料理を召上つて見て　吃驚なさいました。

『實においしい、余は今までこんなをいしいものを喰べてみた事がないが、お前が作つたのか？』と　おきゝになりましたので、家來は得意になつて先程の出來事を申し上げました。氣の早い王

様は
『余を　その美しい女の所へ案内せい』
と　おほせられました。
家來は　王様を若者の家に　御案内申上げました。だが、美しい奥さんは　どうしても　王様の前へ出ては來ませんでしたので、
王様はお腹立ちになり。
『余の命令に　背く者の罰を知らないのか。その方の夫までも死《し》罰《ばつ》にするから』
と　おつしやるので、仕方なく美しい奥さんは、王の前に出て伏しました。

もう姿を見たばかりでも　王は恍惚《くわうこつ》となつてしまひましたが、顔を　見る事が出來ないので、

『顔を上げよ』と　おほせられました。

上げた顔に　王樣は見とれてしまひました。

『我が王よ。御用を　お云ひ付け下さいますやう』

『用は別にない、お前の夫をつれて參れ』と　おほせになつたので愚かな若者をつれて參りましたが、若者は　恐しさに　ふるへてゐました。王は若者に向ひ、

『余とお前と競爭をしよう。もしも　お前が勝つたなら　此國と財産《さいさん》を半分やらう。併し　お前が負けたら　お前の妻を余にくれ』

と　おつしやいましたので、若者　はすつかりしをれてしまひました。どう考へても、自分と王とでは　比較《ひかく》にたりませんから。勝負といふのは　他の事でなく、あの山とこの山との木を　どちらが先に　早く切つてしまふかと云ふ事です。

若者は　心配のあまり病氣になりました。美しい妻は、

『そんなに心配する事はありません。私の父は龍王ですから貴方を助けてくれませう』と　云ひ、指環《ゆびわ》を拔《ぬ》いて、手紙をかいてしばりました。そして、

『此の指環を持つて　海邊まで行き　水の中に指環を落しなさいませ。きつと道を案内してくれませう。そして　父に逢つたら、

きつと　ヘウタンをくれるでせうから、必ず　その栓を途中であけてはなりません。もしも　途中であけたら　大變な災難になりますから』

と　くれぐ〵も注意しました。

若者は妻から教へられた通りに　海邊に出て指環を落しました。すると、海は割れて道になりましたので、入つて行きますと、立派な水晶で出來た宮殿がありましたので入つて案内を請ひますともう　前から知つてたと云ふやうに　龍王様の前に丁寧《ていねい》に初對面の挨拶をしました。王はニコヤカに、

『娘は達者か？、その方は夫であるさうな！　手紙に書いてある

事は　心配する事はない。

娘を大切にして　幸福に暮してくれよ』

と　おほせになり、家來に命じて持つて來させたのが、妻が云つたやうに　一つのヘツタンでした。

若者は話できいた龍宮よりも　もつともつと立派な龍宮に　感心しました。

愚な若者はヘウタンを大事に　抱《かゝ》へて指環に案内されて　歸途につきましたが　ヘウタンの中を見たくて仕方がありませんでした。

妻がくれぐ〵も　たのんだけど　見るなと云はれるとなほみたくなります。たうとう我慢《がまん》出來ないであけました。

すると 驚いた事にはヘウタンの中から手に手に斧を持つた小人が 何千人となく飛び出し、あとにもつづいて出て參り若者に斬つてかゝりました。

きれいな田螺夫人は家にゐて、此の夫の災難を知りました。あんなに賴んだのにも、云ふことをきかないで、栓《せん》をあけたから、こんなことになつたと 思ひましたけれどすぐに鷲《わし》になつて夫の所へ、飛んで參りました。

そして 空からヘウタンをひつさらつてしまひました。これに驚いた小人達は 自分の家であるヘウタンの行く方へ ついて行きましたので、鷲《わし》はヘウタンを下へ下しました。

小人達は　皆その中に入りましたので　栓《せん》をかたくじて、飛んで家へ歸り知らない顔をしてゐました。

一時は　どうなる事かと驚いてゐた若者は　きつと之は龍王のお助けと　喜んでヘウタンを持つて家に歸りました。

『途中何事もありませんでしたか？』

ときれいな奥さんは　夫にわざとききましたが、

『うん、何事もなかつたよ』

と若者は途中での災難《さいなん》については　何事も申しませんでした。

翌日いよいよ勝負は始まりました。王様は何千と數へる兵士に人民までも加へて　雲霞《うんか》のやうに山の方に　集まりましたのに　若

者は唯一人で　ヘウタンを一本持つたきりでした。
王様は　得意になつて　始めるやうに合圖《おひつ》なされました。それと共に　雲霞のやうに集まつた兵士や人々は　皆手に持つた斧をふり上げて　木を伐りにかかりました。
そして一人でゐる若者の方を　氣の毒さうに見たりしました。
若者は　合圖と共にヘウタンの栓を取りました。
中から　小さい小人達が手に手に斧《おの》を持つて　蟻の行列のやうに出て參りましだ。
いくら出ても　後から後からとつづいて出て來るので、その數は到底數へる事が　出來ない位なのにもかかはらず、いくらでも

つづいて出て來るのでした。
出て來た小人達は　不思議な位　上手に木を伐《き》つてしまひましたので、ものの一時間位立つたかと思ふ間に、すつかり木を伐つてしまひました。

それからは　又もとのヘウタンの中に入つてしまひました。實に簡單《かんたん》に　山の木を皆伐つてしまひまたしが、王樣の方は　大人どもが汗をダクダク流して　伐つてもまだ　半分も伐つてをりませんので、王樣の負けになりました。

どう考へても不思議なことばかりで之は神業としか思へませんでしたが、それでも王樣は口惜しくてなりませんでしたので、も

う一つ勝負をしようと、おほせになりました。

その勝負といふのは、馬に乗つて、河を飛び越える事でした。

王様は馬乘りの名人でしたから　今度こそは十分に勝つ自信をお持ちでした。

若者は又心配になつて美しい妻《つま》に相談しました。　すると、又手紙をかいて指環に結んでくれましたので、若者はこの間のやうに、龍王の所へ參りました。

すると、龍王は一匹の痩せた小さい馬を下さいましたので、若者は落《らく》膽《たん》いたしました。

こんなちつぽけな痩《やせ》馬《うま》では到底あの河を渡る事は出來さうもな

いからでした。

いよ〳〵勝負の日になりました。王様は千里馬といはれる見るからに力のありさうな立派な馬に、超然と乗つてをられましたが、若者は、小さい痩せた見るからに貧弱な馬に乗つてゐるので、皆の人達はこの若者を可哀想に思ひました。

いよ〳〵合圖の大砲がなりました。王様と若者は、一齊に馬に乘つて飛びだしました。

人々は、手に汗を握つてハラ〳〵と見てゐると、王様の馬は河の眞中にザブンと落ちました。

若者はと見ると見事に河向ふに馬に乘つて立つてゐるではあり

ませんか……之でいよいよ　若者は只者でないといふ感じを皆にあたへました。

河に落ちた王様を家來たちは助けて、もう勝負はお止めになつたら如何でせうとすすめてもあきらめの悪い王様は又も、もう一度最後として海を舟で渡る勝負をしようとおつじやいました。

家來初め大勢の人々は王様の正じくないのに憤慨《ふんがい》いたじまじた。

併し今度は皆若者が勝つだらうと信じてゐましたので、左程あせらず今に見てゐろ、又恥をかくからと思つてゐました。

最後の勝負の日に王様は最も御自慢《ごじまん》の大きな速力の早い船に乗

つて現はれました。

若者は又も龍王から貰つた吹けば飛びさうな小さいボードに乗つて現はれました。

そして勝負の結果は皆の期待してゐたやうに條件の悪い若者が勝ちました。

それは若者のボードがもう向ふ岸についてゐるのに、王様の船はまだ半分位しか進めないで、海の眞中頃になりましたが、急に空が眞黑に曇《くも》つたかと思ふと、とてもひどい嵐《あらし》になりました。人々はいよいよ天罰《ばつ》が當つたのだと思つて皆かかりあひになると大變と思つて逃げてしまひました。

王様はとうとう龍王の怒りにふれたので、ひどい嵐に巻き込まれ、死んでしまひました。そこで愚かな若者は龍王の力でとても立派な若者になつて、死んだ王の代りに此の國の王になり、美しい田螺《たにし》夫人はお妃様になつて立派に國を治めました。

意地悪かつた先の王様に較べて情深く、人民をいたはつたので人民からとても人望のある、よい王様とお妃様になりました。

をはり

鬼と胡桃

昔あるところに二人の兄弟が居りました。兄さんは、慾が深くて、不孝者でしたが、弟は正直で、そして大そう親思ひでした。

ある日、弟は、山へ薪《まき》を採りに行きました。あちらこちらと山の中を歩き廻つてゐますと、胡桃《くるみ》の實《み》が一つ落ちて來ました。弟は喜んで、

『いゝものが、落ちて來た、拾つて行つて、お父さんに上げよう』

と云つて、胡桃を拾つて、籠《かご》の中に入れておきました。

暫らくすると、また、胡桃の實が一つ落ちて來ました。

弟は喜んで、
『いゝものが落ちて來た、拾つて行つてお母さんに上げやう』
と、云つて　胡實を拾つて籠の中に入れました。
暫らくすると、また、胡桃の實が一つ落ちて來ました。
弟は喜んで、
『いゝものがおちて來た、これは兄さんに上げやう』
その中に、薪が籠一ぱいにたりましたので、山を下りて來ると、
急に大雨が降りました。
『困つたな、こゝいらに、家はないか知ら』
と、あたりを見廻しますと、一軒の古い家が目につきました。

弟は急いで、その家に駈け込みました。

すると、二階で大きな、物音がしますので、そつと、上つて行つて　覗込《のぞきこ》みますと、

鬼どもが、大勢集つて金の棒や、銀の棒で遊んでゐました。

弟は、びつくりしましたが、まだ雨が止みませんので、小さくなつて、かくれて居りました。

そのうちに、お腹がへつて來ましたので、胡桃を一つ取り出して、それをかみますと、大きな音がしました。

鬼どもは、びつくりして、

『地震《ぢしん》だ〳〵』

『早く逃げろ、こんな古い家はいつ倒れるかも知れないよ』

と、云つて、金の棒や銀の棒をほつておいて逃げ出してしまひました。

弟は大さう喜んで、金の棒や銀の棒をかき集めて家を出やうとしますと、壁《かべ》にうちつけた一枚の板に、

『前の大臣の娘の病は米を撒《ま》かざれば癒えず』と書いてあるのに氣がつきました。

弟はそれを見ると、一人でうなづいて家に歸りました。

そして胡桃や金銀の棒を籠の中から取り出すとお父さんもお母さんもそれから兄さんも夢中になつて喜びました。

翌日弟は前の大臣の家に尋ねて行きました。そのうちではたつた一人の娘さんが大病にかゝつて、いくらお藥を飲ましてもよくならないので、みんな大そう心配してゐました。

弟は、その家の人に逢つて、

『私が娘さんの御病氣を治して上げませう』

すると家の人は大そう驚いて、

『あなたはお醫者さまでもないやうですがほんとうに治して下さいますか』

と聞きました。

『ほんとうですとも、まあ、ためしにお米を持つて來て下さい』

と、弟は云ひました。

家の人たちは、お米なんぞ、何にするだらうかと、不思議に思ひながらお鉢《はち》に入れて持つて來ました。

弟はそのお米を摑《つか》んで、病人の枕元《まくらもと》にさつと撒きちらしました。

すると娘さんの病氣は忽ち治つてしまひました。

前の大臣は非常に喜んで弟を自分の娘のお婿さんにしました。

兄さんはこれを見て、

『弟の奴、うまいことをしたな、よしおれも、薪採りに行つて見ようと、急に籠を持ち出して、それを背負つて、山に行きました。

暫らく、すると、胡桃の實が、ぼつりぼつりと落ちて來ました。

兄さんは片ッ端からそれを、籠の中に入れながら、

『これは、おれのだ』

と、云ひました。

いゝ加減に、薪を拾つて、山を下りかけましたが、雨はなかく降つて來ませんでした。

兄さんは、

『まあ、いゝや、雨が降らなくても、あの家に入つてみよう』

と、例の古い家に入りました。すると、二階で、がやくといふ聲が聞えました。

『はあ、鬼どもが、來てゐるな、一つおどろかしてやらう』

と兄さんは　胡桃の實を取り出し、なるだけ大きな音のするやうに、かみわりました。

しかし、鬼どもは、驚きませんでした。それどころが、

『この間、おれ達の棒を盜んだ奴が、また來をつたぞ』

と云つて、どや〳〵と二階から下りて來て、兄さんを捕《とら》へて、ひどいめにあはせました。

をはり

賢い子供

昔奎大臣といふ家がらのすぐれた身分の高い人がをりました。何不自由なくしあはせな大臣に、しかし、たつた一つのさびしいことがありました。

それは子供がないといふことです。寄《よ》る年なみに白毛がふえていくにつれ、自分が死んでしまつたらもう誰も自分の後をついでくれるものはない、といふことはどんなにさびしいことでしたらう。

もちろんいろ〳〵と手をつくして、よいあととり息子をもらひたいと、随分《ずいぶん》さがしたものでしたが、まだ思ふやうな者を見いだ

す事は出來ませんでした。

　とうとうもうがまん出來なくなつた奎大臣は御自分で各地方をまはつてむすこにしたい子供をさがすことにしました。

　さあ話がつぎからつぎへとつたはると、その評判は大したものです。

『お大臣様が、御養《とやうし》子さがしに來られるさうな』

『世界で一番のしあはせものにはどこの子供がなるでせう』

大臣様は澤山のお供を從へて、よい子供をたづねたづねてはやくも今日は今の全羅北道へとはいることになりました。

　ただでさへ都の尊いお方のお成りとは今までにないありがたい

事ですのに、もしかしたら自分たちの中からお子様をさしあげる事になれるかもしれぬといふのですから、役人を初めみんなのさわぎは大變なものでした。

いよいよ大臣が到着しました或日大臣はお役人に命じて道内の子供をのこらず一所に集めさせました。

無《む》邪《じや》氣《き》な子供達の集まりに、奎大臣も心ををどらせながらやつてきました。

ところが子供でも奎大臣が尊いお方であることは知つてゐてみんな小さくなつて物もいはずかしこまつてをりました。

しかしその中にたつた一人だけこんな場所もおかまひなく子供

らしい丸いお目目をくりくりさしていつものやうにあそばうとして前の友達をつついたり、かみをひつぱつたり、いたづらばかりしてゐる子供がありました。大臣はすぐこの子供に氣がつきました。そしてこんな場所にもすこしもおぢけぬゴムまりのやうにぴちぴちした子供のかほにぢつと目をとめました。

どうしてなかなかふつうのぼやつとしたつらだましひではありません。

くりくりしてゐるかはいい目のかがやきを見ても、たしかにこの子はのぞみがある。

奎大臣はすつかりこの子が氣に入りました。親達と相談もすん

でいよいよ養子にきめ、すぐに都へつれかへると立派な先生をおまねきして學問させる事にしました。

ところが少年はすこしも勉强をしません。先生が大切なお話をして下さつてゐてもすぐといたづらばかりはじめます。それかと思ふといつのまにか外へあそびにとび出してゐます。立派な先生も、奎大臣もすつかりこまつてしまひました。

一何とかしてあそべないやうにしよう、何かうまい工夫はないものか、そしていろいろ考へた末或日大臣は問題を出しました。

『一斗の米が幾《いく》粒《つぶ》あるかかぞへて見よ』

かう命じて大臣はいつものやうに出かけていつてしまひました。

これなら一日外へ出て遊ぶひまはないだらうと安心して出かけたのでしたが。少年は大臣が、出かけられるとすぐにめしつかひをよんで、

『小さた箱と　はかりを用意しておくように』

といひつけると、さつさといつものやうに遊びに出てしまひました。

日暮れになりました。少年は大臣のかへつてくるちよつと前頃にはちやんとかへつてきてゐました。

かへるとすぐ少年は小箱に一杯米を入れてそれをめしつかひにかぞへさせました。

それからそれをはかりにかけました。斗の米の重さもしらべました。それで計算して米一斗の數をだしました。それは紙に書きつけておきました。

父大臣は、少年がさぞあそびも出來ず困つたらうと思ひながらかへつてきました。

いちいち數へきれるものではないし、答を出されやうとは思つてゐませんでした。

しかしかへるとすぐいつもかはらぬ元氣のよい少年から、はつきり答をいはれてびつくりしてしまひました。

そしてでたらめにいいかげんな數《かづ》をいつてゐるのだらうと思ひ

ました。

しかし少年はただ。

『正しい数です』といふばかりでした。

後でめしつかひから少年のやつた事をきいてすつかり感心しました。

又或日の事でした。

或田舍に人ごろしがあつたのですが、どうもその役人ではしらべがつきません。それでとう〳〵都でしらべることになりましたが、

ちよつとどう考へていゝか見當のつけにくいへんな事件です。

その事件といふのは……或家で三人死んでゐる。一人は胸《むね》に傷《きず》がある。ほかの二人はたくさんのお金をもつて死んでゐる。傷はない。そしてその眞中にお酒《さけ》のびんがすわつてゐる……といふのです。誰かほかの者にころされたのか、又は三人がけんくわして三人とも死んでしまつたのか見てゐた者はなし、死人に口なしでさつぱり見當がつきません。

都の役人も首をひねるばかりでした。そしてこれを奎大臣におさばきをねがひ出しました。そこで大臣はこの時こそ我が子をためさうと少年をよんでこれを話し、お前ならこの事件をどうさばくか、とたづねてみました。

すると少年は何のまよふところもなくすらすらと答へました。

『あゝその人達は三人ともぬすびとです。お金がたくさん手に入つてお祝《いは》ひの酒もりをすることにしたでせう。そして酒買ひに出たのが胸に傷のある人です　この人は、酒に毒を入れて二人にのませてころし、お金を自分一人でまるどりしようと考へましたさて毒酒をもつてかへつてくると、家にゐた二人は二人で相談しておいた通り、この男を刺《さ》しころし大金は二人で分けました。そして毒のはいつた酒とも知らずのんだのです』

そばできいてゐた役人達もそのもつともなさばきに感心しました。

あやしく人の心をさはがせた事件もこれてかたづきました。大臣が我が子をかはいがるのは非常なものでした。つひに少年は後には立派な位につき大臣のあとをうけつぎました。

をはり

黄金の仔牛

昔々、子供を一人も持たない王様がいらつしやいました。どうかして世繼《よつぎ》の王子様を一人もうけたいとお思つてをりました。王様にはお氣に入りの侍女《じじよ》がゐました。

或る時王様は遠い他國へ御旅行なさる事になりましたのでお妃《きさき》と侍女をお召しになり、

『余は可成り長い間旅に出なければならないが留守中仲《なか》良く暮らし余が歸つて來たら、喜ぶやうな事をしてくれよ』

とおほせになりますとお氣に入りの侍女は、

『妾は世界中に二つとない立派な縫取《ぬひとり》をしたお召物《めし》をこしらへてお待ちしてゐます』

と倅さうに申しますので王様は、

『妃は何んな事をして余を喜ばしてくれるつもりですか』

とお妃様にお尋ねになりました。

お妃様は恥《はづか》しさうに、

『玉の樣な王子樣を生んで、お待ちしてゐます』

と赤くなつてお答へになりました。

お妃樣には二三ケ月前からお腹に赤ん坊が出來てゐたのです。

王様は殊《こと》の外お喜びになり、

『それは何より有難い。氣をつけて大切に育てて下さい』

とそれは〳〵大變な御機嫌《きげん》でおでかけになりました。

王樣の侍女はお妃樣が玉のやうな王子樣をお生みになるとおつしやつたので口惜《くや》しくて仕方ありません。何とかして邪魔《じやま》をしようと日夜苦心してゐました。

そのうちに月滿ちて、お妃樣はほんたうに玉のやうな王子樣をお生みになりました。

各大臣を初め國民一同が非常に喜びましたのに侍女一人は氣が氣でなりませんでした。

何とかして王樣がお歸りになる前に王子樣を歿き者にしなければ

ばならないので腹心《ふくしん》の臣下の一人に自分の心をひそかに話し惡いたくらみをいたしました。

或る日侍女はお妃様の前に出て申しました。

『お妃様王子様も日増《まし》に大きく立派におなりになるのですから明日は舟遊《ふなあそ》びにお出ましになりませんか？王子様もどんなにお喜びになるかもしれません』

と誠しやかに申しますので、お妃様もあまり氣がお進みになりませんでしたが、すすめられるままに承諾《しやうだく》なさいました。

丁度舟遊びに出かける日は、お妃様も氣分がおわるいし、王子様もあまり氣分がすぐれませんので、取止めようとおもつてゐる

ところへ悪い侍女がやつて來て、

『お妃様、何とよいお天氣ではありませんか　さあ、皆準備か出來てをりますから、お出まし下さいませ。ほんとに愉快《ゆくわい》になされますてせうよ』と一人燥《はせ》ぎ立てるので、お妃様は、折角《せつかく》皆があして喜んでゐるのに、止めるのもいけないと思つて乳母に王子様を抱かせて舟遊びにお出かけになりました。

晴れてゐた空が曇《くも》り風さへも出ましたのでお妃様は王子に風邪《かぜ》を引かせてはいけないとお歸りにならうとして立ち上つた拍子《ひやうし》に乳母が、ころんで王子様もろともに水の中に落ちてしまひました。

お妃様は氣も狂《くる》はんばかりでしたが、運よく水泳の上手の家來

がゐて王子様を救ひ上げましたので、お妃様のお喜びはたとへやうもありませんでした。

それに反して侍女の無念《むねん》さは、大變なものでしたが、皆はその事には一向氣がつきませんでした。

惡い侍女は一度失敗《しつはい》したのにも機會《きくわい》さへあれば、又ねらつてゐます。

或日のこと、牛小屋の中に王子様を隱《かく》しました。王子様の行方がわからなくなつたので宮中では大騷ぎが始まりました。

どんなに探しても王子様の姿は見えませんでした。

暫くして王様は旅からお歸りになりました。侍女は、晴々と嬉

しさうに刺繍《ししゆう》のした美しい着物を持つて王様をお迎へしましたので王様は大變お喜びになつて、御褒美《ほうび》を下さいました。そして一番御旅行中でも氣になつてをられた王子様はとお尋ねになりますと、お王様は涙をこぼして王子様が急にゐなくなつた事の次第を申上げましたので、王様は非常に落膽《らくたん》なさいました。

侍女は王様にこつそり、王子様の生れたと云ふのは眞赤《まつか》な嘘《うそ》であると申上げたら、王様はお怒りになり、お妃様に罰を與《あた》へるやうにおつしやつて、麥を一俵づつ、粉《こな》に臼《つ》くやうにおつしやいました。

唯《たゞ》てさへ悲しいお妃様に斯様《かやう》な罰《ばつ》まで與《あた》へられたから、お妃様

の悲しみは見てゐる者でさへ涙が出る程でした。やがてお妃様は宮殿を追はれ、仕事部屋にお住居《すまゐ》になるやうになりました。

その仕事部屋のすぐ隣りが牛小屋になつてゐましたのでお妃様は初めて牛小屋を御覧《ごらん》になりました。すると驚いた事には、牛小屋の中に黄金の仔牛《こうし》がゐるではありませんか？而もその仔牛が、話をし、お妃様の仕事を皆してくれました。

黄金の仔牛こそ　王子様が姿を變へられたのでした。それからはお妃様は仕事部屋にこそいらつしやるけれど、黄金の仔牛の力で何不自由なく幸福に暮すことがお出來になりました。歳月は流れて十五年の後、話は變つて隣り國にそれは〳〵美しいやさしい

心の王女様がいらつしやいました。

お父上様の王様は三國一の偉いお婿さんを探していらつしやいますがなか〱見當りませんのでいろ〱お考へになつた末、藁《わら》大《たい》鼓《こ》をおこしらへになり、此のわらだいこから立派な音を出すことの出來る若者を婿君にお選びになると云ふお布令をお出しになりました。

その話が方々へ傳はると、共に方方の國から我と思ふ若者達は先を爭つておしかけて參りましたが、藁大鼓から立派な響《ひびき》を出す者は一人もをりませんでした。

王様も王女様もしまひには落膽《らくたん》なさいました。その頃黄金の仔

牛はお妃様と相談して隣の國へ出かけて、藁太鼓を打ちました所が近隣《きんりん》に朗朗《ろう〳〵》と響き渡《わた》る太鼓の音に、王様も、王女様も飛び出して御覧になつたところが、人は誰もゐないのに、黄金の仔牛が立つてゐるので二度吃驚なさいましたが、黄金の仔牛は譯を申しました。

『實はわたしは隣國の王子なのですが、惡い侍女の迫害《はくがい》がひどいのでその目を眩《くら》ますために姿を變へて黄金の仔牛になりましたが必要とあれば、今でももとの姿に、歸りませう』

ど云つて、立派な若者になりました。

それから盛大な結婚式を擧げました。此の結婚式に、王子様の

お父上の王様も貴賓《きひん》としていらつしやいましたが、まさかあの立派な若者が自分の王子であらうとは夢にも考へませんでしたから御自分にもあゝした王子様があつたら、どんなに嬉しからうとお考へになりました。お妃様は、王子様の立派な様子と王女様のやさしい美しさに涙が出るほどお喜びになりました。

やがて、こちらの王様のお取りはからひで、王様もお妃様も王子様も、事の成ゆきがわかつて驚きもし、又喜びもし、王様のおとりはからひに感謝なさいました。

そして、もとにかへつた王様とお妃様始め結婚なさいました王様と王女様も御一緒《しよ》に、本國へお歸りになり、ほんとに幸福にお

くらしになりました。

悪い侍女が王様の罰を受け島流しになつた事は天罰《てんぱつ》ですから、いたし方がございませんでした。

をはり

龜のお使ひ

昔、朝鮮の東の海の底の底の方に、龍王が棲《す》んでゐました。

龍王様の御一家は、何不足なく立派な御殿で 樂しく、その日をおくつてをりました。

と、或年のこと ふとしたことから、たつた一人のお姫様が重い重い病氣にかかられたので、海に住んでゐる漁民《ぎよみん》たちは、大層心配《しんぱい》して何かよい工夫はないものかといろ〳〵苦心し、いろ〳〵お醫者にも見せましたが、一向効目《ききめ》はありませんでした。

或日のこと、遠い所からとても有名な醫者をつれて來て見せま

したら頭を振りながら、

『とても六《むつ》ケ敷《し》いですね。最後に一つだけ試みる方法はありますが到底六つかしくて駄目《だめ》でせう』

と云はれたので大臣の鯛《たひ》を始め皆の臣下は、

『どんなに六つかしくても、私どもが生命《いのち》をなげ出してやりますから教へて下さい』と口を揃《そろ》へて頼みました。

『それは、陸に住んでゐる兎の肝《ひも》を召上ると、すぐおなほりになります』

と、おそる恐るさう申上げて退きますと、王様は大變およろこびになりまして、早速兎を捕《と》つて來させようとお考へになりまし

た。

臣下たちは、それを聞いて、

『そんな事位私が行きませう。私が行きませう』と皆が申しました。

皆が私が行くと申し出るのをとめてお醫者は、

『貴方方のその勇氣《ゆうき》と忠義《ちゆうぎ》には感心《かんしん》いたしましたが貴方《あなたがた》は、陸へ上ると動けなくなるのにどうして山にゐる兎の肝をとつて來られますか』

と言はれて、皆成程さうだと感心しました。すると『かめ』がノコノコ出て來て、

『私が兎をつれて參りませう』

と落ちついて申しました。

で成程《なるほど》かめなら陸にも海にも生活出來るから便利だと思ひましたが勝氣《かちき》な鯛《たひ》は、

『貴方のやうなノロンボにこの大役がつとめる一我輩《わがはい》がお前のやうに陸に生きる事が出來るとよいのに』

とさも殘念《ざんねん》さうに申します。

鯛《たひ》の大臣は、

『龜公《かめこう》、御苦勞だが一働《ひとはたら》きしてくれ』

と頼みましたので亀は大いに喜び勇んで陸に上りました。

　そして兎のゐる山に訪ねて參りました。

王様ば、龜が出かけると、ホッと安心してそして龜の歸るのをひたすらに待ちわびました。

兎は丁度退屈《たいくつ》で困つてゐた時だつたので、龜の訪問《はうもん》を心から喜びました。

　そして龜と兎はいろ〳〵世間話《せけんばなし》をしました。ついでに龜がさも今思ひ出したと云ふ風に、

『兎さん、お前さんは龍宮《りうぐう》と云ふものを見た事がありますか？』

とたづねますと、

『それや話だけきいて行つた事はないさ、だつておれは水の中へ

入ると死んでしまふぢやないか』

『それやさうだけど、おれと一緒《しよ》なら大丈夫だよ。それではおれが友達がひに龍宮へ案内してやらうか？』

『それは素晴《すば》らしいなあ、而《しか》しお前ほんたうに死なないのか？』

『大丈夫だよ、おれがついてゐるぢやないか』

『ほんたうに大丈夫かなあ、それだつたら、龍宮へ行つてみたいなあ、友達にとても威張《いば》れるからね』

『さあ、それではすぐ之から行かう、おもひ立つた日が吉日だからね』

『でも今すぐにかい？お父さんとお母さんにことわつて來るから

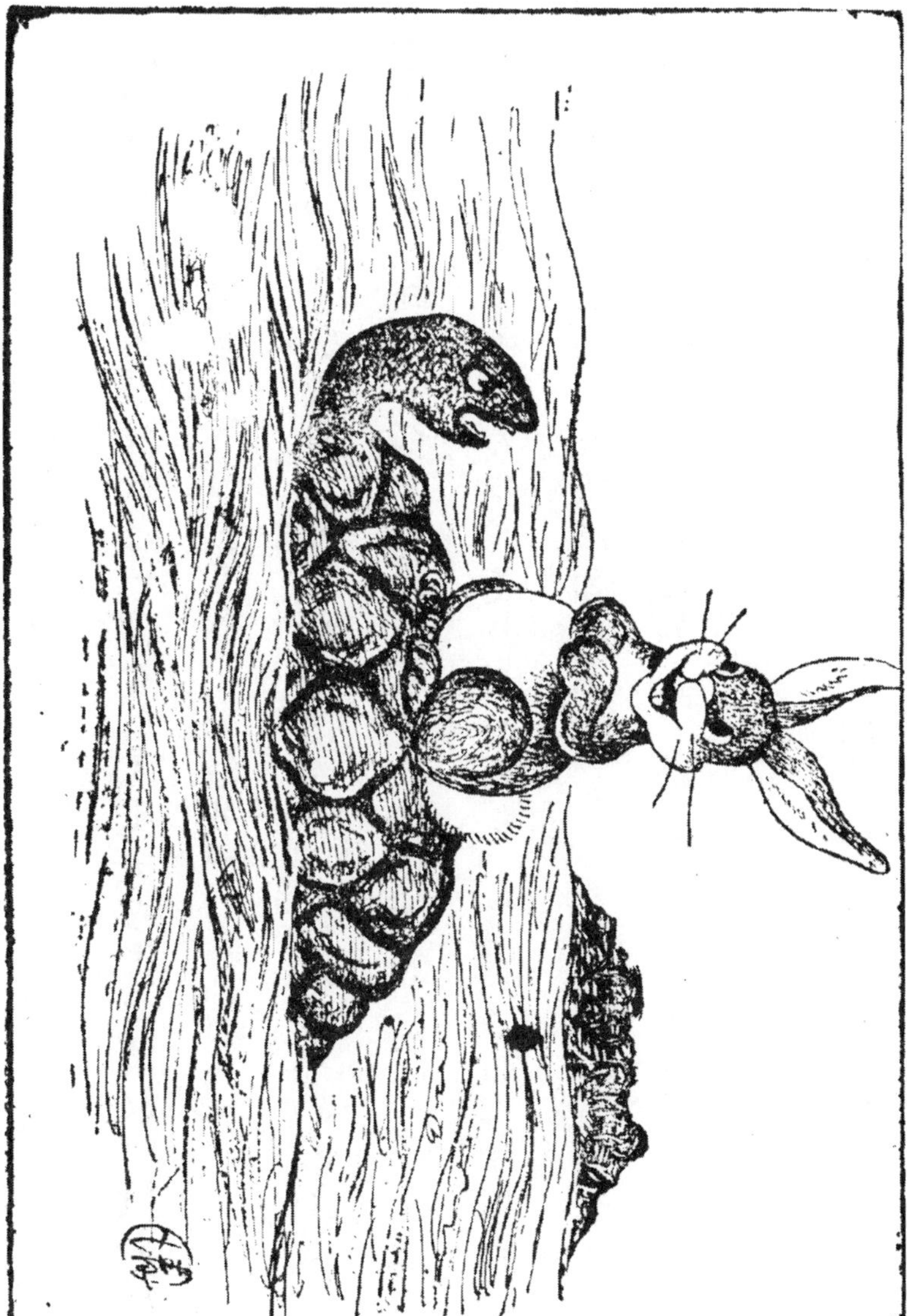

ね』

と飛んで行きさうなので龜は吃驚しました。

『まあお待ち、之はおれとお前と二人の祕密《ひみつ》だからね。こんなこと皆に知れたら大變だぜ。龍王樣も怒《おこ》つたら、こはいからね。まあお前にだけこつそり見せてやるのだから今すぐ行くのだよ。なにすぐ行つて來られるよ』

『でもお父さん、お母んが僕の事探したり心配したりしたら困るからね』

『大丈夫だよ、ものの一時も立てばすぐ歸つて來られるから心配ないよ』

『さうかい？そしてほんたうに話できいたやうに、きれいなのかい？』

『それは、今に見たらわかるよ　話等にくらべられないよ、何しろ柱《はしら》は水晶《すいしやう》で、壁《かべ》はサンゴだし、お姫様《ひめさま》のきれいな事は……とにかくお前が行つたら目を廻すよ。そして歸らないと云ふに違ひないよ。でも無理《むり》には誘《さそ》はないよ』

龜公にかう云はれると、矢もたてもたまらなくなつて、

『御免ね、氣を惡くしたら困るよ、すぐ案内してくれよ』

そこで兎と龜は、海に來て、龜の背中《せなか》に乘つて龍宮まで下りました。

「さあ兎公來たから目をあけなさい」

と云はれて今までどうなることかと心配で生きてゐる氣持もなく目をつぶつてゐたのをみると成程話できいてゐた何十倍もきれいで立派なので兎公すつかり有《う》頂天《ちやうてん》になりました。

そして右をみても左をみても魚ばかりなので當り前のことですけど不思議なやうな氣持がしました。

早速海の龍王の所へ挨拶《あいさつ》に行くのだと云はれ海の大王、龍王様はどんな魚だらうと想像《さうぞう》して行くと頭は龍のやうな恰好《かくかう》をしてその下はやはり大きな龜のやうでした。その隣にしとやかに坐つてゐるのはお姫さまらしく目もさめるやうな美しい顔でしたが惜

いが事には脚《あし》がなく魚のやうな形でしたがそれは〳〵今まで兎が見た事もなく想像した事もない美しさなのですつかり見とれてしまひました。

さてこちらの鯛《たら》大臣は、どうして兎に肝を貰ふかとしきりに考へてゐましたが、

『山の兎公とやら遠い所をわざ〳〵來てくれて有難う、君には大層氣の毒な話だが、海の龍王のお姫さまが長い患《わづら》ひで、いろ〳〵と手をつくしてみたが、どうも効目《きゝめ》がなく、國を擧げて心配してをつたが、最近こちらにをられる偉いお醫者樣の診察《しんさつ》で、兎の肝を召上れば直に御全快遊ばすとの事で、一同相談の結果、

龜公にも頼んで、貰公に來て貰つたのぢや、一つ氣の毒《ど》だがお姫様のために肝をさゝげてくれまいか？』

鯛大臣の話をきいた兎は、

『しまつた』と思ひました。

龜公奴、おれをだましてつれて來やがつたなと大いに憤慨《ふんがい》いたしましたが、それは、内心の事で、もとが利口な兎ですから、顔にはその氣色も現はしませんでじた。

『それは〳〵御心配でございませう、左様なことと知つてゐたら肝《きも》を必ず持つて來ましたのに、龜公ちつともそんな話はなく、唯《たゞ》の見物だと思つて、肝要《かんよう》の肝を家において參りましたが、ど

うしたものでせう』

と、さも困つたと云ふ顔をしましたが、皆は本當にしてくれません。

鯛大臣はおごそかに

『うそを、いふな、どこの世界に肝をおいて歩く生物がをるか、左様な嘘《うそ》を云ふとためにならぬぞ』

と大變な權幕《けんまく》で怒《いか》りましたが兎公は泰然《たいぜん》として、

『それは魚の世界ではさうかと存じませんけど地上の動物では、皆當り前の事になつてゐますので、一ヶ月おきに肝を出したり入れたりいたしますですから、私共は別に肝がなくてもこんに

にピンピンしてをりますから、今すぐに取つて來てお姫様に差し上げませう』

とまことしやかに申しましたので、もとより頭の働きのにぶい魚共は感心して龜公に案内《あんない》させて兎を陸上までつれて參りました。

兎はピヨン〳〵と飛《と》んでお山へ來ました息せききつておくれて來た龜公に向つて、

『ハ……………餘程《よほど》魚達は頭が悪いね、僕もうつかり、お前にだまされてずんでの所で殺される所だつた。おゝ危い危い。亀公早く行つて皆に云つてくれ。どこの世界に肝をおいて歩く生物がゐる

か……それからいくら忠義《ちゆうぎ》のためだとて、友達をだますのはよくないぜ、之からはそんな馬鹿げた使はやらない事さ』
と云つてさも馬鹿馬鹿しいと云ふやうな顔をしました
亀公の折角の企てもこんなことで滅茶《めちや》〳〵にされて二度と龍宮へ歸れないで池の畔を根城に水に入つたり出たりして自由にくらしました

をはり

智慧のない殿様

昔、或る所に大層智慧《ちゑ》のない殿様《とのさま》がいらつしやいました。

或る滿月《まんげつ》の夜のことです。殿様は丸く澄《す》み渡つた大空の月を眺《なが》めて、

『い丶月だなあ、あの月を買ふ事は出來ないものかなあー』

と獨《ひと》り言をおつしやいました。

惡賢《わるかしこ》い家來《けらい》が、

『殿様、それは價格《かかく》が恐ろしく高いだけでお買ひになれまずからお買ひになるとよろしうございます』

と申し上げたので、

『さうか、買ふことが出來るか、いくら位するか』

『千兩もするでせう』

『千兩は高い、百兩位に負けさせて、買つて來い』

とおつしやつて百兩お出しになりました。

それで家來はホク〳〵ト百兩を貰ひ、

『殿樣、此のお月樣のある所はそれは遠うございますから、之を買つて來るのに一ケ月はかゝります』

『さうか、よし〳〵早く買つて來いよ』

『かしこまりました』

と家來は自分の鄕里《きやうり》へ歸り、田畠を澤山買ひ込んで、遊んでゐました。

殿樣は毎日、日を數へて家來の歸つて來るのを待つてゐました。

すると十五日位たつた時に大空に小さい三日月が出ましたので、殿樣は手を打つてお喜びになり、

『家來の奴一ケ月かゝると云つたが、成程《なるほど》十五日で行つて買つたので今歸るらしい、少しづつ出て來るから』

と感心なさいました。

家來は一ケ月間に寢ころんで百兩のお金で自分のしたい事は何でもして一ケ月を待ちました。

一度滿月の夜歸つて來て殿様に、

『殿様、お待ちでございましたでせう。何しろ恐ろしく遠いので非常に急いだので一ケ月かゝりました。それも百兩に負けさせるのに偉い骨《ほね》が折《を》れました。』

『それは御《ご》苦勞《くらう》ぢやつた。が　しかしあの明るい月が余のものでなつたのだから百兩は安いものぢや』

『御尤《もつとも》でございます。それで殿様、一つ島に旅行なさつては如何でございませう、島にはいろ〳〵と珍しいものが澤山あるさうでございますが、手前がお伴《とも》つかまつります』

『さうか、それもよからう、では早速明日から出かけるから馬の

支度《したく》をして來なさい』

『かしこまりました。萬事《ばんじ》心得《こころえ》てをります』

と云ふわけで翌日《よくじつ》島へ向つて出發することにしました。

『ところで月を持つて行つた方がよくないか』

『滅相《めつさう》もございません。島なんかへ持つていらつしやればすぐとられてしまひます。何しろ島は恐ろしい所で、生馬《いけうま》の肝《きも》も拔《ぬ》いたり、うろ〳〵してゐると人間の鼻まで削《けづ》られるさうですから』

『さうか、では殘念《ざんねん》だがおいて行かう』

家を放れるに從つてお月樣が小さくなりますので、殿樣は感心なされ、

『月の小さくなるのが家を遠ぐ放れた證據《しやうこ》だの、もう全く見えなくなつた。』

『御意《ぎよゐ》にございます』

家來はやつとホッとしました。

いよ〳〵島に上つて或る偉い方の邸《やしき》へ來られ、

『わしは主人に逢つて來るからお前は馬の番をして待つてをれよ島は生馬の肝をも取られるさうぢや、しつかり注意しなさい』

『御心配なくどうぞ』

殿樣は主人に逢ひ用をすませて門に出て見ると馬はないのに家來が馬の手綱《たづな》をしつかり握つてうつ伏してをりますので、

『これこれどうした。馬は、何所へ行つたか?』

とお訪《たづ》ねになりました。

やつと家來は顏を上げて、

『殿樣馬はゐませんがあゝ島とは恐ろしいところでございます生馬の肝をぬくどころか、皆持つて行つてしまひやがて。私は鼻を削られたら大變だと思ひまして、馬が逃げないやうに手《て》綱《づな》をしつかり握つて鼻を隱してゐましたのに、あゝ殿樣こんな所にくづくづしてゐたら何をされるかわかりません。早く歸りませう』

『それもさうだな、半月もかゝつてやつと來たのに、殘念だが、仕

方がない、歸るとしよう』

實は、家來が馬を賣つて手綱だけを握つてわざと殿樣をだましました。

それで又田舍へと出發し始めると大空に月が少しづつ見え始めたので殿樣が大喜びになり、あゝ家が近づくにつれ月が少しづつ大きくなつて行くわい、と喜ばれました。

殿樣は、丁度一ケ月目に邸にお歸りになりました。(之は家來がわざとさういふ風に道を廻つたのでした)

すると青い大空に滿月が明るく澄《す》みわたつて庭一面が晝間のやうでございます。

『あゝ、いゝ月だ　もう何所にも行くまい、此の月さへあれば邸が一番よい所ぢや』

その翌日家來《けらい》は、

『殿樣、私の父奴が死にましたのでお暇《ひま》を戴《いただ》きたうございます』

『さうか、それは悲しいだらう』

行つて來いとおつしやつて、お金まで下さいました。

家來は月で百兩、馬で五兩、又殿樣から五兩貰つて大喜びで赤い舌を出しホクッ笑ひました。

そして田舍に歸り、安樂《あんらく》に暮しながら今頃は智慧《ちゑ》のない殿樣が月がなくなつたと嘆いてゐるだらうと思ふと少しすまなく思ひま

した。
そして一生殿様に逢ひませんでした。

をはり

金の鈴

昔々或所に父と母と三人の兄弟と合せて五人が樂しく暮らしてをりました。

ところがふとしたことからお母さんが病氣になつてとうとう此の世を去りました。

それからと云ふものは此の家は平和《へいわ》の神様からは完全に見放《みはな》されました。

新しいお母さんが來てからは三人の子供は涙の乾《かわ》くことがない位でした。それが新しいお母さんに子供が生れてからと云ふも

のは事毎につらく當るのでした。

さうした中にも子供達は成長して行きました。

或日のこと子供達の夢に、なくなられたお母様が現はれて、

『お前達の苦勞を私はどんなに可哀想に思つてゐるか、それも之からはいよいよ迫害《はくがい》が激《はげ》しくなるからお母さんは默《だま》つてゐられなくなりました。明日の朝裏庭《うらには》をごらんなさい そこには行杏《きんなん》の木に一つの行杏がなつてゐるでせう。その行杏の中には金の鈴が入つてゐますぞ。金鈴のさへあれば、どんた時でも危險《きけん》から救つてくれるしお母さんの代りになつてくれるでせうから、大切にいつも放さないで、持つてゐるのですよ』とやさしく云

はれました。

三人の兄弟は此の夢は神様のおつげだと喜び、翌朝裏庭に行つてみると、冬だと云ふのに大きな行李がなつてゐましたので大喜びで取つて中を見ると夢にお母さんがおつしやつた通り金の鈴が入つてゐました。

それからは三人兄弟には苦しい事は一つもありませんでした。どんなに寒い夜でも金の鈴のお蔭でポカポカと暖かです。

お腹がすいてゐても金の鈴がすかないやうにしてくれました。

或る非常に寒い晩のこと、三人の兄弟の部屋には火を焚《た》きませんでした。

そして布團《ふとん》も皆とり上げてしまひました。之なら三人とも凍《こご》えて死ぬか、でもなければ病氣になつて死ぬだらうと繼母《けいぼ》は考へたのでした。それで一番寒い眞《ま》夜中をすぎた頃、三人の兄弟の部屋へ行つておそるおそるのぞきました。

そしたら驚いた事には死んでゐる所か、皆が暖かさうに、頬《ほゝ》をホテラして寢てゐましたので、繼母は大層失望《しつぼう》する代りに不思議に思ひました。

それから注意してゐると不思議な事ばかりなので、よくよく調べてみるとどうも金の鈴のお蔭だと云ふ事がわかつたので、どうかして此の金の鈴を取り上げようと努めても中々出來ません。折

角盜んでもすぐ何時の間にかゐなくなつたと思ふと兄弟の所く行つたのです。

この噂《うわさ》が隣國《となり》にまできこえました。隣國では第一王女が病氣で、有名な醫者には皆みせたけれどなほりませんので王樣は王女の病氣をなほした人には王女を嫁にやるからと云ふ布令を出しましたので方々から名醫が集まつて來ましたが、王女樣の病氣はなほりませんでした。

終ひに金の鈴の話をきかれて此の兄弟を呼び出しましたので、一番上の兄が金鈴水を水で煮《に》て汁を王女樣に呑《の》ませました所が、不思議にもすぐなほりましたので、王樣はお約速通り王女樣

をお嫁に下さいました。

そして數年の後には年とられた王様は御《ご》隱《いん》退《たい》なされ、若者が王様になり、二人の弟はよく兄を助けたので、此の國は榮え、皆が幸福になりましてからは金の鈴は何時の間にか、姿をかくしてしまひました。

をはり

狐と蟹

ここは晝もくらい白頭山の奥《おく》の奥ぴゆつと吹く風は千年も前から同じひびきてです。

ここにはたくさんのけものがすんでゐました。とら、たぬ、きつね、ゐのしし、かはいいりすまで、おほくのかぞくとむかしから、大きな木のほら岩あなにたのしくくらしてをりました。

或日きつねのこん吉は、あまり氣持のいいお天氣にさそはれて高い高い山の上へ　でてみました。

あたたかい風がそよ〱とみどりのこずゑをなでて上つて來ま

した。こん吉は誰とでもお話したくてならなくなりました。

『凮さん凮さん、あんたは姿ははつきり見えぬけど、どこからいらしたのですか』

『はいはい私はとほいとほい陸地《りくち》の果《はて》のあをいあをい海の上で生れてやつてきたものです』

『え、海ですつて、あをいとは何でせう』

それからこん吉は、自分達のすんでゐる陸地よりももつとゝつとはてしなくひろいといふ、あをいあをい水ばかりだといふ海といふものについて、凮さんからおもしろく話してもらひました。

けれどそんな所がほんとに世の中にあるのだらうか實にふしぎ

な氣がします。

けれども風さんはそこからきたといふ。

『よし一つ私はそこへ、いつてみよう』

こん吉は家の者にもいはずただ一人そつとまだうすぐらい朝もやの山をぬけで一目さんにかけだしました。

かけるかけるこん吉はとうとう一日中かけどほしました。もう日ぐれ、さすがにぐつたりした時、おおふしぎなせかいがみえました。

水水水、おお海だ―

こん吉は白頭山から一千里もある圖《と》們《もん》江《かう》の流れへきてゐたので

生れて初めてみた海といふ所、かんがへも出來なかつた廣い廣いけしきに、こん吉はわれわれをわすれて見とれて居りました。

すると目の前に　何か小さなものが水からはひあがつてきました。

よくみるとあちらにもこちらにも　その小さなものは、がさごそがざごそ、横ばひにはひばつてゐます。こいつへんなやつだ。

狐は、たづねました。

『もしもし、お前さんは何者ですか』

『僕ですか、僕は海にすむかにといふものだが、お前さんこそ誰てせう』

蟹にたづねかへされて、

『僕はね、山にすむ狐ねといふものですよ。この世の中に海といふ所があるときいて今日はたんけんにきたのですじつに遠い遠い道を一生けんめいはしりつづけてやつと今さつきここについたのだが、お前さん達の海といふ所もなか〳〵いいですね。あなたは自分のお家からこの海邊まではひあがるには、どれぐらゐかゝるのですか』

『まあ、海の底から十日ぐらゐはかかりますね。白頭山まではちよつととほいでせうよ』

狐は、十日ぐらゐかゝるときいてあきれてしまひ、白頭山より遠

いといはれてしやくにさはりました。こいつの、のろ〳〵してるからだ、おれの足の早いのをみせて一つびつくりさせてやれらう、

『おい、かにさんとやら、今みてゐるとお前は横つちよへのつそりのつそりとしかあるけないやうだが、どんなに急いでもおれのやうに早くはすすめまい』

蟹もまけてはゐません。

『さあどちつがはやいか、かけつくらしてみなきや、わからないぢやありませんか』

それをきくと、もう狐はむか〳〵するほどはらだたしくなりま

した。

『なに、きやうそうだと、よし、おもしろからう。さあ、今からすぐやつてみよう』

そこで蟹は狐の後に立つて、一、二、三、でかけだしました。

狐は一生けんめいかけました。

いきぐるしくなるのもがまんしてとぶやうにはしりました。

『もう よからう』

小高いをかにかけあがつて狐ははあ〳〵いひながら、後をみかへり

『あのなまいきた蟹とやら、さぞおれの足のはやさにあきれかへ

つてしまつたらう　ついてきさるかしらん』

といつてるところへ一足先でこゑがしました。

『おい〳〵い何を後なんか見てるのです僕はここだよ』

狐は目まひがするほどおどろきました。

そして物をもいはず又夢中でかけだしました。こんどこそは大丈夫……狐は立ちどまつて後をふりむくと、あゝ又、

『おい、今頃きたのか』

と一足先てです。

きつねはもうぐつたりしてしまひました。

『とても、これては勝てさうもない……さうださうだ、蟹のやつ

は足を八本も持つてゐるちやどおれの足の倍だもの……かなはんはずさ』

と、こそこそ横道《よこみち》へにげこんでしまひました。蟹はいつもかけだす時、狐のしつぽにはさみでは　さみついてゐたのを、とうとう狐はきづきませんでした。

おはり

虎の宴會と狐

昔々、或山奥に大層　年とつた賢《おしこ》い虎夫婦がをりました。

年とつたので若いときのやうに山を、馳けずり廻つて獲《え》物をする事が、おつくうになり、毎日穴倉《あなくら》から出ない日の方が多うございましたので、いつもお腹《はら》がペコペコにすいてゐました。

虎夫婦は苦勞しないで、お腹が一パイになる工夫はないものかと考へてゐましたが、よい妙案《みやうあん》が一つ出來ました。

或日のこと虎夫婦は還暦祝《かんれきいは》ひをするからと申して山中の獣達《けものたち》に招待狀《しようたいじよう》を出しました。

それで招待を受けた兎も熊《くま》も猿《さる》も鼠《ねづみ》に到《いた》るまでこの今までにない珍しい招待にすつかり喜んで參りました。

そしたら門の前に虎夫婦が立つてゐてとても喜んで皆を歡迎《かんけい》しました。

『さあさあ何もないけど入つて、一杯《はい》召上つて下さい。そこで入口がせまいからとても多勢《みうせい》一度に入れないから小さい方は二人、大きい方は一人つゞ順々に入つて下さいと申しましたので皆は順々に列を作つて並びました。

元づ虎夫婦が案内役として先に入りましたつづいて兎の夫婦が入りましたが、虎夫婦に見事に喰はれてしまひました。

虎夫婦は兎夫婦を一匹づゝすぐ喰べてしまひました。

その次に入つたのが鼠夫婦ですが、之も一呑みに喰はれてしまひました。

かう云ふ風にして小さいものは皆喰べてしまひ大きいものは次の穴倉の中に入れては門を閉めてしまひました。

斯う云ふ風にして　小さいものは喰べ、大きいものは穴倉の中に生捕《いけど》つたのでした。

賢い狐《きつね》だけは最後《さいご》になりましたが、どうも様子がをかしいので入口に立つてもじもじして考へてゐました。

と云ふのは、入る事は皆入つたが出て來たものは一匹もゐない

からでした。

虎夫婦はもの皆入つてしまつたと思つたので、

『オイオイ婆《ばあ》さん之で久しぶりでお腹は一ぱいになつたなあ』

倉の中にゐる奴も相當《さうとう》多いね？』

『ほんたうに動けない位喰べました。之で二十匹位大きいのがゐるから、當分の間は樂ですよ』

と話す聲を狐がきいていよいよ自分の想像が當つたことに感心して、すぐ様狼《おほかみ》の家へかけて行きました。

そして今の虎夫婦の話をしましたので、狼夫婦は大いに怒りました。

それで熊の家、ライオンの家、象の家に行つて話をしましたので、皆真赤《まつか》になつておこり数百となく一隊を作つて虎の家へおしかけて行き、虎夫婦を皆で蹴《け》り殺し、倉の中に囚《とう》はれたものを皆すくひ出しました。

おはり

お稽古と泥棒

小童《こども》が朝早く小豆《あづき》のお粥《かゆ》を持つて何所かへ行きました。

之に出逢《あ》つた一人の旅人はお腹がすいてすいて耐《たま》りませんでしたので、

『おい小童《わらべ》、お前はそれを何所へ持つて行くんだ？』と訪ねました。

『之は小豆のお粥ですが、先生の所へ持つて行つて學問を教へて戴《いたゞ》くのです』

『さうか、そんなら何もわざわざ遠くまで行くに及ばんよ。わし

にくれ、わしがこゝて敎へて上げるよ』

と云つたので、小童は嫌《いや》だと思ひましたけど、怒られると恐ろしいから、お粥をやりました。

旅人はさもお美味《いし》さうにお粥をすゞつてお腹をこしらへたのでやつと人心地がつき、人の顔もまともに見えました。

併《しか》し、學問を敎へると云ひましたが、元より無學《むがく》の旅人、何もわかりません。

而し今となつてわからないとも云へないし、いい考へも出ませんので、泥棒《どろぼう》に入つた時の事を思ひ出し、

「さあわしの云ふ通りに云ふのぢや」

「はい」

「人がお庭に　ノソノソ入つて來ます」

「人がお庭に　ノソノソ入つて來ます」

「台所に　コソコソ入りました」

「台所に　コソコソ入りました」

「オヤオヤ　又出て來ました」

「オヤオヤ　又出て來ました」

「部屋の方へ、來ました」

「部屋の方へ、來ました」

「あの目」

「あの日」

「之をくりかへすのぢやよ、そして明日の朝こゝで逢つてあんしようするのだ、いゝか？わかつたな？明日は又お粥を持つておいで」

小童は旅人に別れて家に歸りました。

その晩寝床《ねとこ》の中にはいつて、朝 旅人から習つた通りを諳誦《あんしよう》しました。

その時丁度、泥棒が物を取りにお庭に入る所へ小童が、

「お庭へノソノソ入つて來ました」

といふから、泥棒は屹驚してコソコソと台所へ入るところへ、

「コソコソと台所へ入つた」

と云つたもので驚いて出て來るところへ、

「お部屋の方へ來ました」

と云ふから、誰が見てゐるのかしらと思つて障子《しようじ》の硝子《がらす》穴《あな》からのぞいたら、

「あの目」

と指さされたので、泥棒はふるへ上つて逃げ出しました。

翌日、小豆のお粥を持つて小童が昨日の約束した所へ行つたが旅人は見えませんでした。

をはり

瘤取り爺さん

昔、或る田舍《ひいなか》に、片一方の頰《ほゝ》に大きな瘤《こぶ》が出來てゐるお爺《ぢい》さんがをりました。

大きくて 見つともない瘤を、如何《どう》かして取つてしまひたい、落してしまひたいと思つてゐましたが、どうにもなりませんでした。

或日、お爺さんはいつものやうに山へ薪《まき》を取りに行きました。

隨分《ずいぶん》山奥《やまおく》の方まで行かなければ、薪を取つて來ることが出來ませんでした。

お爺さんは、その日も一生懸《けん》命《めい》に薪を取つてチゲにのせて、家に歸らうとしますと、已に日はくれて、夕月はもう東の方の木の間に、あかるくかゝつてゐました。

お爺さんはびつくりして、重いチゲを負つたまゝ、家の方に急《いそ》いで戻《もど》りかけましたが、何分にも奥深《おくふか》い山道でありますから、足は暗《くら》く、道は悪《わる》く、せつかく取つた薪《なま》は重し、年寄《としより》の身にはどんなにせいてもなかなかはかどりませんでした。

汗《あせ》みどろになつて急いで見ましたが、とても夜道《よみち》をたどつて歸られさうもないし、體もすつかり疲《つか》れて、歩くことさへ出來なくなつてしまひました。

お爺さんは、もうその上はどうすることも出來ず、チゲを道端《みちばた》に下したまゝ、ボンヤリして、汗《あせ》を拭《ぬぐ》つてゐました。

併《しか》しお爺さんは、こんな所で意氣地《いくぢ》なくボンヤリしてをるのでは駄目《だめ》だと思つて、元氣《げんき》を奮《ふる》ひ起《おこ》し、歩きつづけますと、行手《ゆくて》の方にチラリとあかりが見え初めました。

お爺さんは

「これは樵夫小屋《きこりごや》か知ら」と思つて小走《こばし》りに走り出してゐました。

まるで夢中《むちゆう》になつて走るやうにして行つて見ると、それは小さい小屋でした。

靜《しづ》かに近よつて見ると、たしかに樵夫の小屋らしく、荒《あ》れ果《は》てたまゝて、ただ夜《よ》露《つゆ》をしのぐに足《た》りる位《ぐらゐ》のものでした。

お爺さんは、

「まあこゝで一晩《ひとばん》明《あ》かさう」

と言つて、疲《つか》れ切《き》つた。體をグッタリと横《よこ》たへて、体んでをりましたが！山奥の谷間《たには》から吹《ふ》いて來る淋《さび》しい風はひしひしと体にせまつて來て、とてもたまりませんでした。

そこで、お爺さんは、その淋しさをまぎらさうと、日頃《ひごろ》ひそかに自慢《じまん》にしてゐた唄《うた》を歌《うた》ひ出しました。

お爺さんは、こんな晩《ばん》には怪物《くわいぶつ》でも出て來はしないか、と思つ

て、元氣に歌ひました。

そのうちに、どうも變《へん》な氣《き》がしたので、体を起して邊《あた》りを見《み》廻《まわ》はすと、何處《どこ》からともなく、鬼《おに》どもが多く集つて來て、固唾《かたづ》をのんで、お爺さんの歌に聞《き》きとれてゐるのでした。

さあお爺さんはとてもおそろしくて、おそろしくてたまりませんでした。

しかし、そんな弱味《よわみ》を見せてはいけないと思つて、元氣を出して聲朗《こえほがら》かに、そして曲《ふし》おもしろく歌ひつづけたのであります。鬼《おに》共《ども》も、不思議《ふしぎ》なものがゐると思つて、集つて來て見たのに、さて、そば近く立ちよつて聞いて見ると、實に上手に唄ひこなして

ゐるので、興に乘《の》つて聞いてゐました。

この珍《めづら》しいお爺さんの唄に、鬼達は、おもしろくて、おもしろくてたまりませんでした。

歌をつづけてゐるうちに、夜はもうだんだんと明けはじめて來たので、お爺さんは、

「もう大丈夫だ」

と　獨言《ひとりごと》のやうに云つて元氣を出して、喜んでをりました。

併《しか》し鬼達《おにたち》は　顔《かほ》を見合《みあ》はせて夜のあけたのをうらめしそうにしてゐました。

もう明るくなつては、唄を聞いてゐるわけには行かないので、

鬼《おに》の首領《しゆりよう》のやうなのが、お爺さんのそばへ近よつて來て、

「お爺さん、私達も永《なが》い間唄を聞いて來たがこんな上手な唄を聞いたことが一度だつてなかつた。一體お爺さんは　どうしてこんな美しい聲が出るんかい」

たうとう鬼はそんなことを言つて尋《たづ》ねて見ました。するとお爺さんは、直ぐ樣、さも得意氣《とくいき》に、

「御覧《ごらん》なさい、わしのこゝにあるこの瘤《こぶ》を、この大きな瘤を、こゝからこの美妙《びみよう》な音が出るんぢや」

と、實に平氣《へいき》になつて、少しも　あはてないで、すらすらといひました。

鬼達は　たくさんの寶物《たからもの》を持つて來て、

「お爺さん　どうぞその瘤をわたしたちに下さい　その代り粗木《そまつ》なものながら、この僅《わつか》ばかりの寶物をお納《おさ》め下さい」

と、丁寧《ていねい》にいつたかと思ふと、寶物をおいて、少しも痛くもかゆくもなく、ポンとお爺さんの瘤をもぎ取つて、何處《どこ》ともなく立ち去つてしまひました。

お爺さんは　まるで夢のやうな氣がして、改《あらた》めて頬《ほゝ》を撫《な》でて見ました。

まるで輕《かる》くなつてせいせいして氣持まで大變《たいへん》晴々《はれ〳〵》しくなつてゐました。

お爺さんは　急いて家に戻《もど》りました。村の人達もその事を聞いて、皆不思議がりました。

すると、お爺さんと同じ村に、やつぱり大きな瘤に困《こま》つてゐるお爺さんがをりました。

その話を聞くとうらやましくなりました。どうかして自分も、そのお爺さんのやうに、瘤を取つて貰ひ　また寶物《たからもの》をたくさん貰つてお金持になりたくて仕様《しやう》がありませんでした。

それで、或日の事、瘤を取つて貰《もら》つた様子《やうす》をくはしく聞いて、その翌日《よくじつ》早速山の方へ登《のぼ》つて行きました。

そして、よく聞いてきた通りにして、小屋に寢てゐました。

すると間もなく、日が暮れて晩になりました。さあこの時だと思つて、一生懸命に唄を歌ひました。その時前のお爺さんから聞いて來た通りに　小屋に、鬼達がたくさん集つて來ました。

するうちに夜も明けて來ました。すると、やつぱり同じやうに、鬼の首領《しゆりよう》が尋《たづ》ねました。そこで前のお爺さんが言つたやうに、眞目面《まじめ》さうな顔を一層ほんたうらしくして、瘤をおさへながら話しました。

默《だま》つて聞いてゐた鬼の首領は、そのお爺さんの話をみなきいてしまふと、カラカラと笑つて、

「このうそつきめ、又だましに來たな、この前はたうとうだまされてしまつて貰い寶物と換《か》へてしまつたが、もうだまされやしないぞ、もうこの瘤もいらなくなつたから持つて歸れ」

さういつて、鬼達はひどくおこつて、その瘤をお爺さんの頬《ほゝ》へとたゝきつけました。

お爺さんは、元の瘤のそばに、もう一つたゝきつけられて、重いうへに重たく、大きな瘤を二つもぶら下げて、歸るより他に仕《し》方《かた》がありませんでした。

おはり

虎と大泥棒

昔或山《やま》里《さと》に「[redacted]さん」といへば誰知らぬ者もない大どろぼうがゐました。ある夜のこと、いつもの通り仕事をやらうと一里ばかりはなれた村にやつてきました。

ちやんとめぼしをつけておいた家があります足音もなく近《ちか》寄《よ》つて外からそつと家の中の様子をうかがひました。

ところがこのと　きやはり山からやみよをさいはひ　一つ久しぶりでおいしい人間のごちそうにあづからうと　のこのこでてきた大《おほ》虎《とら》が、やはりこの家をうら口からぢつとうかがつてをりました。

虎は家の中で泣いてゐる子供をすきがあればひつさらつていかうと、らんらんと目を光らせて　にらみつけてゐるのです　だがこのことは虎もどろぼうもお互に氣づかないでゐるのです。

それよりもこんなおそろしいことが今にもはじまらうとしてゐる等とはゆめにも知らたい家の中で、お母さんが一生けんめいに泣きやまぬ子をあやしてをられます。

いろいろあやして見ますが子供はどうしても泣きやみません

とうとう　お母さんは根まけして

「そんなに泣く子は虎にくはしてしまひますよ」とおどかしました。

けれども子供は泣きわめきます。

もうしやうがない、お母さんはすつかりしよげて

「そんなら柿をあげるから」といはれますと、柿と一言いふて子供ははもうぴたり泣きやんでしまひました。

おどろいたのは虎でした。おれにくはすといつて泣きやまなかつたのに柿といふ一言で泣きやんだ……。

「これはうかうかしておれないぞ、こゝにはきつとおれよりももつと強いやつがゐるに違ひない、かはりに牛でもとつてにげてらうやれ」と牛小屋のそばへ行つてうづくまり、すきさへあればとねらつてゐました、

一方どろぼうさんは、家の人達がなかなかねないので、

「よしよし何でもかまはぬ。もう早い方がいゝ、一つ牛でもぬすんでやらう」

と牛小屋《うしごや》のところに行つて見ますと小屋の前に大きなやつがねてゐます。

これはうまいぐはひだとばかり引つぱり出し、さつと飛《と》びのると、力まかせに一むちあてました。

さあおどろいたのは虎公《とらこう》です。すつかり牛とまちがへられたとは氣づきませんから。

「さつききいた柿といふやつはよつぽと強いやつらしい、おれの

せにのるほどの者はきつとその柿といふものにちがひない。うかうか手だしはいけんのだ、まあぼつぼつあるいてやれ」そして一里も歩いたと思ふ頃、夜はほのぼのと明けそめました。はたらきものの村人が朝の仕事へいそぐ道、この様子をみてびつくりしました。

ただあれよあれよといふばかりです。虎のせの李さんは村人のさわぐのがへんだとよくみれば、これはいかに、牛のせと思ひこんだと思つたのに虎のせにのつてゐるのでありませんか、驚《おどろ》いたの驚かないの、いくら大どろぼうも虎にはかなひません。夢中《むちゆう》で飛《と》び下りると虎は虎で、柿にくひ殺されては、大變だとばかり、一《いち》

目散《いくさん》に山奥めがけてにげこみました。

これにこりた李さんはそれから心をいれかへて、生れかはつた、よい人になつたといひました

おはり

旅人と大蛇

或旅人《たびびと》が深《ふか》い山奥《やまおく》で道《みち》に迷《まよ》つて困《こま》つてをりました。どう考へても方向《はうかう》がわからないので黒い古木《こぼく》の倒《たふ》れた所に腰《こし》かけてキセルで煙草《たばこ》を吸《す》ひながら、あちら　こちらとみまはして方向を考へてゐましたがさつぱり見當《けんたう》がつかないので、おそくなるといけないと、キセルの火を木におしつけて消しました。

そしてポンポンと煙草《たばこ》の灰《はひ》を何邊《なんべん》も叩《たた》いて落《おと》しました。

するとどうした事か向ふの方の木がメリメリと倒《たふ》れ始《はじ》め、旅人の腰《こし》かけてゐる木が動くやうに思はれたので、之はきつと何事か

起つたのだらうとよくみると自分の腰かけてゐた木が本當の木でなく大《だい》蛇《じや》の胴《どう》でした。

その胴に熱《あつ》いキセルをおしつけたり、叩《たた》いたりしたから大蛇が怒《おこ》つて頭を振《ふ》つたので、木がたふれたのです。

旅人は青くなつて無《か》我《が》無《む》中《ちゆう》て森《もり》の中を逃《に》げました。

おはり

フンブとノルブ

一

昔《むかし》、慶尚道《けいしようどう》の或《あ》る田舎《いなか》に 氣《き》だてもやさしく正直《しようぢき》な弟《おとと》のフンブと、慾張《よくば》りのノルブと云ふ兄《あに》が棲《す》んでゐました。

兄のノルブは村一番《むらいちばん》の金持《かねもち》で 弟のフンブは村一番の貧乏者《びんぼうもの》でした。

ノルブは幼《おさな》い時から慾目《よくめ》が深《ふか》く、自分《じぶん》の物を他人《ひと》に 分けてやるとか、共《とも》に使《つか》ふとかと云ふ事《こと》は殆《ほと》んどなく そればかりか根性《こんじやう》が曲《まが》つてゐて、自分《じぶん》の物《もの》にならないものは、他人《ひと》のものになる事《こと》

も出來《でき》ないやうに邪魔《じやま》をする癖《くせ》が長《じせう》じて、大人《をとな》になつてからでも腐《くさ》つた餅《もち》一つ隣人《となりびと》と分《わ》けて食《た》べた事《こと》もなく、他人《ひと》が自分《じぶん》より裕福《ゆうふく》な生活《くらし》をすると、悪《わる》い根性《こんじやう》を起《おこ》し、他人《ひと》に不幸《ふかう》でもあると、躍《おど》りながら喜《よろこ》ぶそんな人間《にんげん》でありました。

しかし、弟のフンブは心の清《きよ》い正直者《しやうぢきもの》でありましたので、自分の腹《はら》がへつても、他人《ひと》に分《わ》け與《あた》へ、他人に不幸の事や、困難《こんなん》な仕事でもあると、頼《たの》みもしないのに自ら進んで助力《じよりよく》を惜《をし》まない人間《にんげん》でした。

だから　父母《ふぼ》が殘《のこ》して呉《く》れた財産《ざいさん》もノルプが自分一人のものにしてしまひ、フンブにはバカチ一つ分けて呉れなかつたけれども

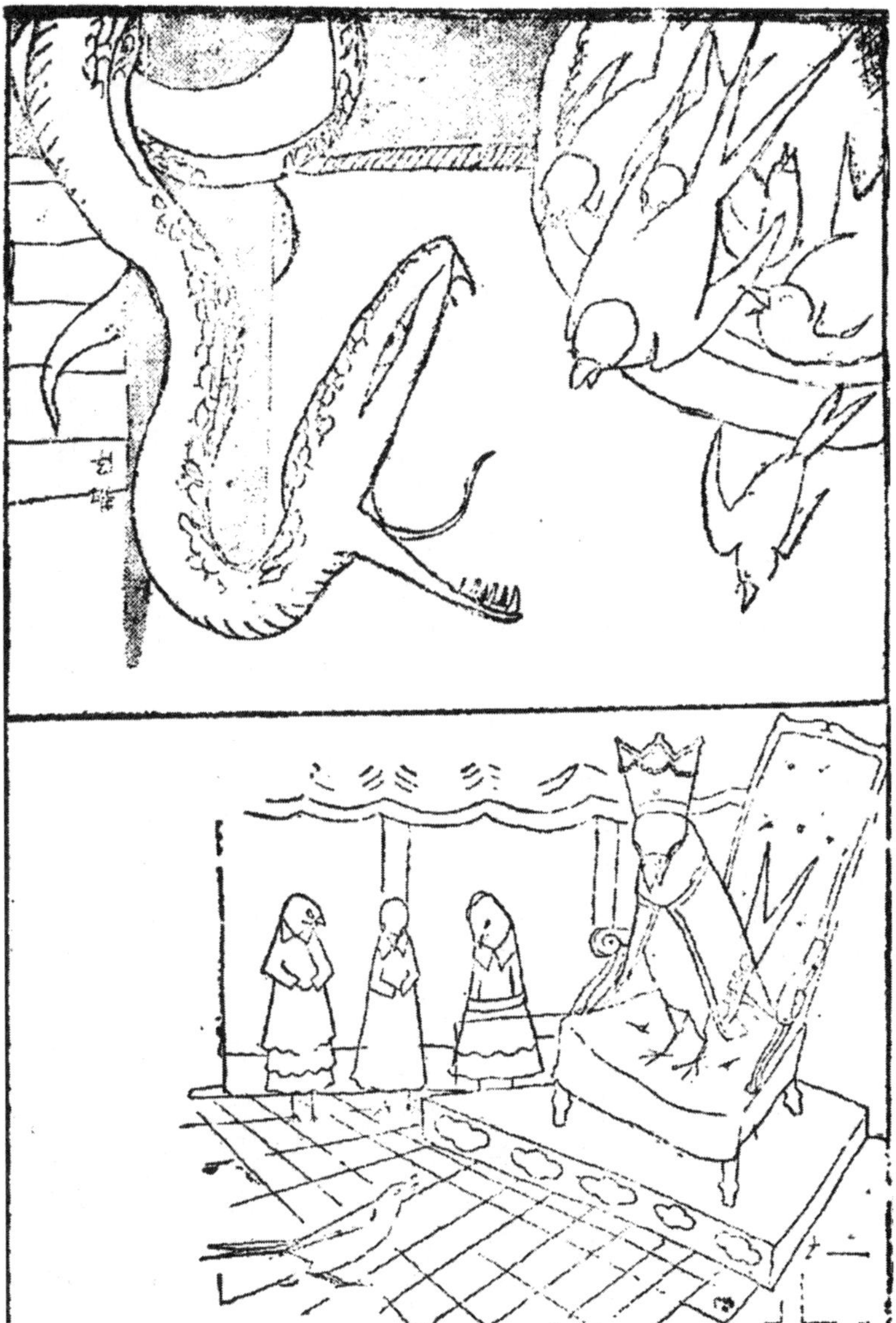

フンブは兄のノルブを怨《うら》むとか、その財産《さいさん》をほしがる心は少しもありませんでした。

フンブは山《やま》に行つて薪《まき》を取つて來ては賣つたり、夜《よる》になれば草《わら》鞋《ぢ》を作つては賣つたり、他人の仕事に手傳《てつた》つたりしてどうにか生《く》活《し》を立てて行きました。

所が或る年非道《ひど》い凶年に見舞《みま》はれ　それでなくても貧しいフンブの家には　その年《とし》が終《おわ》らない中《うち》に　食物《しよくぶつ》がなくなつてしまひ、三《さん》度《ど》の食事《しよくじ》にも　こと缺《か》くやうになりました。山には雪《ゆき》が降《ふ》り積《つ》つてゐて薪《まき》も取《と》れず、手傳《てつた》ふ他人《ひと》の仕事《しごと》にもありつけず、子供達《こどもたち》はお腹《はら》がすいて、ひもじいと泣《な》きさけぶし　そんな苦《くる》しい生活《せいくわつ》の上《うへ》に

お正月《しようぐわつ》が迫《せま》つて來ました。フンブは仕方《しかた》なく始《はじ》めて兄《あに》の家《いへ》にお米《こめ》を借《か》りに行《ゆ》きました。

「兄さん、お米を少しばかり惠《めぐ》んで下《くだ》さい。家では子《こ》供《ども》達《たち》も昨日《きのふ》から何《なに》も食《た》べずにゐるのです。雪が積つて　山から薪《まき》も取れず、働《はたら》く所《ところ》もなく　本當《ほんとう》に困《こま》りました。それに明月《あす》は　お正月《しようぐわつ》ちやありませんか。米でも粟《あは》でも　いゝですから少しばかり下さい」

フンブは涙《なみだ》を流《なが》しながら頼《たの》みました。しかし血《ち》も涙《なみだ》もない強慾《がうよく》なノルブは冷《ひや》やかにせゝら笑《わら》つて

「何をぬかしてゐる。圖々《づうづう》しい奴《やつ》君にやる米があれば　乞食《こじき》にでもやるよ、さつさと出て行け」

米を呉れる所《どころ》か、兄のノルブは恐《おそ》ろしい權幕《けんまく》で怒鳴《どな》りつけました。フンブは溢出《あふれ》る涙を一生懸命《いつしようけんめい》に壓《おさ》へながら、

「兄さん、兄さん、きつと返しますから少しでも下さい。」

と必死《ひつし》に哀願《あいがん》しました。すると、兄のノルブは「これでも持つて行け」と粟一粒《ひとつぶ》を手に握《にぎ》らせて呉れました。そして
「早く持つて行け、一粒《ひとつぶ》を食べて飛《と》ぶ鳥もある」

と云つて、戸をヒシヤリと閉《と》ぢながら闘《ブ》々しい野郞《やろう》もあるものだ。はははと、笑ひました。


フンブは仕方なく一粒《ひとつぶ》の粟《あは》を持つて家に歸りました。家に歸りながら

「兄さんは本當に情《なさけ》がない、この一粒《ひとつぶ》の粟で一体どうしよう」と考へました。そんなに考へながら手の中を見ると、何時《いつ》の間《ま》には、粟一粒《あはひとつぶ》が、二粒になつて居りました。

「あれ〳〵　二粒になつて居る」

不思議《ふしぎ》に思つて　も一度確《たしか》めるやうに　手の中を眺《なが》めると　二粒《ふたつぶ》の粟が　どろりと轉《ころ》ぶかと思ふと　二粒の粟が　四粒《よつぶ》になりました

「あれ〳〵」

不思議《ふしぎ》がつてゐる中に　四粒《よつぶ》の粟《あは》は　八粒《やつぶ》になり、八粒《やつぶ》の粟は　十六粒になり　つひに手一ぱいになりました。

フンブは不思議《ふしぎ》でもあり、うれしくもありましたので

「これは素晴《すば》しい！早々持つて行つてお粥《かゆ》でもして食べやう」

と一《いち》目《もく》散《さん》に家に向つて走《はし》りました。家に着いて妻にそのひと握《にぎり》の粟《あは》を差出《さしだ》すと

「あなた いくら何でもこれぽつちの粟でどうしてお粥《かゆ》を作るの」

と、腹《はら》を立てました。

「それでも多い方だよ、兄さんからは一粒《ひとつぶ》しか受取らなかつたんだよ、一粒《ひとつぶ》の粟を持つて歸る途中《とちう》に　一粒が二粒になり、二粒が四粒になり　しまひにこんなに澤山《たくさん》になつたんだよ、早くお粥《かゆ》でも造へて食べやうよ」

と、フンブは答《こた》へました。するとフンブの妻は

「あなた そんなに不思議の粟《あわ》ならばお粥《かゆ》を造《こしら》へずお餅《もち》を作《つく》つて食《た》べませう」

と云づす その粟《あわ》を臼《うす》に入れて搗《つ》き、それを水に混《ま》ぜて 餅《もち》の形《かたち》に取《と》り それから釜《かま》に入れて火を焚《た》きました。

子供達は 餅《もち》を作ると云つて 大騒《おほさわ》ぎでした。

粟餅《あはもち》一《ひと》つを釜《かま》から取《と》り出すと 子供達はめい〳〵

「お母さん私にも少し」

「お母さん私にも少し」等とせがみ出しましたので お母さんは

「まあ待ちなさい。お父さんにも上げませんといけませんからね

仲よく分けて切りますから　待ちなさい」と、小刀《こがたな》を持《も》ちに　台《だい》所《ところ》に行きました。お母さんが台所に行つてしまつた後、部屋《へや》では子供達が又大騒《おほさわぎ》をして喜《よろこ》びました。

「兄さん！これを見たさい、餅《もち》が宇返《じうかへ》りをするよ」

「あれッ本當に　お可笑しいね」

「餅《もち》が二つになつたよ、あれッ！三つになつたよ」

「あゝ面白い〳〵あれ〳〵四つになつたよ」

「お母さん早く來て頂戴《ちやうだい》餅《もち》が四つにあれ〳〵　餅が　五《いつ》つになつたよ」

等と大騷《おほさわ》ぎになつてお母さんを呼《よ》びました。

「一體どうしたの」

とお母さんが入つて見ると、やはり餅《もち》が五つにたつて居りました。

「きつと神様《かみさま》のお助けだよ、お父さんがお歸りになつたらみんな仲よく分けて食べませうね」

と、お母さんは子供達をたしなめて、置《お》いてフンブの歸りを待ちました。

「どうして　こんなに　騒々《そうく》しいの」

外出から歸つて來たフンブは訊《たず》ねました。一つの餅《もち》が五つになつた話《はなし》を聞《き》いてフンブは大喜《おほよろこ》びになり　五人の家族《かぞく》が一つつつ仲

よく餅を分けて食べました。

二

このやうに貧《まづ》しいフンブの家《いへ》にも　あれ　これしてゐる中に春《はる》が廻《まわ》つて來ました。フンブの家のさゝやかな庭にも春《はる》の色《いろ》で埋《うず》まれ草《くさ》木《き》は青々《あをあを》と芽をふき出し、野《の》原《はら》では雲雀《ひばり》が　ピイチツク〱と歌《うた》を歌《うた》つてゐる春が訪《おとづ》れて來ました。

フンブの家では　子供まで一家《いつかぞ》總出で野《の》仕《し》事《ごと》に出ました。働《はたら》く彼等《かれら》の頭《あたま》の上ではチツク〱と燕《つばめ》がさへずつてゐました。

フンブも働《はたら》く手《て》を休《やす》めて

「あーう今日《けふ》が三月三日、溫《あたた》い江南《かうなん》に行つてゐた燕《つばめ》が又歸つて來

たのだな福ちゃん！あの鳥が燕《つばめ》だよ　燕は溫《あたた》かい所を好《す》きがるので　冬《ふゆ》になると南の溫かい江南《かうなん》に行つて棲《す》むし、江南が又寒《さむ》くなると、吾々の所に歸つて來るのよ」

と、子供に燕《つばめ》の去來《きよらい》について敎《をし》へてやりました。

「ね！お父さん！あの燕が僕達《ぼくたち》の家に來て　巣《す》を作つたらられしいね」

と、福ちゃんが云ふのをフンブは

「僕達の家はきたない破《やぶ》れ家なのでだめたよ、お伯《ち》父さんのやうなきれいて大きな家でないと」と、云ひます。すると福ちゃんは寂《さび》しさうに空ばかり眺めて居ります。

日暮《ひぐれ》になつて、仕事《しごと》を終《お》へ、家に歸つて來ると、きたないフンブの家の軒先《のきさき》にも燕が二羽《には》、巣《す》を作《つく》つてゐました。子供達は腹のへつたのも忘《わす》れて燕《つばめ》が巣《す》を作るのを一心に眺《ながめ》てゐます。

フンブは心の中で

「何故《なぜ》私の家のやうなきたない所に巣《す》を作るのだらう。若《も》しも屋《や》根《ね》の中から　蛇《へび》でも出て來たらどうしよう。兄さんのお家で巣《す》を作るのが　どんなによいか知らないのに」と、心配《しんぱい》しました。

燕《つばめ》は　三日間《みつかかん》をぶつ通《とほ》して、可愛《かあい》らしい巣《す》を作りあげました。

そして　幾日《いゝにち》も出《た》たずに　卵《たまご》を生《う》み、雛燕《ひなつばめ》がチク〱とその巣《す》の中で　さへずるやうになりました。

雛燕《ひなつばめ》が　五羽《こは》！頭を揃《そろ》へてチク〳〵と鳴《な》くと、親燕《おやつばめ》の二羽は少しも休《やす》まず一生懸命《いつしやうけんめい》に　食物《たべもつ》を　口《くち》に咬《くは》へて　持つて行つて食べさすのでした。すると、雛《ひな》燕達は　小《ちい》さい口をチヨツク〳〵と出して　それを口先《くちさき》で、受取《うけと》つて食べるのでした。

こんなに親子《おやこ》七羽《しちは》の燕が仲《なか》よく、フンブの軒先《のきさき》で暮《くら》して行《ゆ》きました。

×

「さあ！今日からは　飛《と》ぶ練習《れんしう》をしなければなりません。お父ちやん、お母ちやんが持つて来て呉《く》れるものだけを黙《だま》つて食べてるてはいけません。」

と、親燕が云《い》ひ聞《き》かすと、五羽《ごは》の雛燕達《ひなつばめたち》は一齊《いつせい》に飛《と》ぶ練習《れんしう》を始《はじ》めました。

「私はもうこんなに高く飛ぶのよ」

「私は明日《あす》からもつと廣《ひろ》い野原《のはら》に出て行つてみるつもりよ」

「飛んでみると氣持《きもち》がいゝね」

「チックチックチック」

もう親燕《おやつばめ》のやうにそんなに話し合ふやうになつてゐました。所が突然《とつぜん》　スースースーと大きな蛇《へび》が舌《した》を出しながら燕の巣に向《むか》つて　その長《なが》い體《からだ》を走《はし》らせて來《き》ました。驚《おどろ》いた燕達は逃《に》げ去《さ》らうとしましたけれども　子供の燕は未《いま》だそんなに身輕《みがる》く飛《と》ぶ事が出來

ないのでうろうろして居り、親燕《おやつばめ》は子供を殘《のこ》して飛び去る事も出來ず子供達と一緒《いつしよ》にうろうろしてゐるうちに悲《かな》しい事《こと》には 皆蛇《へび》に食《く》はれてしまひました。

しかるにその中の一羽《ひつは》の雛燕《ひなつばめ》だけはあつちこつちと逃げ廻る中につひに巣から落ちて脚が折《お》れてしまひました。

この時外出《がいしゆつ》から歸つて來たフンブは燕の子供が落《お》ちて血《ち》を流《なが》してゐるのをみて

「かはいさうに どうしてこんなに脚を折つたの?」

と、血の出る所に藥を附《つ》け、ほうたいで足を捲《ま》いて食《た》べものをやりました。

九月九日が過ぎると、燕の脚もよくなほり「チャックチャヤック」と、別《わか》れの挨拶《あいさつ》でもするやうにさへずるとそのまゝ 遠《とほ》い江南《かうなん》の方へ飛び去《さ》つてしまひました。

江南《かとなん》に來た燕は 江南《かうなん》の王様《わうさま》から 非道《ひど》く叱《し》かられました。

「君《きみ》はどうして 九月九日に歸つて來ずにこんなに遲《おそ》く歸つて來たのか、今まで何をしてゐたか 正直《しやうじき》に話《はな》さないと、嚴《きび》しく罰《ばつ》するぞ」

と、怒《と》鳴《な》りました。

「はい、正直《しやうじき》に申上《まうしあ》げます、或《あ》る日《ひ》、蛇が突然《とつぜん》現《あらは》れて、お父さんと、お母さんとお兄さん達を皆喰《く》つてしまつたのです。私は逃《に》げ

廻《まわ》つてゐる中に巣から落《お》ちて、脚《あし》を折《お》り　血《ち》を流《なが》しながら鳴《な》いてゐるとその家の主人《しゆじん》フンブが來て藥をつけて　呉れましたので遲《おう》くとも歸つて來る事が出來ました。さうでなかつたら私はもう死《し》んでしまつてゐるのです」

じつと聞《き》いてゐた　江南《かうなん》の王樣《おうさま》は

「左樣《さやう》であつたか、それは　かわいさうな事であつた。それにしてもフンブとやらは有難《ありがた》い人だ、來年《らいねん》の春には　御鐥物《ごぜんぶつ》を上《あ》げなさい」

と、云つてパカチの種子《だね》を一粒《ひとつぶ》呉れました。

燕はパカチの種子《たね》を大切《だいせつ》にしまつて置《お》きました。

その年の冬も終《おは》り　その翌年《よくねん》の春が來ました。燕は王様から貰《もら》つたパカチの種子《たね》を持つてフンブの家に飛んで行きました。そしてフンブの家を飛《と》び廻りながらチクチクチクチクとさへずりました。すると　フンブは　昨年《さくねん》脚を折《お》つた燕を思《おも》ひ出したのか、空を見上《みあ》げました。　その時燕はパカチの種子《たね》をフンブの前に落《おと》して　チクチクと飛び去りました。

フンブはそのパカチの種子《たね》を　垣根《かきね》の傍《そば》に埋《うず》めました。

その翌日《よくじつ》みると、一晩《ひとばん》の中にパカチの芽《め》が青くふき出してゐました。

「早いもんだ、昨日　植《う》ゑたばかりなのに」

と、不思議《ふしぎ》がつてゐると、そんなに不思議がつて眺めてゐるうちにも　パカチの莖《くき》はすん〳〵すんすんと延びて屋根《やね》をはるかに越《こ》えました。そして花が咲き始めました。

「どうしたんだろう、どうも不思議《ふしぎ》でたまらん」

と。フンブは妻に云ひました。

妻とフンブが魔《ま》に憑《ふ》かれたやうに話合《はなしあ》つてゐるうちにパカチの花は何時《いつ》の間《ま》にか、なくなり　大きなパカチが五個ぶら下《さが》つてゐました。

「不思議な事もあるものだ、おーいこのパカチを割つてみやう、何が出て來るか」

と、フンブは妻《つま》と相談《さうだん》して屋根《やね》に梯子《はしご》を掛《か》けて登《のぼ》り、鋸《のこぎり》を隣《となり》から借《か》りて來てそのパカチを割つてみました。するとパカチの中からは米が山のやうに溢《あふ》れ出ました。

　そのつぎのパカチを割《わ》つてみると、今度はお金《かね》が山のやうに溢《あふ》れ出ました。

「我々も　金持《おかねもち》になつたよ、こんなに澤山《たくさん》のお米と、お金とあれば　もう心配《しんぱい》はない。皆《みな》　神様《かみさま》の御慈喜《ごじひ》だ」

　フンブ夫婦《ふうふ》は　手をとつて　躍りました。そのつぎのバカチを割《わ》ると　今度は美《うれ》しく着《き》飾《かざ》つた仙女が出て來て、殘つた二つのパカチをみて

「出《で》て來《こ》い、赤色《あかいろ》、青《あを》色の妖術《やうじゆつ》の瓶《びん》」と叫ぶと、二つのパカチがカチンと割《わ》れてその中から「へーい　お呼《よ》びですか」と云ひながら赤色、青色の妖術瓶《やゝじめつびん》が轉《ころか》り出ました。

「うん、君達《きみら》は　このお宅に家を新しく建てゝあげなさい」

と、仙女《ぜんによ》が命令《めいれい》を下《くだ》すと、瓶《びん》の中から家を作るあらゆる材料と道具《とうぐ》が出て來てクタ〳〵クタクタとみるみるうちにりつぱな家を建《み》てました、仙女は家が建てられると「それッ」とばかりに青い瓶の中に消《き》え去《さ》りました。

フンブは澤山《たくさん》の米と、澤山《たくさん》の金と、りつぱな家を持つ事になりたちまち　大金持《かねもち》になりました。

この噂《うはさ》を聞《き》き兄のノルブが走《はし》つて來ました。

「弟よ、一體どうしたのだ、教《おし》へて呉れぬか、やさしい弟よ」

と、せがみました、心の善良《ぜんりやう》なフンブは一部始終《いちぶしじう》の事を語《かた》り聞《き》かせました。

「それに兄さん、その赤い瓶《びん》、青い瓶はあの戸棚《とだな》の中に入れてありますよ」

「おう　それはそれは　それを借《か》して呉れんか。私ももつと大きな家を建《た》てやう」

フンブは二つの瓶《びん》を兄に與《あた》へました、ノルブは　その瓶《びん》を持つて歸り直《ただち》に「お！瓶《びん》よ私の家は餘《あま》りに小さいから　もつと大きく

もつと美《うつく》しい家を作つて呉《く》れ」と、號令《がうれい》しました。

すると。瓶《びん》の中から　シャベルや　ホミやクワを持つた人達が出て來てノルブの家を皆打壞《うちこわ》してしまひ、前《まへ》よりもつと小さな家を作つて「君の家はこれで澤山だ」と、言ひ放《はな》つて瓶の中に入つて行つてしまひました。

「あ！あ！あのフンブに瞞《だま》された、フンブの野郎《やろう》をこらしめてやらう」

と、ノルブばフンブの家に來ました、そして

「この野郎《やろう》瓶《びん》の中から出て來てこんな大きな家を建《た》てたつてこの嘘《うそ》つきめ！」

と、ノルブはフンブをさんさんにいぢめたり　叩《たた》いたり　しました。

自分の家に戻《もど》つて行つたノルブはどうしてもその慾目《よくめ》があきらめられずわざと燕の家を作り、燕が飛《と》んで來るのを待つてゐました。所がある日、本當《ほんとう》に燕が飛んで來て雛《ひな》を生《い》みました。「これはしめた」とばかりにノルブは雛燕一匹を取り出し、無理《むり》に脚を折《お》り、藥をつけて　巣《す》に戻《もど》して置《お》きました。

脚の折《お》れられた雛燕《ひなつばめ》はつひにびつこになつて　江南《かうなん》に歸りました。そして　激奮《げきふん》の餘りその事を江南の王様に云ひ傳《つた》へました。

すると、江南の王は　はげしく立腹《りつぷく》し、

「そ奴《やつ》を罰《ばつ》しなくちやならない、これを持つて行つてやれ」とおつしやいながらパカチの種子《たね》一つをくれました。

その翌年《よくねん》の春、燕はパカチの種子《たね》を持つてノルブの家に行きました、そしてノルブの前にパカチの種子《たね》を投《な》げました。

ノルブは早速《さつそく》垣根《かきね》を掘《ほ》りその種子《たね》を植《う》ゑました、パカチはすぐ芽《め》をふき、莖《くき》が延《の》び、花が咲《さ》き、パカチが十個も吊られました。

喜《よろこ》び勇《いさ》んだノルブは 十個のパカチを皆取つて傍に置いて、「パカチよパカチよお金も、お米も、お家も、皆々出て來い」と叫びながら鋸《つたがね》を持つて一つのパカチを割《わ》りました。

すると、タン、タン、タン、タンと銃聲《じうせい》のやうな音《おと》と共に、十

個のバカチが一齊《いつせい》に割《わ》れてその中から　世《よ》にも恐《おそろ》しい悪魔共《あくまども》が大きな棒《ぼう》を持つて出て來たかと思ふと。「こいつがノルブだな、この野郎罰《ばつ》を受《う》け」とわめきながらノルブを叩《たた》きました。

「アイゴアイゴ　許《ゆる》してくれ」と叫《さけ》んでも聞《き》かず。

「うんと叩《たた》け、うんと叩《たた》け」

と叫けびながら盛《さか》んにぶちました。そしてしまひには　何やらその悪魔達《あくまたち》がつぶやくと、水が洪水《かうずい》のやうに流れ出し、嵐《あらし》が何處《どこ》からかふき出してノルブの家はきれいに流れ去りました、すると、悪魔達《あくまたち》は何處《どこ》かへ消《き》えました。

仕方《しかた》なくノルブは　妻《つま》と、子供《こども》をつれて弟のフンブの所にやつ

て來ました。

「弟よ、今まで本當《ほんたう》に私が惡《わる》かつた許《ゆる》してくれ、これからは　心を入れ變《か》へるから」

と、弟に眞心《まごころ》から許《ゆる》しを乞《こ》ひました。

「兄さん何をおつしやるのです。私の家で一緒《いつしよ》に暮《くら》しませう」

と、弟のフンブは少しも面倒がらず兄ノルブの四人の家族《かぞく》と一緒に一《ひと》つの家で仲《なか》よく棲みました。

をはり

装幀 金奎澤
扉 玄在德
挿畫 崔桂淳
金鐘夏
玄在德
鄭玄雄

目次

ます。

しかし　この小さい本に托するには餘りにも大きた期待ですが、內鮮少國民達が、相携へ、手を取合つて　融合の上に少しでも役立つてくれるとしたら、この上　喜ばしいことはないのであります。

昭和十八年　初秋

京城童心園にて

金　相　德　識

ます　內地の少國民達は　かういふ　昔ばなしに　そだてられて來たのです。

昔から　私達の半島にも　古い昔から　よいお話がたくさん傳來して來たのであります　このお話の中から　美しいお話を集めて上梓致しました。

繰り返して申しますが　半島の少國民達が熱心に讀んで手を拍つて喜んで來たこのお話が、內地のお友達にも喜んで頂くならば內鮮一体はかういふところにも育まれるでせう。

こゝに　集めて內地の少國民達に送る、この古いお話が、この大切な役目を少しでも果してくれたら、うれしいと思ひ

はじめに

我が國は　いま、大東亞共榮圈建設のために邁進してをります。

この聖業を完遂するには先づ内鮮少國民達が仲よく手を取つて大東亞共榮圈確立のために進まなければなりません。「内鮮一体は先づ少國民の融合から」と言ふ標語の下に　私達半島の御先祖様が殘して　おいた　美しいお話を集めて　内地の少國民達に送ることに致しました。

「舌切雀」「花咲爺」なら　内地の少國民達はよくわかつてゐ

『반도명작동화집』은 국립중앙도서관 소장(朝47) 자료임.

半島名作童話集
金海相德編
盛文堂書店

영인자료

김상덕의 반도명작동화집
김소운의 한국민화집

여기서부터 영인본을 인쇄한 부분입니다. 이 부분부터 보시기 바랍니다.

김광식金廣植

일본학술진흥회 특별연구원PD(민속학), 東京學藝대학 학술박사.
연세대학교, 릿쿄대학, 東京理科대학, 요코하마국립대학, 사이타마 대학,
일본사회사업대학 등에서 강의했다.

‣ 주요 저서

단저: 『식민지기 일본어 조선설화집의 연구植民地期における日本語朝鮮說話集の硏究－帝國日本の「學知」と朝鮮民俗學』(2014), 『식민지 조선과 근대설화』(2015), 『근대 일본의 조선 구비문학 연구』(2018).

공저: 『식민지 시기 일본어 조선설화집 기초적 연구』, 『博物館という裝置』, 『植民地朝鮮と帝國日本』, 『國境を越える民俗學』 등 다수.

근대 일본어 조선동화민담집총서 5

김상덕의 동화집 / 김소운의 민화집

2018년 6월 8일 초판 1쇄 펴냄

저 자 김광식
발행인 김흥국
발행처 보고사

책임편집 황효은
표지디자인 손정자

등록 1990년 12월 13일 제6-0429호
주소 경기도 파주시 회동길 337-15 보고사 2층
전화 031-955-9797(대표), 02-922-5120~1(편집), 02-922-2246(영업)
팩스 02-922-6990
메일 kanapub3@naver.com / bogosabooks@naver.com
http://www.bogosabooks.co.kr

ISBN 979-11-5516-801-1 94810
979-11-5516-790-8 (세트)

정가 37,000원